지하로부터의 수기

지하로부터의 수기
Записки из подполья

표도르 도스또예프스끼 장편소설
계동준 옮김

ZAPISKII IZ PODLPOL'IA
by FEDOR DOSTOEVSKII (1864)

일러두기
1. 번역 대본은 F. M. Dostoevskii, *Sobranie sochinenii v dvenadtsati tomakh* (Moskva: Pravda, 1982)와 F. M. Dostoevskii, *Polnoe sobranie sochinenii v tridtsati tomakh*(Leningrad: Nauka, 1972~1990)를 주로 사용하였습니다. 다만 판본에 차이가 없는 한 옮긴이가 번역 대본을 임의로 선택하였습니다.
2. 러시아어의 로마자 표기와 우리말 표기는 〈열린책들〉에서 정한 표기안을 따르되, 관행적으로 굳어진 일부 용어만 예외로 하였습니다.

이 책은 실로 꿰매어 제본하는 정통적인 사철 방식으로 만들어졌습니다.
사철 방식으로 제본된 책은 오랫동안 보관해도 손상되지 않습니다.

제1부
지하실
7

제2부
진눈깨비 때문에
67

역자 해설
현실 세계와 허구 세계의 뒤틀림
199

작품 평론
인간 소외와 반항의 상징
로버트 루이스 잭슨/계동준 옮김

211

도스또예프스끼 연보

233

1
제1부 지하실[1]

1

나는 병든 인간이다……. 나는 악한 인간이다. 나는 호감을 주지 못하는 사람이다. 생각건대, 간에 이상이 있는 것 같다. 그런데, 나는 내 병에 대해서 아무 생각이 없었으며 사실 어디가 아픈지조차도 잘 모른다. 의학과 의사들을 존경하기는 하지만 나는 치료를 받고 있지 않으며 치료를 받은 적도 결코 없다. 게다가 나는 극도로 미신적인 사람이다. 의학을 존경하는 만큼 미신을 믿는다[2](나는 미신을 믿지 않도록 충

1 수기의 작가와 〈수기〉 자체는 물론 생각해 낸 것이다. 그럼에도 이 수기의 작가와 같은 인물들은, 일반적으로 우리 사회를 형성한 환경들을 고려해 본다면, 우리 사회에 존재할 수 있을 뿐만 아니라 존재해야 한다. 나는 기존의 것들과는 좀 다른 방식으로 대중들 앞에 오래되지 않은 과거의 인물들 중의 한 사람을 제시하고 싶었다. 그는 아직 자신의 삶을 영위하고 있는, 한 세대를 대표하는 인물이라 할 수 있다. 〈지하실〉이라는 부제가 붙은 이 장에서 그는 자신과 자신의 견해를 소개하고 있으며, 아울러 우리 주변에 그가 나타난 이유, 아니 나타날 수밖에 없었던 이유들을 밝히고 싶어 하는 것 같다. 다음 장에서는 자신의 생애에서 일어났던 몇 가지 사건들에 관한 이 사람의 실제 〈수기〉가 제시될 것이다. — 원주
2 자신의 병과 의학에 대한 지하 생활자의 이러한 언급은 1860년대 러시아의 진보적인 지식인들이 갖고 있었던 과학을 맹신하는 성향에 대한 반발이다. 뚜르게네프가 『아버지와 아들』에서 의사인 주인공 바자로프를 통해 형상화시켰던 1860년대 러시아의 지적 분위기는 의학을 최고의 과학으로 받

분히 교육을 받았음에도 미신을 믿는다). 아니다. 내가 치료 받기를 원치 않는 것은 증오심 때문이다. 아마 당신은 이것을 결코 이해할 수 없을 것이다. 그러나, 나는 이해할 수 있다. 나는 물론, 지금 이런 나의 증오심으로 누구에게 불쾌감을 주는지 당신에게 설명할 수 없다. 내가 의사들에게 치료를 받지 않는다는 사실로 인해 의사들에게 결코 〈해를 입힐〉 수 없다는 것을 나도 잘 알고 있다. 나는 이 모든 일로 인해, 다른 누구가 아니라 단지 나 자신만을 해롭게 한다는 것도 누구보다 잘 알고 있다. 그럼에도 불구하고, 내가 치료를 받지 않는다면 그것은 증오심 때문이다. 간장이 아프다, 그러나, 역시 더 심하게 아프도록 내버려두련다!

    나는 이미 오랫동안 이런 식으로…… 약 20년간을 살아왔다. 지금은 마흔의 나이다. 전에는 관청에 근무했지만, 지금은 근무하지 않는다. 나는 못된 관리였다. 나는 거칠었고 이 사실에서 만족을 느꼈다. 그러나 뇌물을 받지는 않았다. 따라서, 이 사실만으로도 내게 상을 줘야 한다(서투른 익살이다. 그러나 나는 이것을 삭제하지는 않겠다. 이것이 대단히 날카로운 기지라고 생각하면서 쓴 것이기 때문이다. 지금 내가 추악하게도 이 사실을 뽐내고 싶어 한다는 것을 나 자신도 알지만 고의로 삭제하진 않을 것이다!). 내가 앉아 있던 책상으로 민원인들이 서류를 교부받으러 왔을 때…… 나는 그들에게 이를 갈아 보이곤 했다. 누군가를 괴롭히는 데 성공했을 때는 가라앉히기 힘든 쾌감을 느꼈다. 거의 항상 그러는 데 성공했다. 그들은 대부분 겁쟁이들이었다. 부탁하는

아들이고 있다는 사실을 입증한다. 지하 생활자의 역설은 〈미신을 피하는 데 미신이 있다〉라는 역설과 일맥상통하는 것이다.

이들이 그렇다는 것은 공공연한 사실이다. 그런데 폼 재기 좋아하는 놈들 중에서 특히 한 장교 놈에 대해서는 참을 수 없었다. 그는 결코 고분고분하지 않았으며 혐오스러울 정도로 칼소리를 절그럭거렸다. 나는 그와 1년 반 동안 이 칼소리 때문에 신경전을 벌였는데, 마침내 내가 승리를 거두었다. 그가 더 이상 절그럭 소리를 내지 않게 된 것이다. 하지만 이건 내가 아직 젊었을 때 있었던 사건이다. 그런데 여러분, 내 증오심의 주된 원인이 어디에 있었는지 당신네들은 알고 있겠죠? 그렇다. 모든 문제는 내가 악하지도 않고 못된 인간이 될 수도 없으며, 내가 자주 심지어는 가장 화가 났을 때조차도, 단지 참새들만을 쓸데없이 놀라게 해서 스스로 위안을 받고 있다는 사실을 수치심과 함께 자각한다는 데 있으며, 여기에 바로 가장 추악한 것이 담겨 있다. 내가 입에 거품을 물 때, 나에게 위안이 될 인형을 가져온다거나 설탕을 탄 차라도 한 잔 준다면, 나는 아마도 진정될 것이다. 심지어는 평안한 영혼을 소유할 수도 있을 것이다. 비록 그 다음 스스로에게 이를 갈고 수치심 때문에 몇 달 동안 불면증으로 고통은 받겠지만, 이게 내 습관이니 어떡하랴.

조금 전에 나는 내가 못된 관리였다고 스스로를 비방하였다. 증오심 때문에 거짓말을 한 것이다. 나는 단순히 민원인들과 그 장교와 장난을 쳤을 뿐이지, 본질적으로 결코 고약하게 될 수는 없었다. 자주 그러한 것에 모순되는 엄청나게 많은 요소들이 내 자신 속에 들어 있음을 스스로 인정하곤 했다. 이런 모순적인 요소들이 내 안에서 꿈틀거리고 있음을 느꼈다. 나는 살아오는 동안 내내 그것들이 내 안에서 꿈틀거리며 몸 밖으로 나오려고 안간힘을 쓰고 있다는 것을 알고 있었으나, 그것을 허용하지 않았다. 의도적으로 밖으로 나오는 것을 허용하지 않았다. 그것들은 내가 수치심을 느낄 정도로 나를 괴롭혔다. 경련을 일으킬 정도까지 나를 몰고 갔으며, 마침내 나는 염증을 느끼게 되었다. 얼마나 나는 지겨웠던가! 그런데 여러분, 내가 지금 당신들 앞에서 무엇인가를 고백하고, 당신에게 용서를 빌 것처럼 생각되지 않는가……? 당신이 그렇게 생각하고 있으리라 확신한다……. 그런데, 당신이 그렇게 생각하든 말든, 나는 아무 상관이 없다는 것을 단언한다…….

나는 사악했을 뿐만 아니라 그 무엇도 될 수 없었다. 악한 자도, 선인(善人)도, 비열한 자도, 정직한 자도, 영웅도, 벌레도 될 수가 없었다. 영리한 인간은 진정 아무것도 될 수 없고 단지 바보들만 무엇이든지 될 수 있다는, 비뚤어지고 무엇에도 쓸모없는 위안으로 나 자신을 흥분시키면서, 나만의 구석에 처박혀 살아갈 것이다. 그렇다, 19세기의 영리한 인간은 도덕적으로 절대 어떤 성격을 가져서는 안 될 의무가 있다. 성격을 가진 인간, 즉 활동가는 대개 모자라는 인간들이다. 이것이 40년 동안 내가 가지고 살아온 확신이다. 나는 지금 마흔 살이다. 그런데 40년? 이것은 전생애라 할 수 있다. 그야말로 고령인 셈이다. 40년 이상을 산다는 것은 추잡스럽고 몰염치하며 비도덕적인 짓이다! 대체 누가 40년 이상을 살고 있단 말인가, 진실되고 솔직하게 대답해 주시오. 내가 당신에게 말하지요, 누가 그렇게 살고 있는지를. 바로 바보들과 무뢰한들이 그렇게 살고 있다오. 나는 모든 노인들에게 맞대 놓고 이것을 말할 것이다. 모든 존경받는 노인들에게, 백발이 성성하고 향내 나는 이 모든 노인들에게 말이다! 세상 모든 이들한테 맞대 놓고 말할 것이다! 나는 이렇게 말할 권리를 가지고 있다. 왜냐하면 나 자신이 예순까지 살 것이니까. 일흔까지도 계속 살 것이다! 여든까지도 살 거다! 잠깐 아, 잠깐만! 한숨 돌려야겠소…….

여러분, 아마도 여러분은 내가 여러분을 웃기려 한다고 생각하겠지요? 그렇다면 실수한 것이다. 나는 당신이 생각하는 것처럼, 혹은 생각할지도 모를 그런 명랑한 사람은 결코 아니다. 그런데 당신이 이 모든 헛소리에 화가 났다면(이미 당신이 화났다는 것을 안다), 나란 놈이 대체 어떤 인간이냐고 질문해라. 그러면 나는 일개 8등관[3]이라고 대답하겠다. 나는 오직 먹고 살기 위해 근무를 했다. (이것이 유일한 근무 목적이었다.) 그런데 작년에 먼 친척 중 하나가 내게 유산으로 6천 루블을 남겨 주자, 즉시 사표를 내고는 방구석에 안주하게 되었다. 나는 예전에는 이 방에 살았으나 이제는 이곳에 틀어박히고 말았다. 내 방은 지저분하고 추잡스러우며, 도시의 변두리에 있다. 하녀는 시골 여자인데, 늙고 무식한 데다 심술궂으며, 항상 혐오스런 냄새를 풍긴다. 사람들은 뻬쩨르부르그의 기후는 내게 해로우며,[4] 나의 보잘것없는 수입으로는 뻬쩨르부르그에서 살기가 너무 비싸다고 말하지만, 나는 모든 경험 많고 현명한 조언자들보다도, 맞장구치며 고개를 끄덕대는 자들보다도 이 모든 것을 잘 알고 있다. 그러나 나는 뻬쩨르부르그에 남을 것이다. 뻬쩨르부르그를 떠나지 않을 것이다! 왜 떠나지 않을 것이냐 하면…… 흠! 내가 떠나든 떠나지

---

3 옛 행정 기구의 최하위층 관직들 중 하나.
4 뻬쩨르부르그는 발트 해 연안 네바 강 하구의 늪 지대에 건설된 도시이다. 이러한 자연 환경 때문에 안개가 자주 끼고 습도가 높아 천식이나 신경통을 앓는 사람들에게 안 좋은 곳이다.

않든 간에…… 이건 정말 아무런 상관이 없지 않은가!

그런데, 점잖은 사람이 진심으로 만족하면서 얘기할 수 있는 게 과연 무엇일까?

답: 자신에 관해서.

자, 그럼 나도 내 자신에 관해 이야기하기로 하겠다.

2

나는 지금 당신에게 이야기하고 싶다. 당신이 이것을 듣고 싶어 하든 않든 간에, 어째서 내가 벌레조차도 될 수 없었는지를. 벌레가 되고 싶었던 적이 한두 번이 아니었다는 것을 당신 앞에 엄숙히 말할 수 있다. 그러나 벌레가 될 수 있는 영광조차도 나에게는 없었다. 당신께 맹세컨대, 지나치게 의식하는 것, 이것은 병이다. 진짜 완전한 병이다. 인간의 일상 생활에는 평범한 인간의 의식만으로도 충분하다. 즉 불행한 19세기에 태어나 살고 있는, 그것도 이 지구상에서 가장 추상적이고 계획된 도시(도시는 인위적으로 계획된 것과 그렇지 않은 것이 있다) 뻬쩨르부르그[5]에 사는, 이중의 불행을 짊어진 지식인들은 그들 몫으로 주어진 의식량의 2분의 1, 4분의 1만으로 충분하단 말이다. 소위 능력 있는 사람들과 실무자들이 사는 데 필요한 정도의 의식이라면 충분할 것이다. 나는 당신이, 내

---

5 1703년 뾰뜨르 대제는 러시아 절대 왕정의 새로운 수도, 서유럽 진출의 전초 기지로 이 도시를 건설하였다. 〈유럽으로 열린 창(窓)〉이라는 뜻의 뻬뜨로빠블로프스끄 요새 건설을 시작으로, 이어 1712년 수도가 모스끄바로부터 이전해 오면서 장대한 도시 계획에 따라 건설이 진행되었다.

가 이 모든 것을 실무자들을 비꼬기 위한 나 자신의 교만 때문에 그 장교 녀석처럼 불쾌한 칼소리를 절그럭거리며 쓰고 있다고 생각하리라는 것을 장담한다. 그러나, 누가 자신의 병에 대해 허세를 부릴 수 있으며, 더군다나 그것으로 교만을 부릴 수 있겠는가?

그런데, 내가 대체 뭐라고 하는 건지? 누구나 그렇게 자신의 병에 대해 허세를 부리고 있고, 아마도 내가 그들보다 더 심할지도 모르는데……. 더 이상 가타부타하지 말자. 내 반박이 무의미하게 들릴 테니까. 그럼에도 불구하고 나는 지나친 생각뿐만 아니라, 심지어는 모든 의식이 병이라는 것을 절대 확신하고 있다. 이 견해를 고집한다. 그런데 이 문제는 잠깐 미루어 두고, 다음에 대해 말해 주게. 대체 무엇 때문에 그러한 일들이 일어났는지, 즉 마치 고의적인 것처럼 우리들 사이에서 운위되던 〈모든 아름답고 숭고한 것〉[6]의 온갖 미묘함을 인식하기에 가장 적합한 상태에 놓였던 그 순간, 나는 그것을 인식하기는커녕, 반대로 그토록 추악한 짓을, 그런 짓을 말이지……, 더구나 그것은 한마디로 말해, 아마도 모두가 그렇게 하고 있는 건지는 몰라도, 절대 해서는 안 된다고 너무도 잘 인식하고 있는 바로 그 순간에 일부러 그러는 것처럼 그런 짓이 내 머릿속에 떠오르는 것이 아닌가? 선한

---

6 한편으로 루소, 다른 한편으로 독일 낭만주의의 영향하에 있던 러시아 문단에서 유행하던 이상주의와 감상주의를 가리킨다. 또한 〈아름답고 숭고한 것〉의 개념의 결합은 18세기의 미학 논문들, 예를 들어 에드먼드 버크의 「아름답고 숭고한 것에 대한 관념들의 기원에 관하여」(1756)라는 철학 논문이나 칸트의 「숭고하고 아름다운 감정에 관한 고찰」에서 유래한다. 1840년대부터 1860년대 사이에 〈순수〉 예술의 미학이 재평가된 후 이 표현은 반어적인 뉘앙스를 띠게 되었다.

일에 대해, 그리고 이 모든 〈아름답고 숭고한 것〉에 관해 의식하면 의식할수록 나는 더욱더 악의 구렁텅이로 빠져 들었고 그곳에서 헤어날 수 없게 되었다. 그러나 중요한 점은 이 모든 일들이 나에게 마치 우연처럼 일어난 것이 아니라, 당연히 일어나야 할 일이었던 것처럼 발생한 데에 있다. 마치 이것이 나의 정상적인 상태이고, 결코 병도 타락도 아닌 것으로 여겨졌기 때문에, 이러한 타락과 싸움을 벌이고 싶은 욕망이 사라지게 되었다. 결국은 이것이 정상적인 나의 상태라는 것을 내가 거의 믿게 되는 것으로(아마도 사실은 믿었을지도 모른다) 끝났다. 그런데, 처음 얼마 동안은 이 싸움에서 얼마나 많은 고통을 참아 내야 했는지 모른다! 나는 다른 사람들도 그럴 것이라고는 믿지 않았기 때문에, 살면서 내내 자신에 대해 이것을 비밀로 했다. 나는 수치스러웠다(심지어는 지금도 수치스러워하고 있는지도 모른다). 나는 어떤 은밀한, 비정상적인 비열함에서 오는 쾌감을 느꼈고 어떤 기분 나쁜 뻬쩨르부르그의 밤에 방구석으로 돌아와서는 오늘 또다시 추잡한 일을 저질렀다는 것을, 그리고 저지른 일은 결코 돌이킬 수 없다는 것을 강하게 의식했으며, 이것으로 인해 내면적으로 은밀하게 자신을 갉아먹고, 갉아먹으며 괴롭히고 고통을 주었다. 그러다가 마침내 이 쓰라린 비애는 어떤 치욕스럽고 저주받을 달콤함으로 바뀌었고, 드디어는 결정적이고 진지한 쾌락으로 변하고 말았다! 그렇다. 쾌락으로, 쾌락으로 말이다! 나는 이것을 확신한다. 나는 그래서 다른 이들에게도 이 같은 쾌락이 있는지 알고 싶다고 지껄이고 있는 것이다. 당신에게 설명하겠다! 이 경우의 쾌락이란 바로 자신의 비하를 너무나 명백하게 인식하고 있는 데서 오는 것이다. 즉 당신 스스로 마지막 벽에 다다랐다는 것을 느끼며, 이것이 추잡한 일이지만 달리 방도가 없고, 이미 당신에게는 출구가 없다는 것, 그리고 결코 당신은 다른 사람으로 변할 수 없다는 것을 느끼는 데서 기인하는 것이다. 만일 어떤 다른 것으로 바뀔 수 있는 시간과 믿음이 남아 있다 할지라도, 당신은 아마도 변하는 것을 원치 않을 것이며, 원했다 할지라도 그때 아무것도 하지 않을 것이기 때문이다. 그리고 실제로 변할 만한 것이 아무것도 없다. 중요한 것은 결국 이 모든 것이 강화된 의식의 정상적이고 기본적인 법칙에 의해, 그리고 이러한 법칙들로부터 기인하는 무기력 때문에 발생한다는 것이며, 이때 당신은 단지 다른 것으로 변하지 않을 뿐만 아니라 아무것도 하지 않으리라는 것이다. 예를 들면, 강화된 의식의 결과로 다음과 같은 일들을 생각해 볼 수 있다. 비열한 인간이, 자신이 실제로 비열한 인간이란 것을 느끼고, 이것을 위안처럼 여기고 있다면 이것은 정당한 일이다. 그러나 그만두겠다……. 에이, 쓸데없는 말을 지껄였다. 나는 무엇을 설명하려는 건가? 이때의 쾌락을 무엇으로 설명할 수 있을 것인가? 그러나 나는 설명할 것이다! 나는 그렇게 끝까지 가볼 것이다! 나는 그래서 손에 펜을 잡은 것이다…….

나로 말하자면 대단히 자존심이 강한 사람이다. 나는, 곱사등이나 난쟁이처럼 의심이 많고 성을 잘 낸다. 그러나 정말로 나에게는 그런 순간들이 있었다. 누군가 내 뺨을 때리는 일이 일어났다면, 아마도 나는 심지어 이것을 기뻐했을 것이다. 진심으로 말하는 거다. 아마도 나는 이때 내 특유의 쾌락을 찾으려 했을 것이다. 물론 절망의 쾌락을 말한다. 절망 같은 것에도 가장 열렬한 쾌락들이 있다. 자신이 처한 상황이 막다른 골목이라는 것을 강하게 느낄 때 특히 그렇다. 그리고 따귀 같은 것을 맞는 바로 그때, 당신은 사람들이 당신을 온통 기름칠해 버린 것 같은 의식을 느끼고 답답해 한다. 중요한 것은, 아무리 사방을 둘러보아도 〈모든 일에 죄가 있는 것은 그 첫째가 바로 나구나〉라고 느끼면서 끝나곤 한다는 것이다. 그리고 죄 없이 죄의식을 느끼는 것은 흔히 말하는 자연의 법칙에 따르자면 무엇보다도 치욕적인 일이다. 내게 죄가 있다. 왜냐하면 첫째로, 나는 내 주위의 모든 사람들보다 영리하기 때문이다(나는 항상 내 주위의 모든 이들보다 내가 영리하다고 생각해 왔다. 그리고 때때로 심지어 이 사실을 수치스러워했다는 것을 믿어 주기 바란다. 적어도 나는 전생애를 통해 웬일인지 옆을 보고 살았고 절대로 사람들의 눈을 똑바로 쳐다볼 수 없었다). 그 외에도, 내게 죄가 있다. 만일 내게 관대함이 있었더라면, 그것이 아무 쓸모 없다는 의식 때문에 나만 더욱더 고통을 받았을 것이기 때문이다. 나는 정말 내 도량으로 아무것도 할 수 없었을 것이다. 용서할 수도 없었을 것이다. 왜냐하면 모욕을 준 사람은, 아마도 자연의 법칙에 따라 나를 때렸을 것이며, 자연의 법칙이란 가혹한 것이기 때문이다. 잊을 수도 없었을 것이다. 왜냐하면, 자연의 법칙이란 어쨌든 치욕적인 것이기 때문이다. 게다가 내가 완전히 옹색해지기를 원했다 할지라도, 정반대로 나를 모욕한 사람에게 복수하기를 원했다 할지라도, 나는 그 무엇으로도 그 누구에게도 복수할 수 없었을 것이다. 왜냐하면 아마도 무엇이든지 해야 한다는 결심조차 할 수 없었을 것이기 때문이다. 결심을 할 수 있었다고 해도 마찬가지다. 무엇 때문에 결심을 할 수 없었을까? 이것에 관해 나는 특별히 두어 마디만 하고 싶다.

3

 정말 자신을 위해 복수할 수 있으며 일반적으로 자신을 옹호할 수 있는 사람들에게, 이것은 어떻게 일어나는 것일까? 복수의 감정이 이들을 정말로 사로잡게 되면, 그때에는 그들의 전존재에 이 감정 이외에는 더 이상 아무것도 남아 있지 않게 된다. 이 같은 신사 양반은 마치 화가 난 황소처럼 뿔을 아래로 내리고는 목표를 향해 곧바로 밀어붙일 것이고 오직 진짜 벽만이 이 사람을 멈추게 할 수 있다(그런데 벽 앞에서 이와 같은 신사 양반들은, 즉 직선적인 사람들과 활동가들은, 진심으로 굴복하고 만다. 이들에게 벽이란 우리같이 생각하는 사람들, 따라서 아무것도 하지 않는 사람들에게처럼 방향 전환의 이유가 되지 못한다. 그들에게 벽은 길에서 벗어나기 위한 구실이 아니다. 이 구실을 우리 형제들은 보통 스스로 믿지는 않지만, 항상 대단히 기뻐하며 이용한다. 아니다, 이들은 충심으로 굴복하는 것이다. 벽은 이들에게 무엇인가 위안 같은 것을, 도덕적으로 허용되는 것을, 그리고 결정적인 것을, 심지어는 신비한 것을 가져다주는 것 같다……. 그러나 벽에 관해서는 후에……). 그런데 참, 그와 같은 직선적인 인간을, 나는 상냥한 어머니인 자연이 친절하게도 대지 위에 그를 낳았을 때 보기를 원했던 그런 현실적이고 정상적인 인간이라고 생각한다. 나는 이런 인간을 짜증이 날 정도로 질투한다. 그는 바보이다. 나는 이것에 관해 당신과 논쟁하지 않겠다. 그러나 아마도 정상적인 인간이란 바보여야 할 것이다. 이 사실을 사람들은 어떻게 알겠는가? 심지어 이것은 매우 아름다울 수도 있다. 그리고 나는 이러한 의심을 더욱 확신하고 있다. 만약 예를 들어, 정상적인 인간의 안티테제를 보면, 즉 날카로운 의식을 가진 인간, 물론 자연의 품에서 태어난 것이 아니라 시험관에서 태어난 인간(이것은 이미 거의 신비주의이다. 신사 양반, 그러나 나는 이것을 의심하고 있다)을 보면, 이 시험관에서 태어난 인간은 때때로 자신의 안티테제 앞에 완전히 굴복해서 자신의 날카로운 의식 때문에 자신을 솔직하게 인간이 아니라 쥐로 간주한다. 의식이 날카로운 쥐라고 해도 쥐는 쥐이며, 반면 이곳엔 인간이 있다. 따라서 기타 등등……. 그리고 중요한 것은, 그 자신이 정말 자신을 쥐라고 간주하는 것이다. 이것에 관해 어느 누구도 그에게 강요하지 않았다. 그런데 이것은 중요한 점이다. 이제 행동을 취하는 이 쥐를 살펴보자. 예를 들어 이 쥐 또한 모욕을 받았다고 가정해 보자(그런데 쥐는 거의 항상 모욕을 받고 있다). 그리고 또한 복수하기를 갈망한다고 해보자. 쥐 내면에서 증오감 같은 것은, 아마도 자연과 진실의 인간 l'homme de la nature et de la vérité[7]보다 더욱더 깊이 쌓이게 될 것이다. 모욕을 준 이에게 이와 같은 증오심으로 복수하려는 혐오스럽고 저열한 욕구는 아마도 그 자연과 진실의 인간보다 이 쥐 내부에서 더욱더 추악하게 용솟음칠지 모른다. 왜냐하면 그 자연과 진실의 인간은

---

7 이 말의 연원은 루소의 『고백록』에서 찾을 수 있다. 〈나는 우리 형제들에게 진실된 자연 속에서 살고 있는 한 사람을 보여 주고 싶다.〉

자신의 타고난 우둔함 때문에, 아주 단순하게 자신의 복수를 정당한 일이라고 생각하기 때문이다. 반면 쥐는 자신의 날카로운 의식의 결과로, 이런 경우 정당성을 부정한다. 우리는 마침내 문제의 본질에 다다르게 되었다. 바로 복수라는 행동이 그것이다. 불행한 쥐는 원래의 혐오스러움에 덧붙여 혐오스러움만큼이나 많은 질문과 의심 등의 형태로 자신의 주위에 이미 장벽을 쌓아 올렸다. 그 쥐는 한 가지 문제에 다른 해결할 수 없는 문제들을 계속 덧붙여서, 그 주위에는 어떤 운명적인 영문 모를 일과 악취 나는 진흙탕 같은 것이 쌓이게 된다. 이것은 회의, 불안, 그리고 직선적인 사람들이 내뱉은 침으로 구성된 것이다. 직선적인 사람들은 환희에 차서 그 쥐 앞에 선 채 재판관과 독재자처럼 쥐를 큰소리로 비웃고 있다. 물론 쥐가 할 수 있는 일이라곤 이 모든 것에 대해 발을 구르는 것밖에 없다. 자기 자신도 믿지 않는 가장된 경멸의 미소를 지으며, 수치스럽게 자신의 쥐구멍으로 미끄러져 들어가는 일만 남아 있는 것이다. 그곳, 자신의 더럽고 악취 나는 지하에서, 우리의 모욕받고 타격받고 비웃음을 당한 쥐는 곧 차갑고 독기 서린, 그리고 수세기 동안 지속되는 증오심에 빠져 들게 된다. 40년 동안 계속해서, 자신이 받은 가장 치욕스러운 마지막 모욕을 일일이 기억할 것이며, 자신의 환상으로 자신을 사악하게 조롱하고 화나게 하면서 이때마다 자신이 받은 모욕보다 더 수치스러운 일들을 할 것이다. 쥐 자신은 자신의 환상을 부끄러워할 것이다. 그러나 그럼에도 불구하고 모든 것을 기억하고 뒤적거리며, 이러한 일은 일어날 수 있는 일이었지만 아무것도 용서하지 않으리라는 구실로 자신에 대한 수많은 비난들을 생각해 낸다. 이 쥐는 복수를 시작할 수도 있다. 그러나 때때로 하찮은 방법으로 어쩐지 이따금 생각난 듯이 벽난로 뒤에서 은밀하게 복수하려고 한다. 자신에게 복수할 권리가 있다는 것도, 자신의 복수가 성공하리라는 것도 믿지 않으면서, 그리고 복수하려는 시도들 때문에 오히려 자신이 복수당하는 사람들보다 1백 배는 더 고통스러우며 정작 복수의 대상은 미동도 하지 않을 것이라는 걸 알면서도 말이다. 죽어 갈 때 쥐는 그동안 이자처럼 축적된 것들과 함께 모든 것을 다시 한번 기억할 것이다……. 그러나 바로 이러한 차갑고 끔찍스러운 절반의 절망과 절반의 믿음 안에, 슬픔 때문에 의식적으로 자신을 40년 동안 지하실에 생매장시키는 것에, 이렇게 강하게 창조되었지만 부분적으로 의심스러운 자신의 상황에 대한 절망 속에, 내면을 향한 만족되지 못한 갈망의 이 모든 독기 안에, 영원히 결정된 선택과 곧 다시 이것에 찾아 드는 후회가 반복되는 흔들림의 열병 속에, 내가 말했던 그 이상한 쾌락의 진수가 있다. 그것은 그토록 섬세하고 때때로 그토록 의식에 굴복되지 않는 것이기에, 약간 모자란 사람이나 혹은 심지어 강한 신경을 가진 단순한 이들도 그것 안에 있는 고유한 특성을 이해할 수 없다. 당신은 히죽거리며 덧붙일 것이다. 〈아마 따귀를 한번도 맞아 보지 못한 사람들은 이해하지 못하겠지.〉 이처럼 공손히 당신은, 내가 살면서 뺨을 맞아 본 적이 있고 그래서 잘 아는 것처럼 이야기하고 있는 거라고 돌려 말하겠지. 맹세컨대, 당신은 그렇게 생각하고 있다. 그러나 걱정하지 마시라, 신사 양반, 나는 뺨을 맞아 본 적이 없다. 비록 당신이 이것에 관해 어떻게 생각하든지 나에게는 전혀 상관이 없는 일이긴 하지만, 나는 내 자신이 내 인생에서 따귀를 덜 맞은 것을 심지어는 후회하고 있는지도 모른다. 그러나 그만두자, 당신에게 대단히 흥미로운 이 주제에 관해서는 더 이상 말하지 않겠다.

쾌락의 섬세함을 이해하지 못하는 강한 신경을 가진 사람들에 관해 차분히 이야기를 계속하겠다. 이런 신사 양반들은, 특별한 경우에, 예를 들어 황소처럼 있는 목청을 다해 울부짖기도 하고, 이것이 그들에게 가장 위대한 명예를 가져온다 할지라도(비록 가정이지만), 이미 내가 말한 것처럼 불가능 앞에서 그들은 곧 양순해진다. 그 불가능이란 돌벽을 의미하는 것인가? 어떤 돌벽 말인가? 흠, 물론 자연의 법칙들, 자연 과학의 결론들, 수학을 말하는 것이다. 사람들이 당신에게, 예를 들어 당신의 조상이 원숭이라고 입증할 때에도[8] 찌푸릴 필요는 없다. 있는 그대로 받아들여라. 사람들이 본질적으로 당신 자신의 지방질이 당신의 동족들의 그것보다 수만 배 더 귀중해야 하며, 그리고 결국은 이러한 결론이 소위 말하는 선행, 의무, 다른 헛소리들, 편견들을 해결할 것이라고 입증할 때도 그대로 받아들여라. 그 밖에 할 일이란 없다. 왜냐하면 2×2는 수학이기 때문이다. 이것에 반대하려면 해봐라.[9]

〈당치도 않은 소리!〉 그들이 당신에게 소리칠 것이다. 〈당

---

8 러시아에서 인간의 기원 문제에 관한 관심은 다윈의 진화론을 믿는 추종자들이 1864년 다윈의 저서 『유기적 존재의 대열에서 인간의 조건』을 러시아어로 번역하여 뻬쩨르부르그에서 출판함으로써 첨예화되었다. 여기서는 다양한 종류의 원숭이에서 다인종의 인류가 출현했음을 적고 있는 V. 자이쩨프의 논문에 대한 반격이라 할 수 있다.

9 체르니셰프스끼, 도브롤류보프와 피사레프가 그 무렵 격찬했던 공리주의적 윤리를 암시함.

신은 반대할 수 없을걸. 2×2=4일 뿐이야! 자연은 당신에게 물어보지 않는다. 자연은 자연의 법칙들이 당신 맘에 드는지 들지 않는지 당신의 욕구에 개의치 않는다. 당신은 자연의 법칙들을 있는 그대로 받아들여야 하고, 따라서 그것의 모든 결과들도 받아들여야 한다. 하나의 벽은, 따라서 벽이다······.〉 하느님 맙소사, 이런 법칙들과 2×2=4가 왠지는 잘 모르겠지만 마음에 들지 않는데, 정말이지 자연의 법칙들과 산수가 나와 무슨 상관이란 말이냐? 물론 나는 이마로 그 같은 벽을 들이받지는 않을 것이다. 내게 실제로 그것을 뚫고 나갈 힘이 없다면. 그러나 나는 단지 내 앞에 돌벽이 있으며 그리고 내게 힘이 충분치 않다는 이유만으로 그 돌벽 앞에 굴복하지는 않을 것이다.

단지 그것이 2×2=4라는 이유만으로, 마치 그런 돌벽이 실제로 위안이나 평화에 관한 어떤 단어를 포함하고 있는 것처럼 생각되고 있다. 오, 난센스 중의 난센스여! 모든 것을 이해하고, 모든 불가능과 돌벽들을 의식하는 것이 낫다. 그런데 만일 굴복하는 것이 당신에게 혐오스러운 일이라면 이러한 불가능과 돌벽들 중 그 어느 하나에도 굴복하지 않으면 된다. 심지어는 돌벽에 대해서도 무엇인가 자신에게 잘못이 있을 수 있다는 영구 불변의 테마에 대한 가장 혐오스러운 결론들에 도달하더라도, 비록 자신에게 전혀 잘못이 없다는 것이 명명백백하지만, 가장 필연적인 논리적 조합이 있으면 된다. 그래서 말없이 그리고 힘없이 이를 갈면서, 심지어 화를 내려고 해도 결론적으로 화풀이할 상대도 없으며 대상도 없고, 있다고 해도 결코 눈에 띄지 않는다는 사실을 받아들일 것이다. 바로 여기에 바꿔치기, 눈속임, 사기가 있으며 혼돈만이 있다고 몽상하면서 달콤한 무기력에 빠져 드는 것은 전혀 다른 일이다. 게다가 무엇인지도 알 수 없으며 누구인지도 알 수 없다. 그러나 이 모든 불확실성과 눈속임에도 불구하고 당신은 어쨌든 고통을 받을 것이며 당신에게 불확실하면 할수록 더욱더 고통을 받을 것이다.

4

「하, 하, 하! 그래서 당신은 이 말을 한 뒤에 치통에서도 쾌감을 찾을 수 있다고 말하려는 거로군!」 이렇게 당신은 웃음을 터뜨릴 것이다.

「그게 어쨌다는 거지? 치통에도 쾌감이 있지.」 나는 대답하겠다. 「나는 한 달 동안 이가 아픈 적이 있었네.」 나는 쾌감이 있다는 걸 알고 있다. 이 경우에 물론 사람들은 울화통을 터뜨리지는 않는다. 이들은 신음소리를 낼 뿐이다. 그러나 이러한 신음소리들은 진실한 것이 아니다. 이것은 사악함을 담은 신음소리들이다. 그런데 이 사악함 같은 것에 모든 것이 들어 있다. 이러한 신음소리 같은 것들에서 고통받는 이의 쾌감이 표현된다. 고통받는 사람이 이것들에서 쾌감을 느끼지 못했다면, 그는 신음소리를 내지 않았을 것이다. 이것은 좋은 예이다, 신사 양반. 그래서 나는 이 이야기를 계속하려 한다. 이러한 신음들이 표현하는 첫째는, 당신이 의식하기에는 너무나 굴욕적인 당신 고통의 총체적인 무목적성이다. 물론 당신은 자연의 모든 법칙성들, 그것에다 침을 뱉을 것이다. 그러나 그럼에도 불구하고 당신은 그것 때문에 고통을 받는 반면, 자연은 아랑곳하지 않는다. 신음소리는 당신에게 적은 없으나 고통이 있다는 의식을 담고 있다. 온갖 바겐하임[10]들이 함께 있다 할지라도 당신은 완전히 이들의 노예가 되어 있다는 의식이. 누군가가 원한다면, 당신의 치통이 멈출 것이고, 누군가가 원하지 않는다면, 그때에는 3개월 더 계속될 것이다. 그리고 만일 당신이 아직도 동의하지 않고 계속 항의한다면, 그때엔 당신 스스로를 위로하는 방법으로 자기 자신을 때리거나 혹은 더 아프게 자신의 주먹으로 자신의 벽을 치는 것만이 남게 될 것이다. 그 외에는 절대적으로 아무것도 없다. 뭐, 바로 이런 피투성이의 모욕으로부터, 바로 이런 누구의 것인지도 모르는 조소로부터 마침내는, 때때로 최고의 절정에까지 달하기도 하는 쾌락이 시작된다. 나는 당신께 부탁드린다. 신사 양반, 이 때문에 고통받는 19세기 러시아의 교육받은 사람이 내는 신음소리에 언제든지 귀기울여 보시라고. 이 사람은 고통이 시작된 지 이틀째나 사흘째에는 이미 첫날 신음했던 것과는 다르게 신음하기 시작한다. 즉 단순히 이가 아프기 때문이 아니다. 어떤 무지한 농부처럼 신음하는 것이 아니라, 유럽 문명의 발전에 감동을 받은 사람처럼 신음한다. 요새 사람들의 표현처럼 〈토양과 민중의 원칙들을 저버린〉[11] 사람같이 신음한다. 그의 신음들은 어떤 추잡하고 불쾌하고 악의에 찬 것이 되어 버리며 밤낮 구별 없이 온종일 계속된다. 그리고 정말 그 자신은 신음들이 어떤 이익도

---

10 이 당시 뻬쩨르부르그의 주소록에 따르면 1860년대 중반에 뻬쩨르부르그에는 바겐하임이라는 성을 가진 8명의 치과 의사가 있었다. 이들을 선전하는 광고판들은 도시 전역에 널려 있었다.

11 서구주의자들과 슬라브주의자들의 논쟁에서 유행한 말투.

가져오지 않을 것이라는 것을 알고 있다. 누구보다도 그는, 그 자신이 단지 쓸데없이 자신과 다른 사람들을 상하게 하고 분개시키고 있다는 것을 잘 알고 있다. 그는 신음소리를 듣는 사람들과 자신이 고통당하는 것을 보고 있는 가족들이 이미 자신의 신음소리를 혐오스럽게 듣고 있으며, 이들이 자신을 전혀 믿지 않는 것을 안다. 또한 그들은 그가 좀 더 다른 단순한 방법으로, 이상한 소리를 내거나 몸을 뒤틀지 않고 신음할 수 있지만 단지 악의와 심술 때문에 이렇게 하고 있다는 것도 은밀히 알고 있다. 그리고 그때, 바로 이러한 모든 의식들과 수치심 안에서 신음소리는 절정에 달하게 된다. 〈그래, 나는 당신을 괴롭히고 있다, 나는 당신의 마음을 상하게 하고 있다. 집에 있는 모두를 잠들지 못하게 하고 있다. 그러니, 잠을 자지 말고, 당신은 매순간 내 이가 아프다는 것을 느껴라. 나는 더 이상 당신에게 영웅이 아니다, 내가 전에 당신에게 보이려고 했던 것처럼 단지 혐오스러운 인간이며, 아무 쓸모 없는 놈이다. 그러니 그렇게 내버려둬라! 나는 당신이 나를 알게 되어서 매우 기쁘다. 당신은 내 혐오스러운 신음소리를 듣기가 불쾌한가? 그렇다면 불쾌하다고 하라, 그러면 나는 당신에게 지금보다 더 듣기 싫은 괴상한 소리를 지르겠다.〉 당신은 아직도 이해 못했는가, 신사 양반? 아니다, 이러한 절정의 모든 섬세함을 이해하려면 충분히 의식이 깨어 있고 훈련을 받아야 한다! 당신은 웃고 있는 건가? 나도 매우 기쁘다. 내 농담들은, 신사 양반, 물론 품위가 없고 변덕스럽고 혼란스럽고 자신도 신뢰할 수 없는 것들이다. 그것은 내가 나 자신을 존경하지 않기 때문이다. 그렇다면 정말 의식 있는 인간은 얼마만큼이나 자신을 존경할 수 있단 말인가?

5

세상에 어떻게, 세상에 어떻게 자신을 비하시키는 감정 그 자체에서 쾌락을 찾으려고 하는 사람이 자신을 존경할 수 있단 말인가? 나는 지금 어떤 감상적인 후회 때문에 이렇게 말하는 것이 아니다. 그리고 보통 나는 이렇게 말하는 것을 참을 수 없다. 〈미안해요 아빠, 앞으론 그러지 않겠어요.〉 내가 이렇게 말할 수 없기 때문이 아니라, 그와 반대로, 아마도 바로 내가 이런 말을 너무 쉽게 또한 능숙하게 할 수 있기 때문일 것이다. 때때로 꿈에서든 정신적으로든 내게 잘못이 없을 때에도, 나는 마치 의도적인 것처럼 그런 상황에 처하곤 한다. 이것은 무엇보다도 비열한 일이다. 그리고 이럴 때도 역시 나는 다시 기분이 감상적으로 변해서 후회하고 눈물을 흘리고는 내 자신을 속인다. 비록 결코 내가 꾸미려고 한 짓은 아니지만 웬일인지 내 마음이 그런 기분을 불러일으킨다……. 나는 자연의 법칙조차도 비난할 수 없다. 비록 자연의 법칙이 끊임없이 인생 내내 나를 모욕했어도 말이다. 이 모든 것을 회상하기란 혐오스러운 일이다. 그리고 그 당시 또한 혐오스러웠다. 흔히 그렇듯이 1분 정도 지난 후에 나는 이미 화가 나서 깨닫곤 했다. 이 모든 것은 거짓말이고, 혐오스럽고, 꾸며 낸 거짓말들이라는 것을 깨달았다. 즉, 그런 모든 후회들, 그런 모든 감동들, 새로 태어나겠다는 모든 맹세들이 단순히 거짓말이란 걸 깨달았던 것이다. 그리고 만일 나에게 무엇 때문에 그렇게 자신을 일그러뜨리고 괴롭혔느냐고 당신이 물어본다면, 나는 팔짱 끼고 앉아 있기가 매우 지루했기 때문이라고 대답할 것이다. 그래서 나는 바보 같은 기행에 몰두하게 되었다. 정말이다, 이렇게 시작된 것이다. 당신 자신들을 봐라, 신사 양반들, 그러면 당신은 그렇군, 하고 이해하게 될 것이다. 적어도 삶 비슷한 것을 살기 위해, 나는 모험들을 생각해 냈으며, 나 자신의 삶을 만들어 냈다. 얼마나 많이, 별다른 이유도 없이 모욕감을 느끼곤 했는가. 사람은 일반적으로 이유 없이 모욕감을 느낀다는 것을 스스로도 알고 있고, 일부러 그렇게 하고 있다는 것도 알고 있으나, 내가 당신에게 확언하건대, 끝내 그는 진짜로 모욕감을 느끼는 데까지 다다른다. 인생 내내 나는 어째서인지 이 같은 재주를 부리는 데 끌려 있었다. 나는 자신을 억제할 수 없었다. 한 번은, 심지어 두 번까지도 나는 사랑에 빠지고 싶은 때가 있었다. 그리고 나는 고통을 받았다. 신사 양반, 확신한다. 내 영혼 깊은 바로 그곳에서도 나는 내가 고통을 받고 있다고는 믿지 않았다. 비웃는 소리가 들렸다. 그러나 나는 고통을 받았고, 정말 진짜로 그랬다. 나는 시기하게 되었고, 이성을 잃었다……. 그리고 신사 양반, 모든 것은 권태, 바로 그 권태 때문이었다. 무력감이 억누른다. 의식의 직접적이며 당연하고 솔직한 결말은 정말 이 무기력이다.[12] 즉 의식적으로 팔짱을 끼고 앉아 있는 것이다. 나는 그것을 위에서 이미 언급했

---

12 보통 평론가들은 이 구절을 지하 생활자의 〈햄릿주의〉로 언급하고 있다. 뚜르게네프의 『쉬그로프스끼 현의 햄릿』이나 『잉여 인간의 일기』에 등장하는 주인공들이 지나친 자의식의 결과로 자신들의 삶에 주어진 가능성들을 개척하지 못하고 파멸에 이른다는 점에서는 연관성이 있다. 그러나 이 구절은 조셉 프랭크의 지적대로 체르니셰프스끼가 『철학의 인류학적 법칙들』에서 인간은 어떤 행동을 하든지 간에 그것은 〈자연의 법칙〉의 결과에 따른 것이므로 자유 의지라는 능력은 인간에게 존재하지 않고 존재할 수도 없다고 주장한 것을 패러디한 것으로 보는 것이 타당하다. 『지하로부터의 수기』 1부의 논지는 이러한 체르니셰프스끼의 주장에 대한 반박이다.

다. 반복하지만, 강조해서 반복하지만, 모든 직선적인 사람들과 활동가들은 그들이 멍청하고 편협하기 때문에 행동하는 것이다. 그것을 어떻게 설명할 수 있을까? 여기에 그 답이 있다. 그러한 편협함 때문에, 그들은 근시안적이고 이차적인 원인들을 가장 근본적인 원인들로 받아들인다. 그리고 마찬가지 방식으로 그들은 다른 사람들보다 더 빨리 그리고 더 쉽게 자신들의 행동을 위한 흠잡을 데 없는 기초를 발견했다고 확신하고 안도하게 된다. 그리고 이것은 매우 중요하다. 결국 행동하기 위해서 당신은 당신의 마음을 미리 완전히 편안하게 만들어야 하고 어떤 의심도 남아 있게 해서는 안 된다. 그렇지만 당신은 어떻게 내가 마음을 편안하게 만들 것이라고 기대하는가? 나를 지탱할 만한 가장 근본적인 원인들은 어디에 있고, 어디에 기초들이 있을까? 어디에서 그것들을 발견할 수 있을 것인가? 나는 사색하는 데에 단련이 되어 있고 따라서 하나의 가장 근본적인 원인은 보다 더 근본적인 원인을 끌어내게 마련이다. 이것이 모든 의식과 사고의 정확한 본질이다. 다시 한번, 이때 우리는 자연의 법칙을 따르고 있다. 그래서 우리는 마지막으로 어떤 결과를 갖게 되는 것인가? 역시 마찬가지이다. 이런 식으로 한없이 계속된다. 얼마 전에 내가 복수에 관해서 말했던 것을 상기해 주기 바란다. (당신은 아마도 그것을 깊이 규명해 보지 않았을 것이다.) 앞에서 말한 것처럼 인간은 복수를 한다. 왜냐하면 그것이 정당하다고 보기 때문이다. 그것은 그가 가장 근본적인 원인과 기초를 발견했다는 것, 즉 정당성을 찾았다는 것을 뜻한다. 따라서 그의 마음은 모든 면에서 편안해졌으며, 이제 그는 침착하고 성공적으로 복수를 할 수 있다. 자신이 가장 정직하고 정의로운 일을 하고 있다고 확신하면서……. 그러나 나는 이것에서 어떤 정의도 볼 수 없고, 어떤 종류의 미덕도 찾을 수 없다. 따라서 만일 내가 복수를 한다면, 나는 그것을 오직 악의 때문에 하게 될 것이다. 물론 악의는 나의 모든 의심을 극복할 수도 있고, 성공적으로 나의 근본적인 원인을 대신할 수도 있다. 왜냐하면 그것은 원인이 아니기 때문이다. 그러나 내 안에 어떠한 악의도 없다면 나는 도대체 무엇을 할 수 있을까(나는 얼마 전에 바로 여기서부터 이야기를 시작했다)? 이러한 빌어먹을 의식의 법칙들 때문에, 나의 악의는 다시 또 화학적으로 분해되어 버린다. 그래서 바로 눈앞에서 악의의 대상이 사라져 버리고, 이성들도 증발해 버리고, 원인 제공자 또한 발견되지 않고, 모욕도 더 이상 모욕이 아닌, 급기야는 치통처럼 운명적인 일이 되어 버리는 것이다. 그리고 이것에 대해서는 아무도 원망할 수 없다. 그래서 결과적으로 다시 한번 예전과 똑같은 방법만 남게 된다. 즉, 벽을 가능한 한 힘껏 아프게 들이받는 일이다. 이렇게 당신은 체념하게 된다. 왜냐하면 당신은 가장 근본적인 원인을 발견하지 못했기 때문이다. 그러나 적어도 그 시간만큼은 의식을 억누르면서 맹목적으로 생각 없이, 가장 근본적인 원인도 없이 당신의 감정에 휩쓸리려고 해보라. 또 증오하거나 사랑하려고 해보라, 단순히 팔짱 끼고 앉아 있지 않기 위해서. 아무리 늦어도 이틀만 지나면 당신은 당신 자신을 경멸하기 시작한다. 왜냐하면 당신은 알면서도 자신을 속였기 때문이다. 그리고 우리는 결과로 무엇을 얻는가? 비누 거품과 무기력이다. 아, 신사 양반, 내가 자신을 현명한 사람이라고 생각하는 유일한 이유는, 내 전생애를 통해 어떤 것도 시작하지 않았고 끝내지 않았기 때문이다. 좋다, 좋다, 그래 나는 수다쟁이다, 해롭지 않은 화가 난 수다쟁이다. 그러니 이제 당신은 무엇을 할 수 있겠는가, 만일 모든 현명한 사람들의 직접적이고 유일한 목적이 지껄이는 것이라면, 즉 의도적으로 허튼소리를 늘어놓는 것이라면……?

6

오, 단지 게으름 때문에 내가 아무것도 하지 않았더라면, 주여 그랬더라면, 나는 얼마나 나 자신을 존경했을 것인가. 나는 내가 게으를 수 있다는 것만으로도 스스로를 존경했을 것이다. 그 게으름이 스스로 믿어 의심치 않는 단 한 가지의 긍정적인 자질이기만 하다면 말이다.

질문: 그는 누구인가?

대답: 게으름뱅이다.

자신에 관해서 그러한 말을 들었다면 대단히 신나는 일이었을 것이다. 그것은 긍정적으로 평가한 것이다. 그것은 나에 관하여 무엇인가 말할 것이 있다는 것을 뜻한다. 〈게으름뱅이〉, 그것은 신분이자 사명이며 약력이다. 농담하는 것이 아니다, 정말 그렇다. 내가 게으름뱅이였다면 권리에 따라 나는 일류 클럽의 회원이 되었을 것이고, 나는 나 자신을 완전히 끊임없이 존경하는 일에 헌신했을 것이다. 나는 우수한 라피트[13] 감식가라는 것을 평생 자랑거리로 삼아 온 신사를

---

13 남부 프랑스산 붉은 포도주의 일종.

알고 있다. 그는 이것을 자신의 긍정적인 덕목이라고 생각했으며 자신을 의심해 본 적이 결코 없었다. 그는 평온한 양심이 아니라 승리의 양심을 지닌 채 죽어 갔다. 그리고 그는 절대적으로 옳았다. 그리고 그때 나는 나 자신의 경력을 선택할 수 있었을 것이다. 나는 게으름뱅이자 대식가가 되었을 것이다. 그저 단순한 대식가가 아니라, 예를 들어 아름답고 고상한 것은 모두 용인할 수 있는 그런 사람이. 당신은 이에 대해 어떻게 생각하는가? 나는 그것에 관해 오랫동안 꿈꾸어 오고 있다. 이 〈아름답고 숭고한〉 것은 내가 살아온 40년 동안 정말 나를 성가시게 한 것이었다. 그러나 나의 40년이 그랬다면, 오, 그때에는 달랐을 것이다! 바로 나는 내게 어울리는 행동 즉, 아름답고 숭고한 것을 위해 마시는 일을 발견했을 것이다. 나는 기회만 있으면, 먼저 나의 작은 술잔에 한 방울의 눈물을 흘려서 아름답고 숭고한 것을 위해 마셨을 것이다. 나는 세상에 존재하는 모든 것에서 아름답고 숭고한 것을 찾았을 것이다. 가장 추악하고, 보잘것없는 쓰레기에서도 나는 아름답고 숭고한 것을 들춰냈을 것이다. 나는 젖은 스펀지처럼 눈물을 잘 흘리게 되었을 것이다. 예를 들어 한 예술가는 똥의 그림을 그린 적이 있다.[14] 나는 곧 똥을 그렸던 그 예술가를 위해 마셨을 것이다, 왜냐하면 나는 아름답고 숭고한 모든 것을 사랑하기 때문이다. 어떤 작가는 〈어떤 사람이 원하든지 간에〉라고 썼다.[15] 나는 곧 〈어떤 사람〉을 위

---

14 러시아어 원문 그대로 해석하면 〈예를 들어 예술가는 게를 그림으로 그렸다〉가 된다. 이 똥의 그림을 그린 화가가 바로 게(N. N. Gu, 1831~1894)로, 이 이름은 똥에 해당하는 러시아어를 완곡하게 생략한 것이다. 따라서 〈똥의 그림〉이라는 표현을 써서 이중적인 의미를 지니도록 번역했다.

해 또 마셨을 것이다. 왜냐하면 나는 〈아름답고 숭고한〉 모든 것을 사랑하기 때문이다. 나는 그것을 위해 존경받기를 원했을 것이다. 나는 나에게 존경심을 나타내지 않는 모든 놈들을 처형했을 것이다. 나는 평화롭게 살았을 것이고, 장엄하게 죽었을 것이다. 얼마나 찬란하고, 매혹적이었을까! 그리고 나는 그와 같이 배를 볼록하게 만들었을 것이고, 3중 턱을 가졌을 것이며 그와 같은 딸기코를 가졌을 것이다. 그래서 길거리에서 나를 보는 사람들은, 나를 쳐다보며 말했을 것이다. 「흠, 당신에게는 바로 그러한 참되고 긍정적인 장점이 있군!」 당신이 원하는 것을 말해 보시오, 신사 양반, 그러나 부정적인 시대에 이 같은 평판을 듣는 것은 괜찮은 일이다.

7

그러나 이런 것들은 황금빛 몽상들이다. 오, 말해 주시오. 인간이 다만 자신의 진정한 이익을 모르기 때문에 악한 행동을 하는 것이며, 만약 그가 깬 사람이고 자신의 진정한 정상적인 이익에 눈을 뜨게 된다면 곧 악한 행동을 그만두고 선량

---

15 1863년에 발표된 N. 쉬체드린의 평론 「어떤 사람이 원하든지 간에」를 언급하고 있다. 이것은 명백히 도스또예프스끼가 19세기 러시아 풍자 작가 쉬체드린을 공격하는 논쟁이다. 쉬체드린은 화가 게가 그린 「최후의 만찬」에 대해 공감하는 글을 발표했다. 1863년 예술 아카데미의 가을 전시회에서 처음으로 공개된 이 그림은 다양한 반응을 불러일으켰다. 도스또예프스끼는 『작가 일기』에서 게가 이 그림에서 역사적인 사실과 당면한 현실을 의도적으로 혼합시켜 편견을 담은 부자연스러움을 드러냈으므로 이것은 거짓이며 이미 사실주의가 아니라고 주장하고 있다.

하고 고상하게 될 것이라고[16] 누가 처음으로 선언하고 주장했는지 말이다. 사물의 이치를 깨닫고 진정한 자신의 이익을 이해하게 되면 그는 자신의 이익이 선행에 있다는 것을 헤아릴 수 있게 될 것이며 아무도 자기의 이익에 반하는 행동은 하지 않는 법이니까 그도 이제 필요에 의해서 선을 행하게 될 것이라고 말이다. 오, 젖먹이여! 오, 순진하고 티없는 아이여! 현재까지 이르는 수천 년 동안에, 언제 인간이 단지 자기 자신만의 이익을 위하여 행동을 취한 적이 있었단 말인가? 사람들이 그들의 진정한 이익을 잘 알면서도 그것을 부차적인 일로 미루고, 그들에게 그렇게 하라고 강요하는 사람이나 혹은 일이 없는데도 곧바로 다른 길을 따라 달려가는 위험을 무릅쓰는 것을 어떻게 이해해야 하는가. 인간에게 정확하게 지시된 길을 가는 것은 마치 그들이 가장 원하지 않는 일인 것처럼 여겨져 도박을 하며 고집스럽게 그들의 길을 완전한 어둠 속에서 찾아야만 했다. 이런 불합리하고 위험한 길을 개척하는 것과 같은 본보기들을 입증하는 수백만의 사실들을 우리는 어떻게 이해해야 하는가. 그렇다면 이 고집과 변덕이 실제로 그들에게 어떤 이익보다도 더 즐거운 일임을 뜻한다……. 이익! 이익이라고 부르는 이것은 무엇이란 말인가? 그리고 당신은, 정말로 인간의 이익을 구성하는 것이 무엇인지 절대적으로 정확하게 규정하는 일을, 당신 자신이 떠맡기를 원하는 것인가? 그리고 만약에 때때로 인간의 이익이, 그가 자신에게 유리한 어떤 것을 원하는 것이 아니라, 그

---

16 이것은 바로 체르니셰프스끼 주장의 본질인 〈합리적 이기주의〉의 내용이다. 즉 〈합리적 이기주의〉가 인간을 계몽시켜서 인간은 자신의 이익에 반하는 비합리적 행동을 결코 하지 않게 될 것이라는 주장이다.

에게 해로운 어떤 것을 원하는 데에 있을 수 있다고, 있어야만 한다고 판명되면 어떻게 할 것인가? 만약에 그렇다면, 그와 같은 경우가 일어난다면, 모든 법칙은 먼지가 되고 만다. 당신은 그 같은 경우들이 있을 거라고 생각하는가? 당신은 웃고 있군. 계속 웃으시오, 신사 양반, 그러나 내 말에 대답을 해보시오. 인간의 이익이 절대적인 정확성으로 계산된 적이 있는가? 포함되지도 않았을 뿐 아니라 어떤 범주에도 포함시킬 수 없었던 것들이 있지는 않았는가? 신사 양반, 내가 아는 한 당신은, 인간의 이익에 관한 당신의 전체 목록을 통계적인 숫자들과 과학·경제 법칙들로부터 얻어낸 평균치에 근거하여 만들었다. 당신에게 이익들이란 행복, 재산, 자유, 평안, 뭐 그리고 그 밖의 것들 등등이겠지. 여기에 반대하는 사람은, 당신 의견으로는, 그리고 뭐 물론 내 의견으로도 반계몽주의자이거나 혹은 절대적으로 미친 놈이겠지, 맞지? 그러나 놀랄 만한 일이 하나 있다. 이 모든 통계학자들과 현인들과, 그리고 박애주의자들이 인간의 이익을 나열하며 왜 항상 한 가지 이익은 생략하는 것인가? 그들은 그것을 받아들여야 할 형태로 보고 계산에 넣지도 않지만 모든 계산은 그것에 달려 있다. 그것을, 그 이익을 고려해서 목록에다 기입하는 일은 별 큰 문제가 아니다. 그러나 그것이 바로 불행이다. 이 불가사의한 이익은 어떤 범주에도 포함되지 않으며 그리고 어떤 목록에도 짜맞추어 넣을 수 없다. 예를 들어 보겠다. 나에게는 한 친구가 있다. 신사 양반, 그는 또한 당신의 친구이기도 하다. 그리고 정말 그는 모두에게 친구이다. 무엇인가 하려고 준비할 때에, 이 친구는 당신에게 이성과 진리의 법칙에 따라 어떻게 일을 진행시켜야 하는지를 유창하고 명료하게 설명한다. 그리고 이것이 전부가 아니다. 흥분해서 정열적으로, 그는 당신에게 인간의 진정한 정상적인 이익에 관하여 말할 것이다. 그는, 자신의 이익들을 혹은 미덕의 진정한 의미를 이해하지 못하는 근시안적인 바보들을 조롱하며 꾸짖는다. 그리고 정확히 15분 뒤에, 어떤 갑작스러운 외부로부터의 이유도 없이, 그러나 정확히 그의 모든 이익들보다 더 강한 자신의 내면에 있는 어떤 것들 때문에 그는 완전히 다른 입장을 취한다. 그는 명백히 자신이 말했던 것에 대해 반대되는 행동을 할 것이다. 이성의 법칙에도 반하고, 그 자신의 이익에도 반하고, 뭐 한마디로 모든 것에 반대되는……. 그는 복합적인 성격의 소유자이므로 이 친구만 비난하기는 어렵다는 것을 나는 당신에게 미리 말해 둔다. 이것에 관해 생각해 봐라, 신사 양반. 실제로 인간 자신의 최고의 이익보다 거의 모든 인간에게 더 유익한 그런 어떤 것, 혹은 (우리가 논리적이려고 한다면) 가장 유익한 것들 중에서도 더 유익한 어떤 것(정확히 우리가 언급하기를 생략했던 바로 그것), 그 밖의 다른 모든 이익들보다 더 탁월하고 유익하며 그리고 그것을 위해서 인간이 모든 법칙에 반대되는 행동을 하는, 즉 이성, 명예, 평안, 행복에 반대되는 — 한마디로, 그러한 모든 아름답고 쓸모 있는 것들에 반대되는 — 무엇보다도 그 자신에게 더 소중한 기본적이고 가장 유익한 것들보다 더 유익한 것을 얻기 위해서 노력하는 그런 어떤 것이 항상 있지 않은가?

「뭐, 그래도 그것 역시 똑같은 이익이야.」 당신은 내 말을 가로막을 것이다. 이 문제를 우리가 계속 설명할 수 있도록 허락해 주신다면, 말장난에 신경 쓰지 마시라, 중요한 점은 이 이익이 주목할 만하다는 것이다. 왜냐하면 그것은 우리의 모든 범주들을 없애 버리고 인류의 행복을 위하여 박애주의자들이 수립한 모든 체계들을 끊임없이 파괴하기 때문이다. 한마디로 그것은 모든 것에 개입한다. 여기서 그 이익의 이름을 짓기 전에 나는 개인적으로 나 자신을 불명예스럽게 만들고 싶다. 그래서 나는 뻔뻔스럽게 선언하는 바이다. 이 모든 훌륭한 체계들은 — 인류에게 진정한 정상적인 이익들을 설명하는, 그래서 필연적으로 이러한 이익들을 얻기 위해 인류가 투쟁하면 인류는 곧 선해지고 고상해질 것이라는 이 모든 이론들은 — 당분간 내 의견으로는 단순한 병참술일 뿐이다. 그렇다. 병참술이다. 인류 자신의 이익 체계에 의해서 모든 인류를 개혁시킨다는 이 이론을 확신하는 것은, 내 의견으로는 이런 거나 마찬가지다. 예를 들면, 문명은 인간을 양순하게 만들고 있으며, 따라서 인간은 피에 덜 굶주리게 되고 전쟁을 수행할 능력이 점점 미약해지고 있다는 버클[17]의 주장을 확신하는 것과 같은 것이다. 논리적인 측면에서만 본다면, 인간은 그렇게 될 수도 있는 것처럼 보인다. 그러나 인간은 체계들이나 추상적인 결론들을 편애하기 때문에, 자신의 논리를 정당화하기 위해 진실을 의도적으로 왜곡하거나 자신의 눈을 감아 버리거나 귀를 막아 버린다. 내가 이러한 예를 선택한 이유는 이것이 가장 명백한 예가 되기 때문이다. 잠깐 주위를 둘러보아라. 피가 강물처럼 흐르고 있다. 그리고 마

---

17 H. T. 버클(1822~1862). 영국의 역사가로『영국 문명사』를 지어 역사의 기본적 요소를 자연과 인간 정신으로 보는 역사관을 주창했다. 그러나 그는 탐험 도중 자신의 저서 중 처음 두 권밖에 완성하지 못한 채 열병으로 죽고 말았다.

치 샴페인처럼 즐겁게 흐르고 있다. 이것이 우리가 살고 있고 또한 버클도 같이 살았던 이 19세기를 요약하고 있는 것이다. 당신을 위한, 위대한 나폴레옹과 현재의 나폴레옹[18]이 있다. 또한 영원한 동맹인 북아메리카[19]가 있다. 당신을 위한 그 우스운 슐레스비히 홀스타인[20]도 있다. 우리 내면을 양순하게 만드는 문명이란 대체 무엇이란 말인가? 문명은 인간 안에 단지 감각의 다양성을 발달시킬 뿐이다. 그리고 절대 그 이상은 아니다. 그리고 이러한 감각들의 발달에 의해서, 인간은 궁극적으로 피를 보는 것에서 쾌락을 찾는 데까지 도달한다고 나는 감히 말한다. 실제로 이러한 일은 이미 인간에게 일어났다. 당신은 가장 세련되게 피를 흘리게 만든 이들이 거의 예외 없이 가장 문명화된 신사들이었다는 것을 주목한 적이 있는가? 모든 다양한 아틸라[21]들과 스쩬까 라진[22]들은 그들에 비하면 발 밑에도 못 미칠 것이다. 그들이 아틸라나 스쩬까 라진처럼 눈에 띄지 않은 것은 우리가 그들을 너무 자주 대면하게 되고, 그들이 너무 흔하고, 그들에게 친숙해

18 프랑스의 황제들, 나폴레옹 1세(1769~1821)와 나폴레옹 3세(1808~1873)의 이름은 여기에서 이 두 황제들의 통치 시기에 프랑스가 빈번한 전쟁을 수행했다는 것과 관련되어 지칭되고 있음.

19 1861년부터 1865년까지 북아메리카에서 진행된 남북 전쟁을 말함.

20 슐레스비히 공국과 홀스타인, 라우엔부르그 공국의 귀속 문제를 둘러싼 프러시아와 덴마크 사이의 전쟁이 도스또예프스끼가 『지하로부터의 수기』를 집필할 때 일어났다.

21 아틸라(?~453). 로마 제국과 이란의 영토에 대한 초토화 원정을 수행했던 훈 족의 왕.

22 알렉시스 황제 치하에서 러시아 동부의 농민들을 선동한 까자끄 부대의 수장으로 1671년 처형되었다. 이 무렵 스쩬까 라진의 모습은 1858년에 출판된 N. 꼬스따마로프의 『스쩬까 라진의 반란』과 연관하여 많은 관심을 끌었다.

졌기 때문이다. 어쨌든 문명 때문에 인간이 피에 더 주리게 되지는 않았더라도, 전보다 더 나쁘고 더 혐오스러운 방법으로 피에 주리게 된 것은 확실하다. 지난날에 인간은 학살이 정의라고 생각했으며, 편안한 양심으로 자신이 처벌해야만 한다고 생각한 이는 누구든지 전멸시켰다. 오늘날, 우리는 학살을 끔찍스러운 것으로 생각하지만, 우리는 이 끔찍스러운 일을 전과 똑같이, 심지어는 전보다 더 많이 행하고 있다. 어느 것이 더 나쁜지 당신 자신이 결정하기 바란다. 클레오파트라[23]는(로마 역사에서 예를 들어 미안하지만) 여종들의 젖가슴을 황금 핀으로 쑤시기를 좋아했고 그들의 비명소리와 몸부림에서 쾌락을 찾곤 했다고 한다. 당신은 이에 대해서 이것은 상대적으로 말해 야만 시대에 있었던 일이라고 치부할 것이다. 현재도 우리는 야만 시대에 살고 있다. 왜냐하면(또한 상대적으로 말하자면) 지금도 사람들을 핀으로 쑤시고 있기 때문이다. 현재 인간은 야만 시대보다 더 확실히 보는 것을 배웠음에도 불구하고 이성과 과학이 가리키는 대로 행동하는 데에 아직 익숙지 않다. 그런데도, 당신은 인간이 몇 가지 나쁜 습관들을 완전히 치유받고 상식과 과학이 인성을 완전히 재교육시켜 올바른 방향으로 바꾸어 놓는다면 그는 확실히 그것을 배우게 될 것이라고 굳게 확신하고 있다. 당신은 그때 인간이 자발적인 실수를 하지 않을 것이며, 그 자신의 의지에 반하는, 말하자면 정상적인 이익에 반하는 의

---

[23] 클레오파트라(B. C. 69~30). 이집트의 프톨로메예프 왕조의 여왕. 그녀의 이름은 1861년 러시아의 출판물에 자주 언급되고 있는데, 그것은 뻬르미에서 있었던 〈문학의 밤〉에 똘마체프라는 관리의 부인이 뿌쉬낀의 작품 『이집트의 밤들』에 나오는 클레오파트라의 독백을 낭송함으로써 시작된 논쟁과 관련이 있다.

지를 펴려고 하지 않을 것이라고 믿고 있다. 그것이 전부가 아니다. 그때, 당신은 과학 그 자체는 인간에게(내 생각으로 이것은 이미 사치스러운 일이지만), 인간은 의지나 혹은 변덕을 부릴 수 있는 자질을 부여받지 못한 상태이고 게다가 그런 적도 없었으며, 그리고 인간은 피아노 건반 중의 하나[24] 또는 오르간의 작은 나사못 이상이 아니라는 것을 가르칠 것이라고 말할 것이다. 게다가 세상에는 아직도 자연의 법칙들이 존재하며, 그래서 그가 무엇을 하든 간에 그것은 그가 원하기 때문에 그렇게 되는 것이 아니라 그것 스스로 자연의 법칙에 따라 그렇게 된 것이라고 당신은 말할 것이다. 그러므로 우리는 단지 자연의 법칙들만 발견하면 되고, 그렇게 되면 인간은 더 이상 자신의 행동에 대해서 책임질 필요가 없으며, 삶은 훨씬 쉬워질 것이다. 모든 인간의 행동들은 말할 필요도 없이, 그때에는 이런 법칙들에 따라 수학적으로 마치 로그표처럼 10만 8천까지 계산되어 달력에 기입될 것이다. 혹은 더 좋은 것은, 어떤 좋은 의도를 가진 출판물이, 즉 오늘날의 백과사전과도 같은 것들이 나타나게 될 것이며, 그 안에 모든 것들이 대단히 정확하게 계산되고 표시되어서 행동들도 모험들도 더 이상 지구 상에 존재하지 않게 될 것이다.

그때에는 — 당신은 이것에 대해 말하고 있다 — 완전히 준비된 그리고 또한 수학적인 정밀함으로 계산된 새로운 경

---

[24] 『달랑베르와 디드로의 대담』(1769)이라는 저서에서 프랑스의 유물론 철학자 디드로(1713~1784)의 다음과 같은 논의를 염두에 두고 있다. 〈우리는 지각할 수 있고 기억할 수 있는 재능을 부여받은 악기들이다. 우리의 감정은 우리를 둘러싼 자연이 연주하거나 혹은 자주 스스로 연주할 건반들이다.〉

제 관계가 수립될 것이다. 그래서 순식간에 모든 있을 수 있는 문제들이 사라지게 될 것이다. 왜냐하면 이러한 문제들에 대한 모든 가능한 답들을 얻을 수 있다는 단순한 이유에서이다. 그때에는 수정궁[25]이 완성될 것이다. 그때에는 한마디로 까간의 새[26]가 날아와 앉을 것이다. 물론 그렇다고 해서 지루하지 않을 것이라고(이것은 내가 말하는 것이다) 결코 장담할 수 없다. (왜냐하면 모든 것이 도표에 따라 계산되어서 인간이 할 일이라곤 없을 것이기 때문이다.) 그 대신에 모든 것은 아주 이성적인 것이 될 것이다. 물론 권태 때문이라면 인간은 무엇인들 생각해 내지 못하겠는가! 결국 황금 핀도 권태 때문에 찔러 대는 것이다. 그러나 그것은 또한 그렇게 나쁜 것이 아닐지 모른다. 경멸해야 하는 것은(여전히 내가 말하는 것이다), 내가 알기로는 사람들이 황금 핀조차 환영할지도 모른다는 사실이다. 결국 인간은 어리석다, 보기 드물게 어리석다. 그가 결코 어리석지 않다 할지라도, 은혜를 모르기 때문에 그것을 보상하기 위해서 아무리 당신이 힘써 노력한다 할지라도 인간보다 더 은혜를 모르는 것은 결코 찾을 수 없을 것이다. 그래서 예를 들면, 미래의 일반적으로 양식 있는 사람들 중에서 갑자기 어떤 명백한 이유도 없이 한 신

---

25 미래의 사회주의 사회를 묘사하고 있는 체르니셰프스끼의 소설 『무엇을 할 것인가』에 나타나는 무쇠와 수정으로 만들어진 궁전을 지칭하는 것으로 이는 미래 사회의 유토피아적 비전을 의미한다. 이 용어는 의심할 바 없이 1851년 런던에서 열렸던 만국 박람회 때 하이드 파크에 세워진 수정궁이라는 건물의 이름에서 따온 것이다.
26 사람들에게 행운을 가져온다는 새. 도스또예프스끼는 이 새에 관해서 시베리아에서 유형 생활을 하던 시기에 처음으로 듣게 되었으며 그의 〈시베리아의 수기〉의 90번째 수기가 이를 뒷받침하고 있다.

사가 품위 없는, 혹은 복고적이고 우스운 모습으로 나타나서는 될 대로 되라는 식의 태도를 취하면서 우리 모두에게 〈신사 여러분, 이 모든 로그표들은 악마에게나 주어 버리고, 다시 한 번 우리의 어리석은 의지대로 사는 유일한 목적을 위해 우리 이 모든 양식을 한 번에 뒤집어엎고, 진흙 속에 밟아 버리는 게 어떻겠소〉라고 말한다 해도 나는 조금도 놀라지 않을 것이다. 이것 또한 나쁘지는 않을 것이다. 화가 나는 일은 이 신사가 확실히 추종자들을 발견하게 되리라는 것이다. 인간은 이런 식으로 창조되었다. 그리고 이런 모든 것들은 언급할 가치조차 없어 보이는 가장 공허한 이유 때문이다. 즉, 인간은 항상 어디에서나, 그가 누구이든 간에, 절대적으로 이성과 그의 이익이 지시하는 대로가 아니라, 자기가 원하는 대로 하기를 좋아하기 때문이다. 그리고 인간은 때때로 자신의 이익에 반하는 어떤 것을 원할 수 있고 심지어는 긍정적으로 그렇게 해야만 한다(이것은 내 생각이다). 제멋대로 할 수 있는 자유로운 욕구, 가장 거친 것이라 할지라도 당신 자신의 변덕, 때때로 심지어는 광기에 달하는 당신의 몽상, 바로 이것이야말로 모든 이들이 간과하고 있는 어떤 범주에도 속하지 않는 이익 중의 이익이며 이것 때문에 모든 체계들과 이론들은 끊임없이 와해되어 버린다. 도대체 어디에서 모든 현인들은 인간에게는 어떤 정상적이고 선한 욕구가 필요하다는 생각을 얻었단 말인가? 도대체 왜 그들은 인간에게 항상 이성적으로 유익한 욕구가 필요하다고 끊임없이 생각하고 있단 말인가? 인간에게는 오직 자율적인 욕구만이, 이러한 욕구의 대가가 무엇이든 혹은 어디에 달하든지 간에 필요하다. 뭐, 욕구라는 것을, 제기랄 그 누가 알 수 있겠는가……

8

「하!하!하! 하지만 이런 욕구는 당신이 원한다 하더라도, 실제로는 존재하지도 않지.」 당신은 요란하게 웃으며 내 말을 가로막을 것이다. 「오늘날 과학은 인간을 분석하는 데 대단한 성공을 거두었기 때문에 우리는 이러한 욕구가 무엇인지 이미 알고 있으며, 그리고 우리가 자유 의지라고 부르는 것은, 더 이상……」

잠깐만, 신사 양반, 나도 그렇게 시작하려고 했다. 나는 인정하건대 놀라기까지 했다. 나는 이러한 욕구가 무엇에 달려 있는지 신만이 알 것이라고 소리치려 했다. 아마도 우리는 이것에 대해 신에게 감사해야 할 것이다. 그러나 그때 나는 과학에 관하여 기억해 냈다……. 그리고 나는 마음을 진정시켰다. 그리고 바로 그때 당신이 말하기 시작했다. 정말, 생각만 해보라. 만약 언젠가 실제로 우리의 모든 욕구들과 변덕들을 위한 공식을 발견한다면, 즉, 그것들이 무엇에 달려 있으며 정확하게 어떤 법칙들에 의해서 발생하는지, 정확히 어떻게 전파되는지, 이러이러한 경우에는 어디에 도달하는지, 그 밖의 것들과 기타 등등, 즉, 〈진짜 수학 공식을 발견한다면〉 하고 생각해 보라는 것이다. 그렇게 되면 인간은 아마도 바로 그때 그곳에서 완전히 욕구를 상실해 버리고, 더 나아가 욕구를 가지기를 확실히 중단하는 것을 보게 되리라는 것이다. 그러나 왜 사람들이 도표에 따라 욕구를 가지려 하겠는가? 이것은 전부가 아니다. 그는 곧바로 인간에서 기계의 톱니바퀴나 혹은 그런 어떤 것으로 바뀔 것이다. 왜냐하면 욕망도 자유 의지도 없는, 그리고 욕구도 없는 인간이 큰 기계 바퀴의 작은 톱니바퀴가 아니고 솔직히 무엇이란 말인가? 당신은 어떻게 생각하는가? 가능성을 한번 생각해 보자. 이런 일이 일어날 수 있을까, 없을까?

「흠.」 당신은 결론을 내릴 것이다. 「우리들의 욕구는 우리의 이익에 대한 잘못된 견해 때문에 대부분 잘못된 것이다. 우리는 그래서 때때로 완전한 난센스를 원하는데 우리의 어리석음 때문에 이러한 난센스에서 이미 예정된 어떤 이익을 성취할 수 있는 가장 쉬운 길을 발견할 수 있다고 생각하기 때문이다. 모든 것이 한 장의 종이 위에 설명되고 계산될(인간이 자연의 다른 법칙들을 결코 알 수 없을 것이라고 미리 믿는 것은 확실히 혐오스럽고 비상식적인 일이기 때문에 위의 일은 완전히 가능한 일이다) 때에는, 물론 소위 욕망이라 부르는 것은 남아 있지 않을 거다. 결국, 만일 욕망이 이성과 완전한 조화를 이루게 된다면, 그때 명백히 우리는 사고할 것이고 욕망을 갖지 않을 것이다. 왜냐하면 예를 들어, 이성을 잃지 않고서는, 비정상적인 어떤 것을 원한다든가, 이성에 어긋나는, 자신에게 해가 되는 어떤 것을 알면서도 바라는 것은 절대적으로 불가능하기 때문이다. 모든 바라는 것과 사유하는 것은, 실제로 미리 계산될 수 있기 때문에 ─ 언젠가 우리는 자유 의지라고 부르는 것의 법칙들을 확실히 발견할 수 있을 것이고 ─ 그때에 모든 농담들을 제외하고는 도표 같은 것이 준비될 수 있을 것이며, 따라서 우리는 실제로 그 도표에 따라 모든 것을 원하게 된다. 예를 들어 만약에, 언젠가 그들이, 내가 어떤 사람을 조롱하는 손가락질을 했을 때 그것이 내가 그 짓 이외에 다른 짓은 할 수 없다는 정확한 이유 때문이며, 그 짓은 바로 이 손가락으로 행해져야 했다라고 나에게 계산해서 입증한다면, 그때에 내 안에 자유롭게 남아 있는 것은 대체 무엇인가. 특히 내가 배운 사람이고 어딘가에서 학업을 마친 상태라면 말이다? 나는 아마 향후 30년의 내 모든 인생을 미리 계산할 수도 있을 것이다. 한마디로 인생이 이런 식으로 준비되어 있다면, 우리는 아무것도 할 수 없을 것이다. 어떤 경우에도 우리는 그것을 받아들여야만 한다. 그리고 일반적으로 이 순간과 정확히 같은 상황하에서 자연이 우리에게 의견을 물어보지 않음을 쉴새없이 스스로에게 반복하면서 우리가 상상하는 자연이 아닌 있는 그대로의 자연을 받아들여야 한다. 우리가 실제로 그 도표와 달력대로 나아가게 된다면, 심지어는 시험관으로라도 가고 있는 것이라면, 우리가 할 수 있는 일이라곤 아무것도 없으며 시험관까지도 받아들여야 한다. 그렇지 않으면, 심지어 당사자 없이도, 그것은 계속될……」

맞다. 그러나 바로 여기에 난관이 있다! 나의 철학적인 사색을 용서하기 바란다. 신사 양반, 이것은 지하에서 지낸 40년의 결과이다. 내가 잠깐 몽상하도록 허락해 주기 바란다. 당신에게 말하고 싶다. 신사 양반, 이성이란 훌륭한 것이라고. 이것에 관해 의심할 여지는 없다. 그러나 이성은 인간의 사유 능력만을 만족시켜 줄 뿐이다. 반면 욕구라는 것은 삶의 모든 국면들의 표현이다. 다시 말해서 모든 삶의 이성과 모든 당혹감을 포함하는 표현인 것이다. 우리의 삶이 종종 이런 표현으로 인해 꽤 불쾌해지기도 하지만, 그럼에도 불구하고 그것은 삶이며 단순히 제곱근을 구하는 것이 아니다. 나를 예로 들면, 너무나 당연하게도 나는 살기 위한 나의 총체적인 능력을 만족시키기 위해 살고 싶지, 살려는 나의 총체적인 능력의 사소한, 아마도 20분의 1에 달하는 사유 능력만을 만족시키기 위해서 살고 싶지는 않다. 이성이 무엇을 아는가? 이성은 단지 그것이 배우도록 되어 있는 것만을 안다. (나는 이성이 결코 배울 수 없는 어떤 것들이 있으리라 생각한다. 이 사실이 위안이 되진 않는다. 그러나 왜 이것을 언급해서는 안 되는가?) 반면 인간의 본성은 의식적이든 무의식적이든 전반적으로 그 안에 포함된 그것이 획득한 모든 것에 의해서, 실수도 하지만 살아가고 있다. 신사 양반, 나는 당신이 나를 동정 어린 눈으로 쳐다보고 있지나 않을까 의심스럽다. 당신은 교육받고 진보적인 인간은, 간단히 말해서 미래의 인간형은 불리한 어떤 것을 알면서 원할 수는 없다고 계속 되풀이하고 있다. 이것은 수학이다. 나는 정말 동의한다. 이것은 정말 수학이다. 그러나 1백 번째로 당신에게 되풀이한다. 오직 한 가지 경우가 있다. 인간이 의도적으로, 심지어는 해로우며 어리석고 대단히 바보 같은 것을 원하는 경우가 있을 수 있다. 그것은 바로 가장 어리석은 일이라도 바랄 수 있는 권리를 가지기 위하여, 그리고 오직 지혜로운 것만을 바라는 의무에 얽매이지 않기 위하여 존재하는 것이다. 결국 바로 이 어리석은 일이, 당신의 이러한 변덕이, 신사 양반, 정말로 우리 같은 사람들에게는, 특히 어떤 경우에는, 지구상의 어떤 것보다도 가장 유익한 것일지 모른다. 그리고 특히, 그것은 우리들에게 상처를 입히는 경우에도, 유익함에 대한 우리 이성의 가장 납득할 만한 결론들과 모순되는 경우에도 모든 유익들보다 더 유익할 수도 있다. 왜냐하면 어떠한 경우에도 그것은 우리들에게 가장 중요하고 소중한 것을, 즉 우리의 인간성과 개성을 보존하기 때문이다. 그것이 실제로, 인간에게 가장 중요한 것이라고 주장하는 몇몇 사람들이 있다. 물론 욕구는 그것이 원한다면 이성과 조화를 이룰 수도 있다. 특히 이러한 협조가 지나친 것이 아니라면, 그리고 조화를 이룰 수 있다면, 그것은 유용한 것이고, 때때로 찬사를 받을 수도 있다. 그러나 욕구는 종종, 아니 그 이상으로 이성과는 절대적으로 완고하게 다르다……. 그리고…… 그리고…… 당신은 아는가, 욕구 또한 유용하며 때때로 찬사받을 일이라는 것을 아는가. 신사 양반, 인간이 어리석지 않다고 가정해 보자. (실제로 보다시피, 당신은 인간에 대해 그렇게 말하면 안 된다. 왜냐하면 만일 인간마저 어리석다면…… 그땐 누가 대체 영리할 수 있을까 하는 단 하나의 이유 때문이다.) 그러나 인간이 어리석지 않다 하더라도, 그는 감사할 줄을 모른다. 보기 드물 정도로 감사할 줄 모른다. 나는 심지어 인간에 대한 최고의 정의는 다음과 같은 것이라고 생각한다. 두 다리를 가진 감사할 줄 모르는 존재. 그러나 이것이 전부는 아니다. 이것이 인간의 근본적인 결함은 아직 아니다. 그의 가장 큰 결함은 끝이 없는 무례함이다. 노아의 대홍수 시대로부터 인간 운명의 슐레스비히 홀스타인 시대에 이르기까지 지속되어 온 바로 그 무례함이다. 무례함이란 따라서 무분별함이다. 무분별이 오직 무례함에서 기인한다는 것은 오래 전부터 알려진 사실이다. 인류 역사를 한번 살펴보라. 그래, 당신은 뭘 보는가? 그것은 장엄한가? 좋다. 그것이 장엄하다고 해보자. 로도스 섬의 거상(巨像)들[27]만을 한번 생

---

27 세계 7대 불가사의 중의 하나로 간주되는 B. C. 280년에 세워진 높이 31m의 태양의 신 아폴로의 청동상. 고대 그리스의 도시, 로도스의 항구에 서 있다.

각해 보자. 이건 굉장하지 않은가! 아나예프스끼[28] 씨가 어떤 사람들은 이것이 사람의 손에 의해 창조된 것이라고 주장한다고 보고한 데에는 충분한 이유가 있다. 다른 사람들은 그것이 자연 그 자체에 의해서 창조되었다고 주장한다. 그것은 알록달록한가? 좋다, 그것이 알록달록하다고 해보자. 모든 시대, 모든 국가에서 관료들과 군인들과 민간인들이 입었던 화려한 제복들을 한번 보자. 이 모든 것을 다 합쳐 보면 무엇인가 되지 않겠는가? 그리고 당신이 이 제복들을 한번 입어본다면, 눈이 튀어나올 정도로 놀랄 것이다. 어떤 역사가라도 정신을 차리지 못할 것이다. 그것은 단조로운가? 그래 좋다. 단조롭다고 해보자. 그들은 싸우고 또 싸운다. 그들은 지금도 싸우고 있고 전에도 싸웠으며 그리고 그 후에도 싸웠다. 당신은 그것이 너무나 단조롭다는 것에 동의해야만 한다. 한마디로, 당신은 세계사에 관하여 무엇이든지 말할 수 있다. 가장 혼란스러운 상상으로 머릿속에 그려지는 어떤 것이든지 말할 수 있다. 그러나 당신은 오직 한 가지, 그 역사가 합리적이라고는 말할 수 없다. 첫 번째 단어에 당신은 숨이 막힐 것이다. 여기에 항상 만나게 되는 그런 종류의 것이 있다. 당신도 알다시피, 인생에는 그토록 예의 바르고 분별 있는 사람들이 항상 나타나게 마련이다. 자신들의 인생 전체를 통해 가능한 한 예의 바르고 지각 있게 행동하는 것을 자신들의 목표로 삼고 있는, 바로 그런 현인들과 박애주의자들이 있는 것이다. 그들은 형제들에게 실제로 이 지구상에서 예의

---

28 A. E. 아나예프스끼(1788~1866). 다양한 출판물들이 선보이던 1850~1860년에 끊임없는 조롱의 대상이었던 쓸모없는 많은 책들을 펴낸 작가.

바르면서 동시에 분별 있게 사는 것이 가능하다는 것을 입증하는 엄격한 목적을 위하여, 빛을 전파하기 위하여 애쓴다. 그런데 무슨 일이 일어나고 있는가? 예견하건대, 이러한 박애주의자들 중 많은 이들은 조만간, 그들의 인생의 말미에서 무엇인가 바보 같은 일을 함으로써, 때때로 아주 꼴사나운 어떤 짓을 저지르기까지 함으로써, 그들의 목표를 저버릴 것이다. 이제 내가 당신에게 물어보겠다……. 생물로서 그와 같은 이상한 자질을 부여받은 인간에게 당신은 무엇을 기대하고 있는가? 계속해서, 그에게 지구상의 모든 축복을 뿌려 주고, 그의 머리 위까지 행복에 잠기도록 해보라. 그러면 마치 물위에서처럼 그러한 행복의 표면 위로 거품들만이 튀어 오를 것이다. 그가 잠자거나, 생강 빵을 먹고 세계사의 영속성에 관하여 분주한 것 외에는 할 일이 남아 있지 않도록 그에게 경제적인 풍요를 제공해 보라. 그런 경우에도 인간은 순수한 배은망덕 때문에, 순수한 심술궂음 때문에 혐오스러운 짓을 할 것이다. 그는 심지어 생강 빵을 걸고서라도 의도적으로 가장 유해한 쓰레기 같은 것을, 가장 비경제적인 난센스를 바랄 것이다. 이 모든 긍정적인 상식에 그 자신의 치명적이고 환상적인 요소를 더하기 위해서 말이다. 그는 그 자신의 환상적인 꿈과 가장 뻔뻔스러운 어리석음을 유지하려 할 것이다. 단지 그 자신에게(마치 이것이 그토록 불가피한 것처럼) 인간들은 여전히 인간들이며, 자연의 법칙들 스스로가 인간들에 대해 연주를 하고 있으며, 이미 일정표에 적혀 있지 않은 어떤 것도 인간들은 바랄 수 없다는 위협까지 받을 정도로 자연의 법칙에 의해 인간들이 연주된다 하더라도, 피아노 건반들은 아니라는 것을 확신시키기 위한 유일한 목적에서 그렇게 할 것이다. 그리고 사실 이것이 전부는 아니다. 그가 정말 피아노 건반으로 변한다 할지라도, 그리고 이 사실을 심지어 자연 과학과 수학적으로 그에게 입증한다 할지라도, 그는 이성을 회복하지 않을 것이며 의도적으로, 단지 배은망덕 때문에 정반대되는 어떤 일을 할 것이다. 엄격하게 말해서, 자기 마음대로 하기 위해서이다. 그가 그런 방법을 갖고 있지 않다고 하더라도, 그는 어떤 파괴나 혼돈을 생각해 낼 것이고, 여러 가지 고통들을 생각해 낼 것이다. 그러나 그는 언제나 자신의 뜻대로 할 것이다! 세상에 저주를 퍼부을 것이다. 왜냐하면 인간은 저주할 수 있는 유일한 생물이기 때문이다(이것은 그의 특권이기도 하며, 다른 동물들과 가장 현저하게 인간을 구별짓는 것이기도 하다). 장담컨대 그는 저주하면서 자신의 뜻대로 할 것이며, 그는 정말로 자신이 인간이며 피아노 건반이 아니라는 것을 자신에게 확신시킬 것이다! 만일 당신이, 모든 것들이 — 혼돈, 어둠, 저주 — 그 도표에 의해 계산될 수 있어서 그 예비 계산의 가능성이 모든 것을 멈추게 하고 이성이 우위를 점할 것이라고 말한다면, 그때 인간은 이성을 갖지 않고 자신의 뜻대로 하기 위해서 일부러 자신을 미치게 만들 것이다. 나는 이것을 믿으며, 이것을 책임질 수 있다. 왜냐하면, 모든 인간의 일이란 정말로 매순간마다 그가 톱니바퀴가 아니라 인간임을 자신에게 입증시키는 데 의의가 있기 때문이다. 그것이 가죽을 벗기는 대가를 요구하더라도, 그가 유인원이 되어야 할지라도, 스스로에게 입증시키는 데에 있는 것으로 보인다. 이런 모든 것을 고려해 볼 때 도표는 아직 존재하지 않으며 그런 동안은 어느 누구도 욕망의 가장 근본적인 원인이 무엇인지 알 수 없다고 시인하는 잘못을 어떻게 저지르지 않을 수 있겠는가.

당신은 내게 고함친다(아직 당신이 당신의 고함으로 나를 명예롭게 만들고 싶다면), 결국 아무도 내게서 나의 의지를 박탈하지는 못한다고. 여기서 유일한 관심사는 어떻게 해서든 조정해서 나의 의지 자체를 나의 정상적인 이익으로, 그리고 그것을 자연의 법칙들과, 수학과 일치시키는 데에 있다고 말이다.

아무튼 신사 양반, 일들이 도표들과 수학에 따라 진행되고, 오직 2×2=4만이 주위에 있을 때, 인간 자신의 의지라는 것은 대체 어떤 종류의 의지가 되겠는가? 내 의지에 관계없이 2×2=4이다. 자신의 의지도 이와 같은 것이 되는가!

9

신사 양반, 나는 물론 농담을 하고 있다. 그리고 나 자신도 내가 어울리지 않는 농담을 한다는 것을 깨닫고 있다. 그러나, 우리는 모든 것을 농담으로 받아들여서는 안 된다. 아마도 나는 농담을 하면서 이를 갈고 있는지도 모른다. 신사 양반, 문제들이 나를 괴롭히고 있다. 나를 위해 이 문제들을 해결해 주기 바란다. 당신은, 예를 들면, 인간이 구습을 떨쳐 버리고 과학과 상식이 요구하는 대로 자신의 의지를 펴게 하려고 노력하고 있다. 그러나 당신은 인간이 이렇게 할 수 있을 뿐만 아니라 이런 식으로 개선되어야 한다는 것을 어떻게 아는가? 어떻게 당신은 인간의 욕구가 절대적으로 개선되어야 한다고 결론을 내릴 수 있는가? 한마디로 말해서, 그와 같은 개선이 인간에게 진정으로 유익한 것이 되리라는 것을 당신은 어떻게 아는가? 만일 우리가 모든 것을 얘기하기로 한다면, 어째서 당신은 이성과 산술의 논쟁에 의해 보장된 진정하고 정상적인 이익에 어긋나지 않도록 하는 것이 항상 인간에게 진정으로 유익한 것이며 모든 인류를 위한 법칙이라고 그토록 완벽하게 확신하고 있는가? 결국 당분간은 이 모든 것이 단지 당신의 가정들일 뿐이다. 이것이 논리의 법칙이라고 인정해 보자. 그렇더라도 이것은 결코 인류의 법칙이 아니다. 아마도 신사 양반, 당신은 내가 미쳤다고 생각할지도 모른다. 미리 말하겠다. 나는 동의한다. 인간은 월등하게 창조적인 동물이며, 의식적으로 목표를 향하여 돌진하도록 그리고 기술의 미학을 연마하도록 선고받았다. 즉, 영원히 그리고 끊임없이 길이 어디에 이르든 간에 그것을 개척해야 한다. 아마도 인간이 때때로 옆길로 벗어나고 싶은 바로 그 이유는 정말이지 그가 그 길을 개척하도록 선고를 받았기 때문이다. 그리고 또한 직접적인 행동을 하는 인간이 일반적으로 아무리 어리석다 할지라도, 그 길은 결과적으로 거의 항상 그 길이 인도하는 어디에라도 도달하게 될 것이고, 중요한 점은 그가 어디로 가느냐가 아니라 단지 그가 가고 있다는 것이다. 예의 바른 아이가 기술의 미학을 저버린다 하더라도 자기 자신을, 모든 이들이 알고 있는 것처럼, 모든 악의 어머니인 치명적인 게으름으로 인해 포기해서는 안 된다는 생각이 그에게 들게 된다. 인간은 창조하고 개척하는 것을 좋아한다. 이것에 관해서는 의심할 여지가 없다. 그러나 왜 이때 인간은 또한 파괴와 혼돈을 정열적으로 사랑하는 것인가? 이제, 당신이 할 수 있다면, 그 이유를 설명해 보기 바란다. 그러나 이것에 관해 나 자신의 견해를 몇 마디 말했으면 좋겠다. 당신은 그가 파괴와 혼돈을 그토록 좋아하는 바로 그 이유가(결국 때때로 그가 그것을 대단히 좋아한다는 것은 말할 필요도 없다. 이것은 확실하다) 그 자신이 목표를 달성하고 공사 중인 건물이 완성되는 것을 본능적으로 두려워하기 때문이라고 생각하지 않는가? 당신이 알지도 모르지만, 아마도 그는 이 건물을 바로 가까이에서가 아니라 좀 떨어진 곳에서만 좋아하고 있는지도 모른다. 어쩌면 그는 건물을 짓는 것만 좋아하고 그 안에서 사는 것은 좋아하지 않을지도 모른다. 그 건물을 개미들이나 양들이나 그 밖의 것들과 같은 사육 동물들에게aux animaux domestiques 맡겨 버릴지도 모른다. 그런데 참, 개미들은 완전히 다른 취향을 갖고 있다. 그들은 영원히 파괴되지 않을 건축물 같은 놀라운 대사원, 즉 개미집[29]을 갖고 있다.

훌륭한 개미들은 개미집과 함께 시작하여, 십중팔구는 그들의 불변성과 성실성에 경의를 표하는 개미집과 함께 끝날 것이다. 그러나 인간은 경박하며 꼴사나운 피조물이다. 그래서 아마도, 장기꾼처럼 목표를 달성하는 절차만을 좋아하지, 목표 자체를 좋아하지는 않을 것이다. 그리고 누가 알겠는가? (우리는 확신할 수 없다.) 아마도 인류가 추구하고 있는 이곳 지구상의 전체 목표는 달성하려는 절차의 계속성 이상의 것은 아닐 것이다. 다른 말로 하면, 삶 그 자체에 있는 것이며 이것은 말할 필요도 없이 $2 \times 2 = 4$를 제외한 어떤

---

29 사회주의자들의 이상을 개미집에 비유하는 것은 이 당시 러시아의 신문들이나 잡지에서 흔히 볼 수 있는 표현이다.

것도 될 수 없는 그러한 목표 자체에 실제로 있는 것은 아니다. 즉 공식 2×2=4는, 신사 양반, 이미 삶이 아니라 죽음의 시작인 셈이다. 적어도 인간은 언제나 어떤 이유에서인지 2×2=4를 두려워해 왔으며, 그리고 나 또한 지금도 이것을 두려워하고 있다. 그런데 인간은 이러한 2×2=4만을 찾고 있다. 대양들을 횡단하고, 이러한 탐색에 그의 인생을 바친다. 그러나 그것을 발견하고, 정말로 그것을 찾아내고는…… 그는 웬일인지 그것을 두려워한다. 하느님 맙소사. 결국 그는 그것을 발견하자마자, 그에게는 찾기 위한 것이 아무것도 남아 있지 않으리라는 것을 지각한다. 노동자들은 그들의 일이 끝났을 때, 돈을 받고 술집으로 가서는, 시원한 음료수를 마시기 시작한다. 이것이 일주일 내내 그들을 바쁘게 만드는 것이다. 그러나 인간은 어디로 갈 수 있는가? 어쨌든 그가 그와 같은 목표를 달성했을 때, 그에게는 우리가 관찰할 수 있는 어떤 불안한 것이 매번 있다. 그는 달성하려는 일을 좋아한다. 그러나 달성하는 것 그 자체는 전혀 아니다. 그리고 이것은 물론 대단히 우스운 일이다. 간단히 말해서, 인간은 희극적으로 만들어졌다. 명백히 이 모든 것들에서 말장난을 찾아볼 수 있다. 그러나 2×2=4는 참을 수 없는 일이다. 2×2=4는 내 의견으로는 뻔뻔스러움 이외에 아무것도 아니다. 바로 그렇다. 2×2=4는 멋쟁이처럼 보인다. 당신 길을 가로막고 으스대며 침을 뱉는다. 나는 2×2=4라는 것이 훌륭한 것이라는 데 동의한다. 그러나 우리가 모든 것을 칭찬해야 한다면, 2×2=5도 때때로 가장 사랑스러운 것이 될 수 있다.

그런데 왜 당신은 정상적이고 긍정적인 것만이, 한마디로 평안만이 인간에게 유익한 것이라고 그토록 확고하고도 엄숙하게 확신하고 있는가? 이성이 유익함들에 관해 실수를 하지는 않았을까? 아마도 평안 하나만을 인간이 좋아하고 있지 않을 수도 있는 건 아닐까? 아마도 그는 그만큼이나 고통을 좋아하는 것이 아닐까? 아마도 고통은 그에게 평안만큼이나 유익한 것이 아닐까? 그런데 인간은 때때로 고통을 대단히 좋아한다. 정열에 가까울 정도로. 그것은 사실이다. 여기서 세계사를 들여다볼 필요까지는 없다. 당신이 인간이고 약간만이라도 인생을 살아 봤다면, 자신에게 물어보라. 내 개인적인 의견을 말하자면, 평안만을 좋아하는 것은 어째서인지 꼴사납기까지 하다. 그것이 좋을 수도 있고 나쁠 수도 있다. 그러나 때때로 무엇인가 부수는 일은 또한 대단히 유쾌하다. 나는 여기서 정말 고통을 지지하는 것은 아니다. 그렇다고 평안을 지지하는 것도 아니다. 나는 지지한다. 나 자신의 변덕을, 그리고 내가 필요로 할 때 평안을 보장받는 것을 지지한다. 고통은, 예를 들어 보드빌vaudeville[30]에서는 허락되지 않는다. 나는 그것을 알고 있다. 수정궁에서도 생각조차 할 수 없는 일일 것이다. 고통은 의혹이며 부정이다. 그 안에서 인간이 의심할 수 있는 수정궁이란 대체 어떤 종류의 수정궁이란 말인가? 그러나 나는 인간이 진정한 고통을, 즉, 파괴와 혼돈을 결코 거부하지 않을 것이라고 확신한다. 왜냐하면 고통은 의식의 유일한 원인이기 때문이다. 의식은 인간의 가장 큰 불행이라고 처음에 내가 공언하였지만 나는 인간이 그것을 사랑하고 있으며 어떤 만족과도 바꾸지 않을 것이라는 것

---

30 보드빌은 음악과 무용을 곁들인 풍자적 내용의 통속 희극을 말한다.

을 알고 있다. 의식은 예를 들어 2×2보다 비교할 수 없을 정도로 고귀한 것이다. 2×2 다음에는, 물론 할 일이나 혹은 심지어 알아야 할 어떤 것도 남아 있지 않게 될 것이다. 그때 가능한 것은 당신의 오감을 틀어막고 사색에 잠기는 일뿐이다. 반면에, 의식을 가지고도 당신은 역시 같은 결과를 보게 될 것이다. 즉 할 일이라곤 아무것도 남아 있지 않게 될 것이다. 그러나 적어도 당신은 때때로 자신을 채찍질할 수 있으며, 그럼에도 불구하고 그것은 약간의 생기를 북돋아 준다. 아마도 그것은 퇴보일지 모른다. 그러나 아무것도 아닌 것보다는 훨씬 더 좋은 것이다.

10

당신은 남몰래 혀를 내밀어 보일 수도 없는, 안 보이는 곳에서 엄지손가락을 다음 두 손가락 사이에 넣어 욕을 할 수도 없는, 그런 영원히 파괴되지 않을 수정으로 된 건물을 믿고 있다. 그래, 내가 그런 건물을 두려워한다면 그것은 아마도 그것이 수정으로 되어 있고 영원히 파괴되지 않으며, 사람들이 몰래 거기 대고 혀도 내밀 수 없기 때문일 것이다.

여기를 봐라. 만약에 그 궁전 대신에 닭장이 있고 비가 내리고 있다면, 나는 비에 젖지 않기 위해 닭장으로 기어들 것이다. 그러나 비를 피할 수 있었다는 단순한 고마움 때문에, 닭장을 궁전으로 받아들이지는 않을 것이다. 당신은 웃고 있다. 당신은 이 경우에 그것이 닭장이든 저택이든 상관이 없는 것이라고까지 말한다. 그렇다라고 나는 대답할 것이다.

만약에 젖지 않는 것이 살아가는 유일한 이유라면.

그런데 만약에 내가, 사람들이 단지 그것만을 위해 살고 있지 않으며, 만약 사람이 살려고 한다면 그는 저택에 살아야 한다는 생각을 하게 된다면, 어떻게 해야 하나? 그것이 나의 바람이고, 그것이 나의 욕망이다. 당신이 내 욕망을 변화시킬 때에만 당신은 나에게서 그것을 도려낼 수 있을 것이다. 그래, 나를 변화시켜라. 다른 무엇인가로 나를 유혹하고, 나에게 다른 이상을 다오. 그러나 그동안 나는 닭장을 궁전으로 생각하지는 않을 것이다. 수정궁이 허구라고, 자연의 법칙에 따라 그것은 존재조차 해서는 안 되는 것이라고, 그리고 우리 세대의 구태의연하고 비합리적인 몇 가지 습관의 유일한 결과로 내가 꾸며 낸 것이라고 해보자. 그러나 그것이 존재하지 않는다 하더라도 내게 무슨 상관이란 말인가? 그것이 내 욕망들 안에 존재하고 있으며, 혹은 내 욕망이 존재하는 한 계속 존재하는데, 무엇이 문제란 말인가? 당신은 다시 웃고 있는 건가? 좋다. 웃어라. 나는 모든 조롱을 받아들일 것이다. 그러나 나는 배고플 때 배부르다는 말은 하지 않을 것이다. 나는 단지 그것이 자연의 법칙에 따라 존재하고 실제로 존재한다는 이유만으로, 타협이나 끊임없는 주기적 제로 상태에 아직 안주하지는 않을 것이다. 나는 가난한 입주자들이 천 년 동안 임대해 살 수 있고 치과 의사 바겐하임의 이름이 씌어 있는 간판이 달려 있는 아파트의 건축 계획을 내 욕망의 왕관으로 받아들이지는 않겠다. 나의 욕망들을 분쇄하라, 나의 이상들을 말살시켜라. 나에게 더 좋은 것을 보여 다오. 그러면 나는 당신을 따르겠다. 나는 당신이 이것은 개입할 만한 가치가 없다고 말하리라 생각한다. 그러나 이 경우에, 나는 당신에게 똑같은 식으로 대답할 수 있다. 그렇지 않은가? 우리는 심각한 토론을 벌이고 있었다. 그러나 당신이 내게 주의를 기울일 만한 가치가 없다고 생각하더라도, 나는 무릎 꿇지는 않겠다. 내게는 지하실이 있다.

그리고 내가 아직 살아 있고 욕망을 가지고 있는 한, 만일 내가 그런 종류의 건축 계획을 위해 벽돌 한 장만큼의 분량이라도 운반한다면, 내 팔들이여, 차라리 못쓰게 변해 다오! 조금 전에 나 자신이 단지 사람들이 혀를 내밀 엄두조차 못 낸다는 이유로 수정궁을 거부했다는 것을 잊어라. 내가 혀 내밀기를 그토록 좋아하기 때문에 그렇게 말한 것은 아니었다. 전혀 그렇지 않다. 아마도 나는 지금까지 당신들이 세운 모든 건물 중에서 혀를 내밀지 않아도 될 건물이 하나도 눈에 띄지 않는 데 화를 냈던 것뿐이다. 정반대로 만일 내 자신이 결코 혀를 다시는 내밀고 싶지 않은 상황이 조성되면 나는 순전히 감사하는 마음에서 내 혀가 완전히 잘리는 것도 마다하지 않을 것이다. 상황이 이런 식으로 전개되지 않아서, 우리가 아파트에 만족해야 한다 하더라도 그것이 내게 무슨 상관이란 말인가? 나를 이루고 있는 것이 단순한 사기라는 결론에 도달하게끔 내가 만들어져 있다는 것이 가능한가? 그것이 목적의 전부가 될 수 있는 것인가? 나는 이것을 믿지 않는다.

그러나 어쨌든, 당신은 알고 있는가? 나는 나 같은 지하 생활자들은 통제를 받아야 한다고 확신한다. 비록 그들이 40년 동안 조용히 지하에만 남아 있을 수도 있지만, 만일 그들이 세상에 뛰쳐나와 말문을 터뜨리면, 그때 그들은 말하고, 말하고, 말하고……

11

 이런 모든 것의 결론은 신사 양반, 아무것도 하지 않는 것이 더 낫다는 것이다! 의식적인 무기력을 가지는 것이 더 낫다! 그러니 지하실이여 영원하라! 나는 울화통이 터질 정도로 정상적인 인간을 질투한다고 말했다. 그러나 그가 처한 상황을 보는 나로서는, 그런 사람이 되고 싶지 않다. (비록 나는 그를 계속 질투하겠지만. 아니다, 아니다, 어떤 경우에도 지하실이 더 유익하다!) 그곳에서 적어도 당신은 할 수가……오! 그러나 이곳에서 나는 단지 다시 거짓말을 하고 있다. 나는 거짓말을 하고 있다. 왜냐하면 나는 나 자신이 2×2처럼 더 좋은 것은 결코 지하실이 아니고 다른 어떤 것이라는 것을, 완전히 다른 내가 열망하는 그러나 단지 발견할 수 없는 어떤 것이라는 것을 알고 있기 때문이다. 지하실이여 꺼져 버려라!

 이것마저도 이곳에서는 더 좋았을 뻔했다. 만일 나 자신이 내가 바로 여기에 쓰고 있는 모든 것을 무엇이든지 믿을 수만 있다면. 그러나 당신에게 맹세하건대, 신사 양반, 나는 한마디도 믿지 않는다, 내가 바로 단숨에 써 왔던 모든 것들 중 어떤 작은 한마디도. 그러나 동시에 나는 믿고 있을지도 모르겠다. 왜 그런지는 모르겠지만, 나는 내가 서투르게 거짓말을 하고 있지나 않을까 의심해 본다.

 「그렇다면 넌 도대체 왜 이 모든 것을 쓴 거냐?」 당신은 내게 말한다.

 「내가 만일 아무것도 하릴없이 당신을 40년 동안 가둬 놓고, 그리고 40년 후에 당신이 어떤 결과에 도달했는지 보기 위해 지하실에 있는 당신을 방문한다면 어쩔 거냐? 정말 40년 동안 아무 하릴없이 사람을 혼자 놔둘 수 있는 것인가?」

「그런데 이것은 수치스러운 일이 아니냐, 이것은 비열한 짓이 아니냐?」 당신은 경멸하듯이 머리를 흔들며 나에게 말할지도 모른다. 「당신은 삶을 갈망하였다. 그런데 당신은 삶의 문제들을 혼동된 논리로 해결하고 있다. 당신의 외침은 얼마나 불쾌하고, 얼마나 뻔뻔스러운 것이며 동시에 당신은 얼마나 놀라고 있는가! 당신은 헛소리를 하고 있다. 그리고 이것에 당신은 만족하고 있다. 당신은 무례한 말을 하면서 그것들을 끊임없이 두려워하고 있으며 용서를 빌고 있다. 당신은 당신이 아무것도 두려워하지 않는다고 주장하면서도 당신에 관한 우리들의 의견을 걱정하고 있다. 당신은 당신이 이를 갈고 있다고, 동시에 우리를 웃기려고 농담을 하는 것이라고 주장한다. 당신은 당신의 농담들에 재치가 없음을 깨닫고 있지만 당신은 확실히 그것들의 문학적 가치를 대단히 기뻐하고 있다. 아마도 당신은, 사실 고통을 받았을 것이다. 그러나 당신은 당신의 고통을 조금도 존경하고 있지 않다. 당신 안에는 진실도 있다. 그러나 순수함은 없다. 가장 하찮은 허영에 차서 당신은 당신의 진실을 자랑하려 하고 있지만 수치스런 구경거리로 만들었다. 당신은 무엇인가를 말하기를 정말 원하고 있다. 그러나 두려움 때문에 당신은 당신의 마지막 말을 숨기고 있다. 왜냐하면, 당신에게는 그 말을 할 용기는 없고 소심함과 무례함만이 있기 때문이다. 당신은 당신의 의식을 자랑하고 있다. 그러나 당신이 하는 모든 일은 망설임이다. 왜냐하면 비록 당신의 정신이 작용하고 있더라도, 당신의 마음은 악행에 의해 더러워졌고, 순수한 마음 없이 완전하고 건전한 의식이란 있을 수 없기 때문이다. 당신은 얼마나 불쾌한 존재이며, 주제넘고 가식에 차 있는가! 거짓말들, 거짓말들, 거짓말들!」

내가 방금 이 모든 말들을 상상해 보았다는 것은 말할 필요도 없다. 이것 또한 지하실에서 기인하는 것이다. 40년 동안 계속 나는 그러한 당신의 말을 듣기 위해 문틈에 귀를 기울여 왔다. 나는 스스로 그 말들을 생각해 냈다. 왜냐하면 그것이 내가 할 수 있던 일의 전부였기 때문이다. 그것들을 내가 외우고 문학적인 형식을 빌리게 된 것은 놀랄 일이 아니다.

그러나 당신은, 당신은 내가 이 모든 것을 출판하고 게다가, 당신에게 이것을 읽으라고 줄 거라 생각할 정도로 정말 속고 있는 건가? 여기 나에게는 또 다른 수수께끼가 있다. 왜 실제로 나는 당신을 〈신사 양반〉이라고 부르고 있는가? 왜 나는 마치 독자들을 호칭하는 것처럼 당신을 부르고 있는 것인가? 내가 하려고 하는 그런 종류의 고백들은 출판되지도 않았고 다른 사람에게 읽으라고 주어지지도 않았다. 적어도 내 안에는 그럴 만큼의 확고함도 없으며, 게다가 그것을 지녀야 한다는 필요도 느끼지 못하고 있다. 그런데 참, 어떤 몽상이 나에게 떠올랐다. 그리고 나는 어떤 대가를 치르더라도 그것을 실행하고 싶다. 문제는 바로 이런 것이다.

모든 사람들의 추억 속에는 친구들을 제외하고는 어느 누구에게도 밝히고 싶지 않은 그런 일들이 있게 마련이다. 그리고 친구들에게도 밝히지 않고, 은밀하게 자신에게만 밝히고 싶은 일들도 있다. 그러나 급기야는 자기 자신에게도 비밀로 하는 몇 가지 일들이 있다. 그리고 모든 점잖은 사람들은 그와 같은 일을 상당수 축적하고 있다. 나는 이런 말까지 해보겠다. 사람이 점잖을수록 그 같은 것을 더 많이 갖고 있다. 어쨌든 나는 내 옛날 모험들을 회상하기로 마음을 정했다. 지금까지 나는 항상 그것들을 지나쳤다. 그러나, 어떤 불안한 마음까지 가져가면서 내가 기억해 냈을 뿐 아니라, 심지어 그것을 모두 기록하기로 결정한 지금 나는 다음 것들을 바로 시험해 보고 싶다. 적어도 자기 자신에 대해서 완전히 솔직해질 수 있을까? 그리고 모든 진실을 두려워하지 않을 수 있을까? 그런데 나는 말하련다. 하이네는 믿을 만한 자서전은 거의 불가능하며[31] 인간은 확실히 자신에 관해서 거짓말을 할 것이라고 주장하고 있다. 그의 의견에 의하면, 루소가 그 예인데, 루소는 그의 고백록에서 확실히 거짓말을 했으며 허영심 때문에 심지어 의도적으로 거짓말을 했다는 것이다. 나는 하이네가 옳다고 확신한다. 나는 완벽하게 단순한 허영심 때문에 인간은 때때로 모든 죄를 자기 탓으로 돌린다는 것을 이해하며, 그것이 어떤 종류의 허영심이 될 것인지도 잘 상상해 볼 수 있다. 그러나 하이네는 청중 앞에서 고백을 하고 있는 사람에 대하여 언급한 것이다. 나는 반면, 나 자신만을 위하여 쓰고 있다. 그리고 내가 만일 독자들을 대하듯이 쓰고 있는 것처럼 보인다면, 그것은 단순히 보여주기 위한 것이고, 그 이유는 그렇게 쓰는 것이 나에게는 더

---

31 『독일에 관하여』의 제2권과 『고백록』(1853~1854)에서 하이네는 다음과 같이 적고 있다. 〈고유한 성격을 형성하는 일은 불편할 뿐만 아니라 솔직히 불가능한 일이다. …… 진실하고자 하는 모든 염원에도 불구하고 어느 한 인간도 자신에 관하여 진실을 말할 수는 없다.〉 이 책에서 하이네는 또한 루소가 그의 『고백록』에서 〈자신의 진정한 죄과를 감추려는 목적이나 허영심 때문에 거짓 고백을 하고 있다〉고 주장하고 있다.

쉽기 때문이라고 단호하게 나는 주장한다. 그것은 형식이다. 단순히 형식일 뿐이다. 왜냐하면 나는 결코 독자를 가지지 않을 것이기 때문이다. 나는 이미 이것을 말한 바 있다.

나는 나의 수기를 편집함으로써 제한받는 느낌은 받고 싶지 않다. 나는 어떤 체계나 질서도 도입하지 않으련다. 나는 내가 회상하는 것은 무엇이든지 적을 것이다.

예를 들면 이런 건 어떤가? 당신은 내 말에 꼬투리를 잡아 물어본다. 「만일 당신이 정말로 독자들을 기대하지 않는다면, 왜 당신은 당신 자신에게 결심을 하고 있는 것인가. 즉 당신은 어떤 체계나 질서를 도입하지 않을 거라든가, 당신은 회상하는 것은 무엇이든지 종이 위에다 쓸 것이라든가, 그 밖에 기타 등등을 말이다. 왜 당신은 설명을 하고 있는 건가? 어째서 당신은 변명하고 있는 건가?」

「흠, 그것을 알아채고 말았군.」 나는 대답한다.

그런데 이것은 순전히 심리학의 문제와 관련되어 있다. 아마도 바로 내가 겁쟁이이기 때문일 수도 있다. 그리고 내가 일부러 내 앞에 있는 청중들을 상상해서 글을 쓰는 동안 스스로 좀 더 적합하게 행동하려고 하기 때문일 수도 있다. 천 여 가지 이유들이 있을 수 있다.

그러나 여기 다른 이유가 있다. 왜, 진정으로 어떤 이유에서 나는 쓰고 싶어 하는가? 청중을 위한 것이 아니라면 구태여 종이 위에 옮겨 적을 필요 없이 마음속으로 죄다 상기할 수 있지 않은가?

그 말은 맞다. 그러나 종이 위에서 그것은 왠지 더욱 엄숙한 것으로 변한다. 거기엔 뭔가 당당한 것이 있다. 그렇게 함으로써 나는 나 자신을 더 잘 판단할 수 있을 것이다. 내 문체는 더 향상될 것이다. 그 외에도 아마도 나는 실제로 적어 내려가는 것으로부터 어떤 안도감을 느낄 것이다. 오늘 나는 먼 과거에 대한 어떤 회상 때문에 특히 답답하다. 며칠 전 또렷하게 이것은 나에게 찾아왔고, 그리고 그때 이후 제거해 버릴 수 없는 짜증나는 음조처럼 나에게 달라붙어 있다. 그러나 이것을 제거해야 한다. 나는 그런 추억들을 수백 개 갖고 있다. 수백 개들 중에 특히 하나가 때때로 튀어나와서는 나를 짓누른다. 어떤 이유에서인지 나는 내가 만일 그것을 쓴다면, 그것이 나를 떠나 버릴 것이라고 믿고 있다. 그렇다면 왜 시도해 보지 않겠는가?

마침내 나는 싫증이 났다. 그러나 나는 계속해서 아무것도 하고 있지 않다. 쓴다는 행위는 실제로 어딘지 일하는 것 같다. 사람들은 일이 인간을 착하고 정직하게 만든다고 말한다. 그러니, 기회가 있는 것이다. 적어도.

오늘 눈이 내리고 있다……. 거의 젖은, 황색의 흐린 눈이. 어제도 눈은 내렸고, 또한 며칠 전에도 내렸다. 떨쳐 버릴 수 없는 그 사건을 회상했던 것은 진눈깨비 때문이었다고 나는 생각한다. 그러니 이 이야기를 하는 것도 진눈깨비 때문이라고 해두자.

2
제2부 진눈깨비 때문에[32]

미혹에 찬 어둠으로부터 —
뜨거운 충고의 말로
내가 타락한 너의 영혼을 구원했을 때,[33]
바로 그 운명적인 순간에
너는 쓰디쓴 회한으로 너의 손을 비틀며
너를 타락하게 만든 악을 저주했다.
회상이 후회를 불러일으켰을 때
네 가슴속에 그토록 오랫동안 잠자고 있었던,
빗나간 삶의 이야기를
너는 진지하게 나에게 털어놓았다.
그때 너는 수치심으로 떨고 있었고,

32 19세기 러시아 문학 비평가 P. 안넨꼬프는 「러시아 문학에 관한 소고」에서 〈축축한 비와 젖은 눈〉은 〈자연파〉와 이를 모방하는 작가들의 작품에서 뻬쩨르부르그의 풍경을 묘사할 때 반드시 포함되는 요소들이라고 지적하고 있다.

33 1840년대 프랑스의 낭만적 사회주의 성향의 외제니 수, 조르주 상드, 빅토르 위고 같은 작가들로부터 러시아 작가들이 수입한 〈타락한 창녀의 구제〉라는 주제는 똘스또이의 『부활』(1899)에 이르기까지 계속되었고 실제로 1860년대에는 진부한 주제가 되었다.

너의 영혼은 분개했고, 너의 가슴은 찢어졌다.
절망하듯 머리를 숙이면서, 너는
마침내 가슴에 맺혀 있던 눈물을 흘렸다······.
기타 등등······ 기타 등등······ 기타 등등······.

— N. A. 네끄라소프의 시에서

1

그때 나는 겨우 스물넷이었다. 그때에도 내 삶은 우울하고 혼란하고 거칠 정도로 고독한 것이었다. 나는 아무와도 사귀지 않았고 심지어 말하는 것도 피하고 있었다. 그래서 더욱더 방구석에 처박히게 되었다. 심지어 직장에서도 나는 아무도 쳐다보지 않으려 했다. 그리고 나는 나의 동료들이 나를 괴상한 놈으로 간주하고 있을 뿐만 아니라 — 이것 또한 내가 끊임없이 갖고 있던 인상이었다 — 혐오스러운 것을 대하듯이 쳐다본다는 것도 너무 잘 알고 있었다. 나는 때때로 의문을 가졌다. 왜 나를 제외한 다른 이들은 사람들이 자기 자신을 혐오스럽게 쳐다본다고 느끼지 않는 것일까? 우리 부서에 근무하는 이들 중에 한 친구는 불쾌하고 곰보자국이 덕지덕지한 얼굴을 하고 있었고 그 얼굴에는 심지어 범죄자 같은 무언가가 있는 듯이 보였다. 그런 무례한 얼굴로는 나 같으면 감히 다른 이들을 쳐다보지도 못했을 것이라고 생각되었다. 다른 친구는 너무 낡은 제복을 입고 있어서 이미 그에게서는 심한 냄새가 나고 있었다. 그런데 이런 신사들 중 어느 하나도 결코 당황하지 않았다. 둘 다 옷 때문에도, 얼굴 때문에도, 어떤 도덕적인 면에서도. 사람들이 자신을 혐오스럽게 쳐다본다고는 생각하지 않았다. 만일 그렇게 생각했다 하더라도, 그에게 주의를 기울이는 사람들이 자신의 상관이 아니어서 개의치 않았을 것이다. 끝없는 허영 때문에 나는 나 자신에게 가혹한 요구를 하면서, 자주 나 자신을 화가 나도록 불만스럽게 쳐다보았으며, 이런 이유 때문에 마음속으로 내 모습이 이렇게 보이는 것을 모든 사람들의 탓으로 돌렸다는 것이 지금 명백해졌다. 나는 내 얼굴을 싫어했다. 나는 내 얼굴이 소름끼치게 생겼다고 생각했고, 심지어 얼굴에 비굴한 표정 같은 것이 있다고까지 의심했다. 이러한 이유로, 나는 직장에 도착할 때마다, 아무도 내게서 노예 같은 표정을 감지할 수 없도록 가능한 한 당당하게 행동하려고 무던히도 애를 썼으며, 할 수 있는 한 고상한 표정을 지으려고 노력했다. 〈나는 못생긴 대신에.〉 나는 생각했다. 〈고상하고 인상적이며, 무엇보다도 대단히 지적인 표정을 지어야 한다.〉 그러나 나는 확실히 — 그리고 고통스럽게 — 이런 모든 완벽함들은 내 얼굴에 결코 나타날 수 없는 것들이라는 것을 깨닫고 있었다. 그러나 모든 것 중에서 가장 끔찍스러웠던 것은 내 얼굴이 정말 바보처럼 생겼다는 것을 발견했다는 것이다. 얼굴이 지적으로 보였다면 좋았을 텐데……. 만일 내 얼굴이 대단히 지적이기만 하다면 나는 비굴한 표정까지도 감수했을 것이라고 말해도 좋다.

당연히 나는 처음부터 끝까지 내 모든 동료들을 싫어했다. 그리고 그들을 모두 경멸했다. 그러나 동시에 나는 그들을 두려워하고 있었다. 때때로 나는 갑자기 그들을 나보다 더 높이 평가하는 일도 있었다. 웬일인지 이런 변화들은 그때마다 갑자기 찾아오곤 했다. 이렇듯 나는 그들을 경멸하기도 했고, 그들을 나보다 더 높이 평가하기도 했다.

예의 바르고 진보적인 인간은 허영을 부리기 위해서는 자신에게 끝없는 요구를 해야 하며 자신을 증오할 정도로까지 자신을 경멸해야 한다. 그러나 내가 그들을 경멸했건, 혹은 나보다 더 높이 평가했건, 나는 내가 만났던 모든 이들 앞에서 눈을 내리깔았다. 나는 심지어 내가 그렇고 그런 사람들의 시선을 견디어 낼 수 있을까 하는 실험까지 했다. 하지만 항상 먼저 내 눈을 내리깔았다. 이것은 나를 미칠 정도로 괴롭혔다. 또한 우습게 보일지도 모른다는 내 두려움은 병적이기까지 했다. 그래서 나는 외모에 관련된 모든 관습적인 것을 비열할 정도로 흠모했다. 나는 평범한 틀에 열정적으로 합류했고 진심으로 내 안의 어떤 기이함까지도 두려워했다. 그러나 내가 어떻게 억제할 수 있었겠는가? 나는 우리 시대의 진보적인 인간들에 걸맞게 병적으로 진보적이었다. 한편 그들은 모두 우둔했으며, 양 떼 속의 양들처럼 서로 닮아 있었다. 아마도 나는 관청 안에서 자신을 겁쟁이에다 노예라고 끊임없이 생각하는 유일한 인간이었다. 분명 내가 그들보다 진보적이었기 때문에 그렇게 느낀 것이다. 그러나 그것은 단지 그렇게 보인 것만이 아니라 실제가 그랬다. 나는 겁쟁이인 동시에 노예였다. 나는 어떠한 당황함도 없이 이것에 대해 말한다. 우리 시대의 모든 예의 바른 사람은 겁쟁이이고 노예여야 한다. 그것이 인간의 정상적인 상태이다. 나는 이 사실을 확고히 믿고 있다. 인간은 그렇게 만들어졌고 그렇게 자라 왔다. 어떤 우연에 의해서, 현재만이 아니라 일반적으로 항상 예의 바른 인간은 겁쟁이이고 노예였다. 그것이 지구상에 있는 모든 예의 바른 인간들을 위해 마련된 자연의 법칙이다. 만일 이들 중 하나가 무엇인가에 대하여 허세를 부리게 된다 할지라도, 그는 그것 때문에 편안하다고 느끼거나 심취해서는 안 된다. 그러나 마찬가지로 그는 무엇인가에 대해 겁을 낼 것이다. 그것이 유일하게 오래도록 지속될 출구이다. 오직 당나귀들과 그와 같은 잡종들만이 허세를 부린다. 그리고 그들은 그 확실한 벽이 있는 곳까지만 허세를 부린다. 그들에겐 주의를 기울일 필요가 없다. 그들은 절대적으로 무의미하기 때문이다.

그때에 또 다른 상황이 나를 괴롭히고 있었다. 즉, 아무도 나를 닮지 않았으며 나 또한 누구도 닮지 않았다는 사실이었다. 〈나는 오직 혼자이고, 그들은 모두 같아〉라고 생각했고 심사숙고하기 시작했다.

이 사실로 보면 내가 아직 어린아이였다는 것이 명백하다.

정반대의 일도 또한 일어났다. 관청에 나가는 것이 때때로 얼마나 두려워지곤 했는지 당신은 아마 상상도 못할 것이다. 그래서 병이 날 정도까지 되어서 직장에서 집으로 돌아온 적도 있다. 그러나 갑자기, 어떤 특별한 이유도 없이, 회의와 무관심이 번개처럼 찾아 들었다. (모든 것은 번개처럼 찾아왔다.) 그리고 나는 바로 나 자신의 편협함과 괴팍함을 우습게 생각했고 낭만주의에 대해 나 자신을 질책했다. 누구하고도 말하기를 꺼리던 나는 갑자기, 그들과 대화를 하게 되었을 뿐만 아니라 그들과 친구가 되겠다는 생각이 들 정도까지 변하게 되었다. 갑자기 특별한 이유도 없이, 모든 괴팍함은 사라져 버렸다. 누가 알겠는가. 아마도 내게는 그런 괴팍함이 원래 없었을지도 모르며, 단지 내가 책에서 읽은 대로 그런 체하고 있었는지도 모른다. 나는 지금까지도 이 문제에 대한 답을 아직 찾지 못했다. 그들과 친구가 된 후, 나는 그들의 집을 방문하기 시작했고, 카드 놀이를 하거나 보드까를 마시고, 승진 문제를 토론하기도 했다. 그러나 여기서 좀 다른 이야기를 해야겠다.

일반적으로 말해, 우리 러시아 사람들은, 우둔하고 별을 쳐다보는 듯한 독일 사람들의 눈을 결코 가져 본 적이 없다. 특히 프랑스의 몽상가들은 지구가 발 밑에서 흔들리고 프랑스 전체가 바리케이드 앞에서 사라진다 해도 그 어떤 것에도 의연한 채 영원히 똑같을 것이다. 그들은 변하지도 않을 것이다. 심지어 예의 바름을 위해서라도. 그러고는 자신들의 몽상적인 노래를 계속 부를 것이다. 흔히 말하듯, 그들의 인생이 끝날 때까지. 왜냐하면 그들은 바보들이기 때문이다. 그러나 여기 러시아 토양 위에 바보들은 없다. 그것은 잘 알려져 있다. 그것이 러시아를 전체 독일의 토양과 정확하게 구별짓는 것이다. 결과적으로 가장 순수한 형식의 몽상적인 일들은 이곳에서는 찾아볼 수 없다. 그것은 모두 우리의 〈긍정적인〉 평론가들과 비평가들이 한 짓이다. 이들은 그때, 꼬스딴죠글로[34]와 뾰뜨르 이바노비치[35] 아저씨들을 찾아내서는 바보같이 그들을 우리의 이상으로 받아들이면서도, 우리의 낭만주의자들을 독일이나 프랑스의 낭만주의자들처럼 몽상적이라고 가정하면서 비난하였다. 정반대로, 우리 낭만주

---

34 고골의 『죽은 혼』(1852) 2부에 나오는 인물.
35 곤차로프의 소설 『평범한 이야기』(1847)에 나오는 인물로 건전한 사고를 지닌 활동적인 실무자형.

의자들의 성격은 유럽의 몽상적인 낭만주의자들과는 완전히, 직접적으로 반대되는 것이고, 어떤 유럽의 기준도 이곳에서 적용될 수 없다(〈낭만주의자〉라는 단어를 쓰는 것을 허락해 주기 바란다. 이 단어는 존경받을 만하고, 정당하며, 모든 사람들이 알고 있는 오래된 단어이다). 우리 낭만주의자의 성격은 모든 것을 이해하고, 모든 것을 보고 그리고 가장 훌륭한 정신과 비교할 경우에라도 더 잘 보는 것이며, 어느 누구와도 혹은 어떤 것과도 결코 타협하지 않는 것이며, 그러나 그와 동시에 어느 누구도, 혹은 어떤 것도 또한 싫어하지 않는 것이며, 모든 것을 우회하고 모든 것을 양보하고 모든 사람을 외교적으로 대하는 것이며, 유용하고 실용적인 목표에 끊임없이 주의를 기울이고(어떤 종류의 공공 주택들, 연금들, 훈장들), 몇 권의 서정시들을 통해 그러한 목표를 모든 열의와 구별하는 것과 동시에 〈아름답고 숭고한 것〉을 그들의 삶이 끝날 때까지 자신 안에 고이 간직하는 것, 그리고 또한 만일, 그 똑같은 〈아름답고 숭고한 것〉들에 도움이 되는 것이라면, 그들 자신을 어떤 보석상의 싸구려 보석들처럼 탈지면 안에 안전하게 보존하는 것이다. 우리의 낭만주의자는 큰 아량을 가진 인간이며 전인류의 사기꾼 중에서 가장 큰 악당이다. 나의 경험으로 보아 나는 당신에게 그것을 장담할 수 있다. 당신은 이 모든 것이 만일 낭만주의자가 지적일 경우에 적용되는 것이라고 이해한다. 그러나 내가 무슨 말을 하고 있는 건가! 낭만주의자는 항상 지적이다. 우리 낭만주의자들 중에 바보 같은 자들이 있긴 하지만, 나는 그들은 포함시키지 않는다. 왜냐하면 그들이 전성기 때에 완전히 독일인으로 변해서, 그들의 보석을 좀 더 편리하게 보관하기 위해 주로 바이마르와 슈바르츠발트에 안주했기 때문이라는 것을 단지 지적하고 싶다. 나는 나의 관청 일을 아주 경멸했다. 그러나 이 일에 내가 종사하고 있으며 이 때문에 돈을 받고 있다는 이유만으로 소동을 일으키진 않았다. 끝까지 나는 소동을 부리지 않았다. 우리 낭만주의자들은 소동을 부리기보다는 차라리 미쳐 버릴 것이다(매우 드물게 일어나는 일이지만). 만일 그가 어떤 다른 경력을 염두에 두고 있지 않다면, 그리고 쫓겨나지만 않는다면 말이다. 최악의 경우에 그는 스페인 국왕[36]의 모습으로 정신 병원에 끌려갈 것이다. 그리고 그것은 그가 완전히 정신이 나갔을 때에만 그렇다. 그러나 미치게 되는 이들은 오직 수척하고 금발인 사람들뿐이다. 반면 셀 수 없이 많은 낭만주의자들은 궁극적으로 고위직 관리들이 된다. 다방면의 놀랄 만한 재주꾼들이다! 그들이 모순되는 감각들에 대해 가지고 있는 능력은 실로 대단하다! 그 사실은 그때 나를 편안하게 만들었고 나는 지금도 그에 관해 똑같이 느끼고 있다. 그것이 왜 우리가, 가장 비굴한 타락 후에도 자신의 이상을 결코 잃지 않는 〈관대한 성격〉들을 그토록 많이 가지고 있는가 하는 이유이다. 비록 그들이 그런 이상을 위해 손가락 하나 까딱 안 하는 악명 높은 산적들이고 도둑들이지만, 그럼에도 불구하고 그들은 눈물을 흘릴 정도로 자신들의 고유한 이상을 존경하며 보통 순수한 마음을 갖고 있다. 그렇다. 우리들 중에서 오직 가장 악명 높은 악당들만 완전히, 그리고 고상하게 마음이 순수할 수 있으며, 동시에 잠깐만이라도 악당이기를 그만두지 않는 것이다. 반

---

[36] 고골의 『광인 일기』(1835)의 주인공 뽀쁘리신은 미쳐서 마침내 자신을 스페인 국왕이라고 생각한다.

복하건대, 당신이 어디를 보든지 우리의 낭만주의자들은 때때로 사업가 같은 불량배들로 변한다. (나는 〈불량배〉라는 단어를 즐겨 사용한다.) 그들은 갑자기 그와 같은 현실에 대한 인식과 긍정적인 것에 대한 지식을 과시하기 때문에 놀란 당국과 세상 사람들은 경이로움으로 그들에게 혀를 내두르게 된다.

그들의 다방면에 걸친 재주는 참으로 놀라운 것이다. 그리고 다음 상황에서 그것이 무엇으로 변하고 무엇을 야기시킬지는 아무도 모른다. 그러나 나는 말하련다. 세속적인 것은 나쁘지 않다고! 나는 이것을 어떤 우스운, 혹은 호전적인 애국심 때문에 말하는 것이 아니다. 그런데 나는 당신이 내가 다시 농담을 하고 있다고 생각한다는 것을 확신하고 있다. 그리고 누가 알겠는가, 아마도 정반대일지. 즉 당신은 이것이 정말로 내가 생각하고 있는 것이라고 확신하고 있을지도 모른다. 어떤 경우에도, 신사 양반, 나는 당신의 두 의견을 나의 명예로 여기며 특히 만족스럽게 생각한다. 그리고 이야기에서 벗어났던 것을 용서하기 바란다.

당연히 나는 내 동료들과 교제를 지속하지 못했고 서로를 욕한 후 우리는 곧 헤어졌다. 그때 아직 경험이 적은 청년기의 미숙함 때문에, 나는 그들과 인사를 나누는 것까지 그만두었다. 나는 쉽게 그들과 절교를 했다. 그런 일은 딱 한 번 있었던 것이고 나는 보통 언제나 혼자였다.

나는 대부분의 시간을 집에서 독서로 보냈다. 나는 내 안에서 끊임없이 끓어오르는 모든 것을 외부의 감각들로 잠재우기를 원했다. 외부의 감각들 중에서 내게 유일하게 가능했던 것은 독서였다. 독서는 물론 큰 도움을 주었다. 그것은 나를 흥분시켰고, 기쁘게 했으며, 괴롭혔다. 그러나 때때로 그것은 나를 대단히 지루하게 만들었다. 그럼에도 나는 어떤 행동을 원했다. 그리고 나는 갑자기 지저분한, 지하의, 그리고 혐오스러운 행동에 뛰어들었다. 그것은 너무 보잘것없어서 악행이 되지도 못했다. 나의 불쌍하고 초라한 정열들은 내게 항상 내재하는 병적인 초조함 때문에 날카롭고 뜨겁게 타올랐다. 내 충동들은 신경질적이었고 눈물과 경련들을 수반하는 것이었다. 내게는 독서 이외에 피난처가 없었다. 즉, 그때 내 주위에 내가 존경할 수 있고 나를 끄는 것은 아무것도 없었다. 게다가 우울증이 치밀어 올랐다. 모순들과 대조들의 신경질적인 갈망이 나타났다. 그래서 나는 타락에 빠져들었다. 그런데, 이것은 내가 많이 말하고 있다는 것을 정당화하기 위해서 하는 말이 전혀 아니다……. 그러나 아니다, 나는 거짓말을 하고 있다! 정확히 내가 하고 싶었던 것은 바로 이것이다. 나 자신을 정당화하기 위해. 나는 나 자신을 위해 이것으로 주위를 환기시키는 것이다. 신사 양반. 나는 거짓말을 하고 싶지 않다. 나는 약속했다.

나는 혼자서 밤에 은밀하게, 소심하게, 지저분하게, 가장 구역질나는 순간에도 나를 떠나지 않곤 했던, 그리고 그와 같은 순간에 저주까지 달했던 수치스런 감정으로 악행에 빠져들었다. 나는 누군가 나를 볼까 봐, 만나게 될까 봐, 알아볼까 봐 매우 두려워했다. 나는 여러 군데 매우 추잡한 곳에 갔다.

한번은 밤에 초라한 작은 선술집 옆을 지나고 있을 때, 나는 환한 창문을 통해 어떤 신사가 당구 큐를 가지고 싸우는 것과 그들 중 하나가 창문 밖으로 내동댕이쳐지는 것을 보았다. 다른 때 같았으면 나는 불쾌했을 것이다. 그러나 그때 이상한 기분이 나를 사로잡아서, 나는 창문 밖으로 내동댕이쳐진 신사를 부러워했고 실제로 술집에 들어가서 당구실로 들어설 정도로 부러웠다. 〈운이 좋으면 나는 싸움에 말려들거나 또 창 밖으로 던져질 거야〉라고 나는 생각했다.

나는 취하지 않았다. 그러나 무슨 일을 할 수 있었겠는가. 할 수 있는 일이란 우울증으로 인해 신경질에까지 이르는 것뿐이다. 그러나 아무 일 없이 끝나게 되었다. 나는 창문을 뛰어넘어 올 수도 없었고 싸움에 끼어들지도 못하고 떠나게 되었다.

내가 그곳에 발을 들여놓자마자 어떤 장교가 내 콧대를 꺾었다.

나는 무심결에 길을 막고 당구대 옆에 서 있었는데, 그는 내 옆으로 지나가기를 원했다. 그는 내 어깨를 잡고 조용히, 경고나 설명도 없이, 나를 내가 서 있었던 곳에서 다른 데로 옮겨 놓았다. 반면 그는 마치 아무것도 보지 못했다는 듯이 지나가 버렸다. 나는 차라리 맞았더라면 그를 용서했을 것이다. 그러나 나는 통로에서 나를 옮겨 놓은 것과, 그토록 눈에 띄게 나를 무시한 것을 결코 용서할 수 없었다.

내가 그때 진정한, 좀 더 정당한 언쟁을, 좀 더 품위 있는, 말하자면 문학적인 언쟁도 마다하지 않았을 것이라는 것은 하늘만이 알고 있다! 나는 파리같이 취급당했다. 이 장교는 키가 약 10베르쇼끄 정도[37] 되었다. 반면 나는 작고 쇠약했다.

---

[37] 19세기 러시아에서 신장은 전통적으로 아르신이라는 구러시아의 길이 단위와 함께 표시했다. 1아르신은 71.12cm이며 보통 베르쇼끄만으로 나타낼 때는 그것은 아르신을 제외한 것이었음. 따라서 이 장교의 키는 186cm 정도이다.

말다툼은 내 손에 달려 있었다. 그러나 내가 만일 항의라도 했다면 물론 그들은 나를 창문 밖으로 던져 버렸을 것이다. 그러나 나는 곰곰이 생각해 보고는…… 분개하며 물러섰다.

나는 심란하고 혼란스러운 마음으로 술집을 떠나 곧장 집으로 돌아왔다. 다음 날 나는 악행을 계속했다. 더욱더 소심하게, 낙담해서, 그리고 전보다 슬프게 눈물을 머금고, 그럼에도 불구하고 나는 계속했다. 그러나, 내가 장교를 두려워했기 때문에 겁쟁이같이 굴었다고 생각하지 마라. 나는 마음 속으로 겁쟁이였던 적이 결코 없었다. 비록 실제로는 계속 겁쟁이처럼 행동했지만. 그러나 웃음을 멈춰라, 이것에 대한 설명이 있다. 나는 모든 것에 대해 설명할 수 있다. 이것에 대해 확신해도 좋다.

오, 그 장교가 밖으로 나와 결투하는 데 동의하는 그런 사람들 중 하나였더라면! 그러나 아니다. 그는 당구 큐를 이용하거나 혹은, 고골의 삐로고프[38] 중위처럼 그들의 상관을 통해 행동하기를 더 좋아했던 그런 신사들(만세, 이들은 오래전에 사라져 버렸다) 중 하나였다. 그들은 결코 결투를 하지 않았다. 그리고 그들은 나 같은, 평범한 민간인과의 결투는 어떤 경우에도 어울리지 않는 것으로 간주했다. 그리고 그들은 보통 어째서인지 결투를 생각할 수 없는 일, 자유 분방함의 표시, 프랑스 식 유행으로 생각했다. 그러나 그들은 자주 사람들을 모욕했다. 특히 그들의 키가 10베르쇼ㄲ였을 때는.

---

38 고골의 단편 「네프스끼 거리」(1835)에 등장하는 주인공. 이 이야기에서 삐로고프 중위는 대장장이 호프만의 마누라를 쫓아다니다가 호프만에게 두들겨 맞고 장군에게 하소연하려고 한다. 동시에 그는 사령부에 서면으로 탄원서를 제출하려 한다.

바로 이런 경우에 나는 겁먹어서가 아니라 나의 끝없는 도덕적 허영 때문에 겁쟁이처럼 행동했다. 나는 10베르쇼끄의 키도, 심하게 매 맞는 것도, 창문 밖으로 던져지는 것도 두려워하지 않았다. 나는 충분한 육체적 용기를 갖고 있었다. 나는 당신에게 확언한다. 내게 결여된 것은 도덕적 용기였다. 나를 놀라게 한 것은, 건방진 당구장 접수 계산원에서 그곳을 어정거리고 있던 기름기가 번들거리는 셔츠 깃에 악취 나고 여드름 난 장교까지, 모든 구경꾼들이 내가 문학적인 어투로 항의하고 그들에게 말하기 시작할 때, 나를 오해하고 조롱하리라는 것이었다. 왜냐하면 오늘날까지도 〈명예에 관련되는 문제point d'honneur〉에 관해서는, 당신에게 상기시키지만 명예에 관해서가 아니라 명예에 관련된 문제에 관해서는, 문학적인 어투를 쓰지 않고 말하는 것이 우리들에게는 불가능하기 때문이다. 사람들은 일상적인 말로 〈명예와 관련된 문제〉를 언급하지는 않는다. 그들 모두가 웃음을 터뜨리고, 그 장교는 단순히 즉, 악의 없이 나를 때리는 것이 아니라 그의 무릎으로 나를 구석으로 몰아넣기 위해 당구대 주위를 돌도록 나를 밀어붙이다가, 아마도 어느 때쯤 동정심이 생겨서 창문으로 집어 던질 것이라고 나는 확신하고 있었다. (모든 낭만주의에도 불구하고 여기엔 현실에 대한 본능이 있을 뿐이다.) 물론 나의 불행한 이야기는 이쯤에서 간단하게 끝나지 않는다. 나는 그 후에 길거리에서 그 장교를 종종 만나곤 했고 그를 가까이에서도 보았다. 그렇지만 그가 나를 알아보았는지는 잘 모르겠다. 아마 못 알아보았을 것이라고 생각한다. 나는 그런 기미를 느낄 수 없었다. 그러나 정작 나는 그를 적개심과 증오의 눈으로 쳐다보곤 했다. 그리고 이것은 계속

되었다…… 몇 년 동안이나! 나의 증오심은 해가 거듭될수록 더 커지고 강해져만 갔다. 처음에 나는 그 장교에 관한 신상들을 조용히 찾아보기 시작했다. 나는 알고 지내는 사람이 없었기 때문에 그것은 어려운 일이었다. 그러던 어느 날, 마치 내가 그에게 묶여 있는 것처럼 그의 뒤를 떨어져서 쫓아가고 있는데, 누군가가 길가에서 그의 성을 불렀다. 그래서 나는 그의 성을 알게 되었다. 또 한번은 그의 아파트까지 계속 따라간 적이 있었다. 그리고 그가 살고 있는 곳의 수위에게 돈을 몇 푼 집어 주고는 그가 몇 층에 살고 있는지, 누구와 같이 살고 있는지, 그 밖의 것들을, 간단히 말해서 수위에게서 알아낼 수 있는 것은 모두 알아냈다. 어느 날 아침, 비록 내가 문학에 손댄 적은 결코 없었지만 폭로 형식으로, 풍자 단편 형식으로 이 장교를 묘사해야겠다는 생각이 갑자기 떠올랐다. 나는 기쁜 마음으로 이야기를 썼다. 나는 폭로했고, 그를 약간 비방했다. 그의 성에서 머리 문자만 바꿨기 때문에 사람들은 곧 알아볼 수 있었다. 깊이 생각해 본 후, 나는 이름을 변경시켜 이 이야기를 『조국 수기』[39]에 발송했다. 그러나 그때에 아직 폭로 문학은 유행하지 않고 있었다. 그래서 내 이야기는 게재되지 않았다. 그것은 나를 매우 격분시켰다. 때때로 분노 때문에 숨이 막힐 지경이었다. 마침내 나는 내 적을 결투에 불러내기로 결심했다. 나는 세련되고 훌륭한 편지를 그에게 써서, 나에게 사과할 것을 요청했다. 거

---

39 끄라예프스끼가 1839년에 창간한 잡지로 1840년대와 1850년대에 서구주의자들의 견해를 대변하는 대표적인 잡지로 간주되었다. 레르몬또프, 네끄라소프와 뚜르게네프의 시들이 발표되었고 벨린스끼의 비평들이 실렸다. 1870년대에는 네끄라소프와 살띠꼬프 쉬체드린의 주도하에 인민주의 작가들의 대표적인 잡지가 되었다. 1884년 정치적인 이유로 폐간당했다.

절할 경우에는 결투가 불가피할 거라고 단호하게 암시했다. 편지는 이런 식으로 씌어졌기 때문에 만일 그 장교가 〈아름답고 숭고한 것〉에 대해 조금이라도 이해했더라면, 그는 확실히 나에게 팔을 벌리고 달려와서는 친구가 되자고 했을 것이다. 얼마나 위대한 일이었을까! 우리는 그런 삶을, 그런 삶을 살 수 있었을 것이다! 그는 자신의 지위로 나를 보호했을 것이다. 나는 나의 진보 성향으로, 그리고 사상으로 그를 고상하게 만들었을 것이다. 많은 종류의 일들이 일어날 수 있었다! 생각해 보라. 그가 나를 모욕한 그때 이후로 이미 2년이 지났기 때문에 시대 착오를 보완 설명하기 위해 모든 지혜를 동원한 내 편지에도 불구하고, 내 도전은 가장 추악한 시대 착오였다는 것을. 그러나 신에게 감사한다(오늘날까지도 나는 전능자에게 눈물을 머금은 채 감사한다). 나는 편지를 부치지 않았다. 지금도 내가 만약 그것을 보냈다면 어떤 일이 일어났을까 회상할 때는 등골이 오싹해진다. 그리고 갑자기…… 정말 갑자기 나는 가장 단순하고, 가장 천재적인 방법으로 복수를 하게 되었다. 희한한 생각이 갑자기 내 머릿속에서 번쩍거렸다. 때때로 공휴일마다 나는 오후 세 시가 지나 네프스끼 거리로 나가서는 양지바른 곳을 따라 산책을 하곤 했다. 나는 그곳에서 산책을 하고 있었던 것이 아니라, 오히려 셀 수 없는 고통과 모욕과 분노로 인한 발작을 겪고 있었다. 그러나 나는 그것이 내게 필요했던 것이라고 생각한다. 나는 행인들 사이를, 끊임없이 장군들과 기마 장교들과 근위대 장교들과 숙녀들에게 길을 양보하면서, 가장 볼품없는 모습으로 미꾸라지처럼 잽싸게 헤치고 다녔다. 이때에 내 옷이 낡아 빠졌다는 생각과 보잘것없이 초라하고 분주한 내 모습이 지닌 남루함과 진부함에 대한 생각 때문에 등이 타오르는 듯한 느낌과 심장이 발작을 일으키는 듯한 고통을 느꼈다. 그것은 고통 중의 고통이었고 끊임없는, 그리고 참을 수 없는 모욕이었다. 그 생각은 이 사회 모든 이들의 눈에 나는 한 마리 파리, 혐오스럽고 쓸모없는 파리일 뿐이라는 연속적이고 직접적인 지각으로 변했다. 그들 중 누구보다도 더 지적이고 더 진보적이며 더 고상한 마음을 가진, 이것을 말할 필요도 없지만, 그러나 모든 사람에게 끊임없이 양보해야 하는, 모든 사람에게 모욕당하고, 모든 사람에게 치욕을 당하는 한 마리 파리가 바로 나였다. 왜 나는 이 모든 고통을 떠맡았으며, 왜 나는 네프스끼로 갔는가? 나는 모른다. 그러나 나는 매번 그저 그곳으로 끌려갔을 뿐이다.

이미 그때 나는 내가 1장에서 토로했던 그 같은 쾌감이 용솟음치는 경험을 시작하고 있었다. 그 장교와의 만남 이후에 나는 더욱더 강하게 그리로 끌려가게 되었다. 내가 그와 가장 자주 부딪친 곳은 네프스끼였다. 그곳에서 나는 그를 보는 것을 즐기고 있었다. 그 또한 거기에 휴일마다 오곤 했다. 그도 장군들과 특히 저명 인사들에게 길을 양보했으며 그 또한 미꾸라지처럼 그들 사이를 헤집고 다녔다. 그리고 나같이 아무것도 아닌 사람들은, 혹은 나보다 더 아무것도 아닌 이들은 자신의 발 아래에 있는 것처럼 밟고 다녔다. 그는 마치 그 앞에 넓은 공간이라도 있는 것처럼 그들에게 곧장 걸어갔다. 그러고는 어떤 일이 있어도 양보하지 않았다. 나는 악의에 가득 차서 그를 쳐다보았다. 그리고 매번 적의에 차서 그에게 길을 비켜 주곤 했다. 나는 거리에서조차 그와 동등한 위치에 있을 수 없다는 것을 괴로워하고 있었다. 〈왜 너는 항상 먼저 비켜서야 하는가?〉 나는 화가 난 히스테리 상태로 자신을 괴롭혔으며 때때로 새벽 세 시에 깨어나기도 했다. 〈왜 그가 비켜서지 않고 네가 비켜서야 하는가? 이것에 관한 어떤 법칙이 있는 것도 아니지 않은가, 그것이 어디에 씌어 있는 것도 아닌데. 그러니 세련된 사람들이 만날 때처럼 동등하게 행동하자. 그가 절반 비켜서고, 네가 절반 비켜서면 너희 둘 다 서로를 존중하며 지나갈 수 있다.〉 그러나 일은 그렇게 진행되지 않았다. 나는 아직도 비켜서는 사람이었고, 그는 내가 양보했다는 것을 눈치도 못 챘다. 그리고 그때 나쁜 생각이 갑자기 내게 떠올랐다. 〈그리고 만일〉. 나는 생각했다. 〈내가 그를 만났을 때, 그리고…… 옆으로 비키지 않는다면? 내가 그를 밀치게 되더라도 일부러 비키지 않는 거야, 이건 어떨까?〉 이런 대담한 생각이 조금씩 나를 사로잡기 시작했고 나는 진정할 수 없었다. 나는 이것에 관해 무서우리만큼 끊임없이 꿈을 꾸었고, 내가 그렇게 할 때 어떻게 행동할 것인가 더욱더 명백하게 그려 보기 위해서 일부러 더 자주 네프스끼로 나갔다. 나는 환희에 차 있었다. 시간이 갈수록 이 계획은 됨직하고 가능해 보였다. 〈심하게 부딪치는 건 아니야, 물론〉 하고 나는 생각했다. 나는 기쁨 속에서 미리 더 친절해지고 있었다. 〈단순히 비켜서지 않는 것뿐이야, 같이 부딪치는 거지. 진짜 다치지는 않도록 그냥 단지 어깨 대 어깨로, 정확히 예의 바른 행동에 걸맞게, 그래서 나는 그가 내게 부딪치는 만큼 나도 그에게 부딪칠 것이다.〉 드디어 나는 굳게 마음을 먹었다. 그러나 준비 기간은 오래 걸렸다. 무엇보다도 이것을 실행할 때 나는 가장 멋지게 보일 필요가 있었다. 그래서 나는 내 옷에 신경을 써야만 했다. 〈소동이 일어날 경우를 대비해서, 예를 들면 — 그곳의 사람들은 멋진 이들이다. 어떤 백작 부인도 그곳에서 산책하고, 공작 모 씨도 그곳을 다니고, 모든 문학적인 인물들이 다니는 곳이다 — 옷을 잘 입어야만 한다. 그것은 존경심을 불러일으키고, 어떤 의미에서는 상류 사회의 눈앞에 우리를 동등하게 비치게 할 거다.〉 마음속에 이런 목표를 세우고 나는 월급을 가불하여, 검은 장갑과 추르긴[40] 네에서 괜찮은 모자를 하나 샀다. 내가 처음에 생각했던 레몬색보다 검은색 장갑이 더 차분하고 현대적으로 여겨졌다. 〈그 색은 너무 야해, 마치 눈에 띄는 것을 원하기라도 하는 것처럼 보여.〉 그래서 나는 레몬색 장갑을 선택하지 않았다. 나는 오래 전에 흰 뼈로 만든 커프스 단추가 달린 좋은 셔츠를 준비해 두었다. 그런데 문제는 코트였다. 내 코트는 그 자체로 전혀 나쁘지 않았다. 입으면 따뜻했다. 그러나 그것은 누빈 것이었고 게다가 외투를 아주 천박하게 보이게 하는 너구리털로 된 칼라가 달려 있었다. 나는 그 칼라를 바꾸고 장교들이 달고 다니는 것 같은 비버 모피를 구해야만 했다. 마음속에 이런 목적을 가지고 나는 고스찌니 드보르[41]를 돌아다니기 시작했다. 그리고 몇 번을 시도한 끝에 어떤 싸구려 독일제 비버 모피를 발견했다. 이 독일산 비버 모피들은 매우 빨리 닳는다. 그래서 매우 남루한 형상을 띠게 되지만 처음에 새것일 때는 아주 근사해 보인다. 결국 나는 그것을 한번만 필요로 하는 것이다. 나는 가격을 물어보았다. 그것은 매우 비쌌다. 심사숙고 후에 나는 내 너구리털 칼라를 팔기로 결심했다. 그래도 돈이 모자랐

40 인기 있던 모자 판매인.
41 네프스끼 거리에 있는 백화점 형태의 상가.

다. 그래서 나는 상당한 액수에 달하는 돈을 상관에게 대출해 주십사 부탁하기로 결심했다. 안똔 안또니치 세또츠낀은 온유하나 진지하고 믿을 만한 사람이었고 아무에게도 돈을 꾸어 주지 않는 사람이었는데, 내가 관청에 입사했을 때, 이 관청 일에 나를 임명했던 저명 인사가 나를 특별히 그에게 추천한 적이 있다. 나는 무척 괴로웠다. 안똔 안또니치에게 대출을 부탁하는 것은 나에게는 소름끼치고 수치스러운 일로 생각되었다. 나는 심지어 2, 3일 동안 잠을 이룰 수 없었고, 잠을 잘 자지 못한 탓에 열병까지 앓고 있었다. 내 심장은 때때로 힘없이 머뭇거리거나 아니면 갑자기 강하게 뛰고, 뛰고, 뛰었던 것이다……! 처음에 안똔 안또니치는 놀라는 것 같았다. 그러고는 얼굴을 찌푸리더니 다시 생각을 해보고 나에게 빌려 준 돈을 내 월급에서 2주 내에 차압 형식으로 돌려받을 수 있는 영수증을 받은 후에, 결국 내게 돈을 빌려 주었다. 그래서 마침내 모든 것이 준비되었다. 멋진 비버털 칼라가 천박해 보이는 너구리털 칼라 대신에 코트에 달렸다. 그리고 조금씩 나는 행동을 개시했다. 나는 과감하게 곧장 저돌적으로 모험을 감행할 수는 없었다. 이 일은 기술적으로 처리되어야만 했다. 내가 말한 것처럼 조금씩, 그러나 나는 인정하지 않을 수 없었다. 몇 번의 시도 후에 나는 절망하려고까지 했다. 우리는 쉽게 같이 부딪칠 수가 없었다. 어떤 일이 있어도! 얼마나 나는 준비를 하고 있었던가, 얼마나 나는 결심이 서 있었던가. 우리는 거의 부딪친 것처럼 보였다. 그리고 내가 비로소 알게 된 것은, 내가 또다시 양보했으며 그는 나를 쳐다보지 않고 지나가 버렸다는 것이다. 그에게로 다가가고 있을 때 나는 신께서 내게 단호함을 주시도록 기도까지 했다. 나는 내 마음을 완전히 한번 굳히고 실행했다. 그러나 결과는 내 발이 밟힌 것이다. 왜냐하면 바로 마지막 순간에, 약 10센티미터 정도 떨어진 곳에서 용기를 잃고 말았기 때문이다. 그는 아주 조용히 내 발을 밟고 갔다. 그리고 나는 공처럼 한쪽으로 튀어나갔다. 그날 밤 나는 다시 헛소리를 하며 열병을 앓았다. 그리고 갑자기 모든 것이 최선의 방법으로 끝나게 되었다. 전날 밤 나는 나의 숙명적인 의도를 결코 실행하지 않기로 굳게 결심했다. 그리고 모든 것을 내버려두기로 했다. 이런 마음가짐으로, 내가 어떻게 모든 것을 내버려두는지 보기 위해서 마지막으로 네프스끼로 나갔다. 갑자기 내 적으로부터 세 발자국 떨어진 곳에서 나는 예기치 않은 결심을 했다. 눈을 감았고 그리고…… 우리는 서로 강하게 부딪쳤다. 어깨 대 어깨로! 나는 조금도 양보하지 않았고 완전히 동등한 자격으로 지나쳤다! 그는 돌아보지도 않았다. 그리고 못 본 척하고 있었다. 그러나 그것은 단지 겉치레에 불과했다. 나는 그걸 확신한다. 바로 오늘까지도 나는 그것을 확신한다! 물론 더 아픈 쪽은 나였다. 그가 더 강했던 것이다. 그러나 그것은 문제가 아니었다. 문제가 되는 것은 내가 목적을 달성했으며, 내 긍지를 지켰다는 것이다. 나는 한 발자국도 물러서지 않았고 사람들 앞에서 그와 동등한 사회적 위치에 나 자신을 올려놓았던 것이다. 나는 완전히 모든 것에 복수한 기분에 싸여 집으로 돌아왔다. 황홀했다. 나는 승리감을 느꼈고 이탈리아의 아리아를 불렀다. 말할 필요도 없이, 나는 그 후로 사흘이 지나 내게 일어났던 일을 당신에게 서술하지는 않을 것이다. 당신이 제1장 〈지하실〉을 읽었다면, 당신 스스로 그 이유를 알 수 있을 것이다. 그 장교는 그 후 다른 곳으로 전출되었다. 나는 지금까지 14년 동안 그를 보지 못하고 있다. 나는 내 귀중한 친구가 어떻게 됐는지 궁금하다. 그는 지금 누구를 짓밟고 있을까?

2

그러나 나의 방탕한 시기는 끝났고 나는 심한 구역질을 느꼈다. 후회가 찾아 들었다. 나는 그것을 떨쳐 버리려고 노력했다. 이것 또한 구역질나는 일이었다. 그러나 조금씩 나는 그것에 익숙해졌다. 나는 모든 것에 익숙해졌다. 그러니까 익숙해졌다기보다, 나는 어떻게 해서든 자발적으로 그것을 이겨 내는 데 동의하게 되었다. 그러나 나는 모든 것을 화해시킬 배출구를 갖고 있었다. 즉 〈아름답고 숭고한 모든 것〉에서 구원받는 것, 물론 나의 몽상들에서 구원받는 것이었다. 나는 자주 몽상에 잠기곤 했다. 석 달 내내 계속 방구석에 쭈그리고 앉아 몽상을 한 적도 있었다. 그런 순간의 나는 소심한 흥분 상태에서 코트의 칼라로 독일산 비버털을 달았던 그 신사를 전혀 닮지 않았다는 것을 당신은 믿어야 할 것이다. 나는 갑자기 영웅이 되었다. 나는 그때 키가 10베르쇼끄인 그 장교가 방문을 하겠다고 하더라도 발도 못 들여놓게 했을 것이다. 그 당시 나는 그의 모습을 마음속에 그려 볼 수도 없었다. 나의 꿈들은 무엇이었고 나는 그것들에 어떻게 만족할 수 있었단 말인가? 지금 설명하기는 어렵다. 그러나 그때 나는 그것들에 만족해 있었다. 생각해 보니, 지금도 나는 때때로 그 꿈들에 부분적으로 만족하고 있다. 그 꿈들은 나의 작은 방탕 뒤에 특히 달콤한 충격으로 찾아왔다. 그것들은 후회와 눈물, 저주와 황홀감과 함께 찾아 들었다. 내게는 그런 확실한 열정과 그런 행복의 순간들이 있었기 때문에, 나는 내면적인 냉소를 전혀 경험하지 않았다. 그러나 신이여, 도와주소서. 나에게는 믿음과 희망과 그리고 사랑이 있었다. 지금 생각해 보니, 그것은 내가 그 당시 어떤 기적이나, 어떤 외부 상황이나, 혹은 다른 것에 의해서 모든 것이 갑자기 열리고 펼쳐지리라고 맹목적으로 믿었기 때문이다. 갑자기 자애롭고 고상하며, 완전히 미리 준비된 시의 적절한 — 이것이 가장 중요하다 — 행동의 지평선이 펼쳐지곤 했다(어떤 종류인지 나는 결코 정확히 알지 못했다. 그러나 무엇보다도 그것은 완전히 미리 준비된 것이어야 했다는 점이다). 그리고 나는 갑자기 실제로 백마를 타고 월계관을 쓰고서 창조주의 대지 위에 나타났다. 2인자 역할이라는 것을 상상할 수도 없었다. 그러한 이유 때문에, 현실의 삶에서 나는 아주 조용히 가장 낮은 역할을 맡았다. 영웅 아니면 진흙이었지 나에게 중간 것은 없었다. 그것이 나의 타락이었다. 왜냐하면 나는 진흙탕 안에 있으면서 내가 영웅이었던 순간도 있었다는 사실로 나를 위로했기 때문이다. 그리고 영웅은 자신의 진흙을 숨겼다. 즉, 평범한 인간이 진흙 속에서 뒹구는 것은 수치스러운 일일 것이다. 반면에 영웅은 너무 위대하기 때문에 완전히 더러워질 수는 없다. 따라서 그는 진흙 속에서 뒹굴어도 괜찮다. 주목할 가치가 있는 것은 이러한 〈아름답고 숭고한 모든 것〉의 용솟음은 내가 작은 타락에 빠져 있을 때 일어났고, 바로 내가 나락까지 떨어졌을 때 있었다는 것이다. 마치 나에게 그것들의 존재를 계속 일깨워 주기라도 하듯,

그것들은 간헐적으로 크지 않게 분출되곤 했다. 그러나 그것들은 자신들의 외적 모습으로 방탕을 근절시키지는 않았다. 오히려 대조를 통해 방탕한 생활에 활기를 주었고 좋은 소스를 만드는 데 필요한 양만큼 정확하게 찾아오곤 했다. 모순과 고통, 괴로운 자기 분석, 그리고 크고 작은 이 모든 고뇌들로 만들어진 이 소스는 내 타락에 어떤 향과 심지어 의미까지도 더해 주었다. 한마디로, 그것들은 완전히 좋은 소스의 기능을 다했다. 이 모든 것은 깊이가 결여된 것도 아니었다. 그리고 어쨌든 나는 아마도 단순하고 천박하고 직접적이고 추잡한 보잘것없는 타락에 안주했을 것이고, 내 어깨 위에 온통 진흙을 뒤집어썼을 것이다! 그때는 대체 무엇이 나를 타락으로 끌어들이고 밤거리로 유혹해 냈단 말인가? 아니다. 나는 모든 것을 빠져나갈 고상한 궁리를 하고 있었다.

그러나 오, 주여, 얼마나 많은 사랑을, 얼마나 많은 사랑을 나는 그런 내 꿈들 속에서, 〈아름답고 숭고한 모든 것 안에서의 구원〉에서 경험했단 말인가? 비록 그것은 환상의 사랑이고 실제로 어떤 인간적인 것에도 적용될 수 없었지만, 이러한 사랑에 너무나 많은 것이 있었기 때문에, 그 후 현실의 삶에서 그것을 적용할 충동조차도 느끼지 않았다. 그것은 도가 지나친 사치였을 것이다. 그럼에도 불구하고 모든 것은 항상 매우 행복하게 끝났으며 나는 예술로의 나태한 심취로 방향을 바꿨다. 즉 완전 무결하게 미리 준비된, 시인들과 소설가들에게서 빌려 온, 가능한 모든 것에 적합한 봉사와 요구로 변하는 존재의 아름다운 형태 쪽으로 몸을 돌렸던 것이다. 나는 모든 사람들로부터 승리를 얻었다. 그들은 물론 먼지 속에 누워 있으면서 모든 면에서 내 우월성을 인정하지 않을 수 없다. 그러나 나는 그들 모두를 용서한다. 나는 유명한 시인이며 시종이고, 사랑에 빠진다. 나는 헤아릴 수 없는 수백만의 돈을 받게 되고 곧 그것을 인류의 복지를 위해 기부한다.[42] 그리고 그때 그곳에서 사람들에게 나의 파렴치한 행위를 고백한다. 물론 단순한 악행이 아니라 엄청나게 많은 〈아름답고 숭고한〉 것들이 포함된 그런, 만프레드[43] 같은 것이다. 모든 사람들은 울면서 내게 키스한다. (그렇지 않다면 그들은 얼마나 바보들인가!) 그리고 나는 새로운 사상을 설파하기 위해 굶주린 채 맨발로 돌아다니며 아우스터리츠에서 반동주의자들을 쳐부순다.[44] 그때 행진곡이 연주되며, 사면이 선포된다. 교황은 로마를 떠나 브라질로 가는 것에 동의한다.[45] 그때 그곳에서 코모 호숫가에 있는 보르게세 저택에서 이탈리아 전

---

42 지하 생활자의 이 같은 몽상은 후에 도스또예프스끼의 장편 소설 『미성년』에서 재현되고 있다. 미성년은 로스차일드의 꿈에서 엄청난 부를 축적하고 그것의 위력을 기뻐하며 수백만의 사람들에게 희사하고 싶어 한다.

43 여기서는 오만하고 고상한 것을 뜻함. 벨트슈메르츠(원래는 독일어로 감상적 염세주의를 지칭)의 철학이 반영된 바이런이 쓴 동명의 서사극 주인공.

44 이곳과 이후의 문장에서 지하 생활자는 자신이 나폴레옹 1세의 역할을 떠맡은 것으로 제시하고 있다. 이것은 물론 1805년 11월 20일 오스트리아의 아우스터리츠(현재의 체코슬로바키아 중앙부에 있는 슬라프꼬프)에서 나폴레옹 2세가 러시아 — 오스트리아 연합군에 대하여 거둔 승리를 염두에 둔 것이다. 지하 생활자의 몽상에 관하여 연구한 학자들은 프랑스의 작가 카베가 1804년에 쓴 사회 유토피아 소설 『이카리아로의 여행』에서 묘사된 이카르의 역사와의 몇 가지 유사점을 지적하고 있다. 카베의 유토피아에서 박애주의자이며 개혁주의자인 등장 인물은 아우스터리츠의 전투에서 왕들과 반동주의자들의 연합군을 또한 격파한다.

45 프랑스 혁명 이래 교회는 프랑스와 대립하고 있었는데, 피우스 7세는 나폴레옹과 종교 협약을 체결하여 화해하고 또 그의 대관식에도 참석하였다. 그러나 나폴레옹은 1809년 교황령을 침범, 병합하였다. 피우스 7세는

체를 위한 무도회가 열린다.[46] 코모 호수는 이를 위해 특별히 로마로 옮겨진다. 그 다음에는 덤불 숲에서의 장면이, 기타 등등, 기타 등등……. 마치 당신은 아무것도 모르고 있었다는 듯이, 당신은 내 자신이 인정했던 그 많은 황홀감과 눈물 후에 이 모든 것을 공개하는 것은 천박하고 야비한 짓이라고 말할 것이다. 왜 당신은 이것이 야비하다고 말하는가? 당신은 정말 내가 이 모든 것을 수치스럽게 생각하고 있다고, 당신 인생에서 일어날 수도 있었던 어떤 것보다 이 모든 것이 더 어리석은 것이라고 생각하는 건가, 신사 양반? 게다가, 나는 이것들 중 어떤 것은 그렇게 조잡하게 구성된 것이 아니라고 확신한다. 그러나 모든 일이 코모 호수에서 일어난 것은 아니다. 한편으론 당신이 옳다, 이것은 정말 모두 천박하고 야비하다. 그리고 가장 야비한 부분은 내가 방금 당신 앞에서 나 자신을 정당화하기 시작했다는 것이다. 그리고 더 야비한 것은 내가 이런 말을 지금 하고 있다는 것이다. 그러나 이것으로 충분하다. 이런 식으로는 끝이 나지 않을 것이다. 각각의 것은 그전 것보다 더 야비할 테니까…….

나는 사회에 뛰어들고 싶은 강한 욕구를 느끼면서 석 달 이상 계속 몽상을 했다. 내게 사회에 뛰어드는 것이란, 내 상관인 안똔 안또니치 세또츠긴을 방문하는 것을 의미했다. 그

나폴레옹의 세력이 실추된 1814년에 풀려나 그 후 교회의 권위 회복을 위해 힘썼다.

46 나폴레옹 1세의 생일인 8월 15일에 일치시킨 1806년 프랑스 제국 건국 기념일의 경축을 암시하는 것이 명백함. 로마에 있는 보르게세의 저택은 18세기 초반에 건축되었으며 우아한 건물, 분수, 조각상들로 이루어져 있으며 이 당시 나폴레옹 2세의 여동생이 결혼했던 카밀로 보르게세의 소유였다. 코모 호수는 이탈리아령 알프스 산맥에 위치하고 있다.

는 삶을 살아가면서 내가 알고 지낸 유일한 사람이었다. 그리고 이 사실에 나 자신도 지금 놀라고 있다. 그러나 나는 그런 기분이 들었을 때에만, 그리고 내 꿈들이 필연적으로, 그리고 지체 없이 사람들과 전인류를 포옹해야만 할 정도의 행복감에 도달했을 때에만 그를 방문했다. 그리고 이것을 위해서 누구에게든 실제로 존재하고 있는 가까운 사람이 적어도 한 명은 있어야 했다. 그러나 안뽄 안또니치는 화요일에만, 〈그의 날〉에만 방문할 수 있었다. 따라서 모든 인류를 포옹하려는 충동도 언제나 화요일에 맞춰져야 했다. 이 안뽄 안또니치는 5번 골목[47] 4층에 천장이 낮고 작은 방들이 네 개 있는 집에 살고 있었는데, 크기를 서로 비교해 보더라도 모두 작은 방들이었고, 아주 빈약하고 누런 모양새를 하고 있었다. 그곳에는 그의 두 딸과 차를 끓여 주던 그녀들의 아주머니가 함께 살고 있었다. 딸들로 말할 것 같으면 하나는 열세 살이었고 다른 하나는 열네 살이었다. 둘 다 들창코였으며, 이들은 나를 매우 불편하게 만들었다. 왜냐하면 그들은 끊임없이 서로 속삭이고 낄낄거렸기 때문이다. 주인은 보통 서재에 앉아 있었는데, 테이블 앞 가죽 소파 위에 어떤 머리가 센 손님과 함께이거나 혹은 우리 부서나 다른 외부에서 온 관리와 함께였다. 나는 둘이나 혹은 셋 이상의 손님들을 그곳에서 본 적이 결코 없다. 그리고 그들은 항상 같은 사람들이었다. 그들은 소비세,[48] 상원에서의 거래, 봉급 승진, 상관에게 아부하

---

47 뻬쩨르부르그의 자고로드니 대로와 체르니셰프 골목(현재 로모노소프 가), 라즈예쟈야 가와 뜨로이쯔까야 가(현재 루빈쉬쩨인 가)가 서로 교차하는 곳.

48 일상 식료품에 대한 국세, 즉 이 경우에는 포도주에 관한 소비세임이 명백하다.

는 방법 등을 이야기했다. 나는 이런 사람들 옆에 네 시간 혹은 그 이상 바보같이 앉아서, 어떤 말을 해야 할지도 모르고 감히 어느 것이든 말할 용기도 없이 그들의 말을 듣는 인내심을 발휘하고 있었다. 나는 눈이 흐려졌고, 몇 번이나 식은땀을 흘렸다. 거의 마비될 지경이었다. 그러나 그것은 유익했고 도움이 되었다. 집에 돌아온 후에, 나는 전인류를 포옹하려는 나의 욕망을 얼마간 뒤로 미루곤 했다.

그렇지만 내게는 알고 지낸다고 말할 수 있는 또 다른 사람이 하나 있었는데, 같은 반 급우였던 시모노프였다. 나는 뻬쩨르부르그에 많은 급우들이 있는 편이라고 생각한다. 그러나 나는 그들과 사귀지 않았고 길거리에서 인사도 나누지 않았다. 그들과 함께 있지 않도록, 내가 증오했던 유년 시절로부터 나를 영원히 단절시키기 위해, 내가 직장의 다른 부서로 옮기기까지 했던 것도 그 이유가 될 수 있다. 저주받을 학교여, 그 지겨웠던 형벌의 시간들이여! 간단히 말해서 나는 학교에서 해방되자마자 내 급우들과 관계를 끊었다. 만나면 아직도 인사를 나누는 두세 명의 사람들이 남아 있긴 했다. 그들 중에 하나가 시모노프였는데, 우리 학교에서 어떤 면에서도 두각을 나타내지 못했던 친구였다. 그는 온화하고 조용했다. 그러나 나는 그에게서 어느 정도의 자립적인 성격과 정직성까지도 인지했다. 나는 그가 특별히 모자랐다고는 생각하지 않는다. 오히려 한때 나는 그와 빛나는 순간들을 가진 적이 있다. 그러나 그것은 오래 지속되지 못했고 웬일인지 갑자기 안개에 싸이게 되었다. 이러한 기억들이 명백히 그에게 부담을 주고 있었고, 그는 언제나 내가 이전의 태도를 취할까 봐 두려워하고 있었다. 나는 그가 나를 대단히 구역질나게 생각할지도 모른다고 의심하고 있었다. 그러나 그것을 절대적으로는 확신하지 못했기 때문에, 나는 아직도 그를 방문하고 있었다.

그래서 어느 목요일, 고독을 참을 수 없는 데다 목요일에는 안똔 안또니치에게 갈 수 없다는 것을 알고 있었기 때문에, 나는 시모노프를 떠올렸다. 4층에 있는 그의 방으로 올라가면서 나는 이 신사를 괴롭히고 있는 것인지도 모르며 정말 여기에 와서는 안 되는 것이라고 생각하지 않을 수 없었다. 그러나 그와 같은 반추는 항상 마치 일부러 그런 것처럼 나 자신을 더욱더 애매한 입장으로 몰아가는 것으로 끝나곤 했으므로 나는 더 생각하지 않고 방으로 들어갔다. 마지막으로 내가 시모노프를 본 지 거의 1년이 지났다.

3

내가 방에 들어갔을 때 그와 함께 다른 두 명의 급우들이 있었다. 그들은 분명히 무엇인가 중요한 일을 토론하고 있었다. 그들 중 어느 누구도 내가 들어선 것에 아무런 주의도 기울이지 않았다. 이것은 좀 이상했다. 왜냐하면 우리는 서로 몇 년 동안 만난 적이 없었기 때문이다. 그들은 나를 하찮은 파리 정도로 간주하고 있음이 분명했다. 학교에서는 모두들 나를 싫어했지만 이런 식으로까지 취급당해 본 적은 없었다. 물론 나는 그들이 지금 나를 멸시할 수밖에 없음을 깨달았다. 왜냐하면 나는 직장에서 성공하지 못했고, 멋대로 살고 있으며, 남루한 복장을 하고 있고 그리고 그 밖의 다른 이유들 때문이었다. 그들의 눈에는 이러한 것들이 내 능력 부족과 보잘 것없는 나 자신을 상징하는 것으로 비쳤을 것이다. 그래도 이 정도의 멸시까지는 예상치 못했다. 시모노프는 내가 온 것에 놀라기까지 했다. 전에도 그는 내가 오면 항상 놀라는 것 같았다. 이 모든 것이 나를 당혹케 했다. 나는 상당히 괴로운 심정으로 앉아서 그들이 토의하는 것을 듣기 시작했다.

심각하고 열띠기까지 했던 대화는, 바로 그다음 날 먼 지방으로 떠나는 장교인 그들의 친구, 즈베르꼬프[49]를 위해서 이 신사들이 마련해 주고 싶어 했던 송별회에 관련된 것이었다. 〈무슈〉 즈베르꼬프 또한 내내 나의 급우였다. 상급 학년에서 나는 특히 그를 더욱 미워했다. 저학년이었을 때 그는 모두가 좋아하던 영리하고 발랄한 소년이었다. 그런데 나는 그를 저학년 때도 미워했다. 그 이유는 그가 영리하고 발랄한 소년이었기 때문이다. 그는 항상 열등생이었고, 시간이 흐를수록 점점 더 나빠졌다. 그럼에도 불구하고 그는 무사히 졸업했는데 그건 연줄이 있었기 때문이다. 마지막 학년에 그는 2백 명의 농노들을 포함한 유산을 물려받았다. 나머지 우리 모두는 거의 가난했기 때문에 그는 거드름을 피우기 시작했다. 그는 최고로 속물이었다. 그러나 거드름을 피워도 그는 아직 매력 있는 친구였다. 그래서 우리 사이에 유행했던 외면적이고 변덕스럽고 과장된 형태의 명예와 긍지에도 불구하고, 우리 모두는 아주 소수만을 제외하고 그가 거드름을 피울수록 그를 따라다니게 되었다. 그렇지만 우리는 어떤 개인적인 이득을 보려고 그를 따라다녔던 것은 아니다. 단지

---

49 즈베리는 러시아 어로 〈짐승〉, 〈야수〉라는 뜻.

그에게 사람을 끄는 타고난 재능이 있었기 때문이다. 그 외에도, 어떤 이유에서인지 즈베르꼬프를 임기응변과 세련된 매너의 전문가로 간주하는 것이 이미 기정 사실처럼 되어 있었다. 이 마지막 사실이 특히 나를 격분하게 만들었다. 나는 거칠고 확신에 찬 그의 어조를, 자신의 농담에 자아 도취된 그의 모습을 혐오했다. 그는 비록 바른말을 잘했지만, 그의 농담들은 항상 매우 어리석은 것이었다. 나는 그의 잘생긴, 그러나 텅 빈 것 같은 얼굴을 혐오했다. (그럼에도 불구하고 할 수만 있었다면 나의 〈지적인〉 얼굴과 쉽게 바꾸었을 것이다.) 그리고 1840년대의 장교 같은 그의 제멋대로의 방식을. 여자와 미래, 두 가지 모두에서 성공을 거둘 것이라는 말을 혐오했다(그는 여자들과의 모험을 시작하지도 않았다. 아직 장교 계급장도 달지 못한 상태였다. 그는 그것을 안달하며 기다리고 있었다). 그리고 그가 매일 결투를 할 거라고 말한 것도 나는 혐오했다. 보통은 말이 없었던 내가 어떻게 갑자기 즈베르꼬프와 충돌하게 되었는지 나는 기억하고 있다. 그것은 그가 쉬는 시간에 친구들과 잡담할 때 일어난 일이었다. 그는 미래에 있을 여자들과의 무용담에 관해 말하면서, 양지바른 곳에서 뛰노는 강아지처럼 소란을 떨다, 갑자기 그의 영지에 있는 한 명의 처녀도 그의 시선을 피할 수는 없을 것이며, 그것은 첫날밤의 권리droit du seigneur[50]이고, 만일 감히 농민들이 항의를 한다면 그 턱수염 난 악당들을 모두 채찍질하고 그들에게 세금을 이중으로 부과할 것이라고 선언했다. 똘마니들

---

50 직역하면 주인의 권리라는 뜻. 원래는 중세 봉건주의의 관습인 초야권. 이것에 따르면 영지 내의 농노 신분의 처녀가 결혼할 때는 의무적으로 신혼 첫날밤을 영주와 지내야 했다.

은 박수를 쳤으나 나는 그와 부딪쳤다. 그 처녀들과 그들의 아버지를 불쌍히 여겼기 때문이 아니라 단순히 그들이 그런 벌레에게 박수를 쳐주었기 때문이다. 그때 나는 이겼다. 그러나 즈베르꼬프가 어리석었다 할지라도 그는 명랑하고 뻔뻔스러웠기 때문에 그 상황을 웃음으로 모면했고, 따라서 실제로 내가 아주 이긴 것은 아니었다. 결국 그들은 나를 비웃었다. 후에 몇 번 정도는 그가 나를 이겼다. 악의 없는 듯 마치 농담하는 것처럼 지나가는 식으로 웃으면서. 악의와 경멸감에 가득 찬 나는 그에게 대답하지 않았다. 졸업 후 그는 내게 접근했다. 나는 크게 반대하지 않았다. 왜냐하면 그가 내게 먼저 다가온 것에 우쭐했기 때문이다. 그러나 당연히 우리는 헤어지게 되었다. 후에 나는 병영 장교로서의 그의 성공과 그의 파티들에 관해서 들었다. 그때 다른 소문들이 떠돌았다. 그가 군대 생활을 얼마나 잘하고 있는가에 관한 것이었다. 그는 더 이상 길가에서 나를 아는 척하지 않았다. 나는 나처럼 하찮은 인간에게 인사함으로써 그가 자신의 명예를 손상시킬까 봐 두려워하는 것이라고 의심했다. 한번은 그를 극장에서 보았다. 세 번째 줄에 앉아 있었고, 이미 금장식을 달고 있었다. 그는 어떤 존경받는 장군의 딸들 옆에 달라붙어서는 연신 허리를 굽히고 있었다. 3년 만에 그는 매우 타락해 있었다. 그러나 그는 아직 호쾌한 미남이었다. 그는 부은 것처럼 보였고 살이 찌기 시작하는 것 같았다. 서른이 될 때쯤이면 완전히 흐물흐물해질 것이 분명했다. 그런데 마침내 떠나게 되는 이 즈베르꼬프를 위해 우리 급우들이 저녁을 내고 싶어 했던 것이다. 그들은 그와 3년 동안 계속 알고 지내고 있었다. 비록 그들이 그와 동등한 위치에 있다고 생각하지는 않았지만, 나는 그렇다고 확신하고 있다.

시모노프의 손님 둘 중에 하나는, 독일계 러시아 인인 페르피츠긴이었다. 그는 키가 작고 원숭이 같은 얼굴을 한, 모든 사람을 조소하는 바보였고, 이미 저학년 때부터 내 천적이었다. 자신의 명예에 관해서는 매우 까다로운 척했던 비열하고 건방진 허풍쟁이였는데, 마음속으로는 대단히 겁쟁이였다. 그는 자신의 이익을 고려해서 즈베르꼬프를 따라다니는 숭배자 족속 중 하나였고 그에게서 종종 돈을 빌리곤 했다. 시모노프의 다른 손님인 뜨루도류보프는 별다른 특징이 없는 군인이었고 키가 컸으며, 냉정해 보이는 얼굴에 매우 정직했으나 모든 종류의 성공을 숭배하고 있었으며 오직 승진에 대해서만 토론할 수 있었다. 그는 즈베르꼬프와 먼 친척 관계였고, 바보 같은 얘기지만, 이것으로 인해 우리들 사이에서 어느 정도 인정을 받았다. 그는 항상 나를 아무것도 아닌 것으로 생각했다. 그러나 그는 내게 완전히 공손하게는 아니지만, 적어도 참을 수는 있을 정도로 대했다.

「좋아, 각각 7루블씩이면.」 뜨루도류보프가 말했다. 「우리가 세 명이니까, 모두 합해서 21루블이 되는군. 이거면 근사한 저녁을 먹겠다. 즈베르꼬프는 물론 내지 않는 거야.」

「뭐, 당연하지, 그가 우리의 손님이라면……」 시모노프가 말했다.

「너희들은 정말 그렇게 생각하니?」 페르피츠긴이 거드름을 피우며 성급하게, 마치 장군인 주인의 훈장에 관해 허풍을 떠는 경솔한 하인처럼 끼어들었다. 「너희들은 정말 즈베르꼬프가 모든 것에 대해 우리들이 지불하게 할 것 같니? 그는 흔쾌히 받아들이기는 할 거야, 그 대신에 아마 자기가 술

여섯 병은 낼 거야.」

「오, 봐라, 우리 네 명에 여섯 병이야.」 샴페인 외에는 다른 것에 관심이 없는 뜨루도류보프가 말했다.

「그래, 세 명에 즈베르꼬프까지 네 명, 21루블, 호텔 파리에서, 내일 다섯 시에.」 총무로 뽑힌 시모노프가 마지막으로 결론을 맺었다.

「21루블이라니 무슨 소리야?」 나는 약간 떨면서 말했다. 심지어는 모욕받은 것처럼 느꼈다. 「나를 포함하면 21루블이 아니라 28루블이야.」

나는 나 자신을 갑자기, 그리고 그렇게 예기치 않게 제시하는 것이 대단히 멋있어 보일 거고, 그러면 그들은 모두 곧 놀랄 것이고 나를 존경스럽게 쳐다볼 것이라고 생각했다.

「너도, 너도 하고 싶단……」 시모노프가 나를 쳐다보지 않으려고 하면서 불쾌하게 말했다. 그는 나를 속속들이 알고 있었다.

그가 나를 속속들이 알고 있다는 사실이 나를 격분시켰다.

「왜, 난 그러면 안 된단 말이냐? 나 또한 급우인 것 같은데, 그리고 난 사실 나를 따돌리는 데 심지어 분노하고 있다고.」 나는 다시 끓어오르기 시작했다.

「그렇다고 우리가 너를 어디서 찾을 수 있었겠니?」 페르피츠낀이 거칠게 끼어들었다.

「너는 즈베르꼬프하고 친하게 지낸 적도 없잖아.」 얼굴을 찌푸리며 뜨루도류보프가 덧붙였다. 그러나 나는 달라붙어서 떠나지 않았다.

「이것에 관해서는 아무도 판단할 수 없을 것 같은데.」 나는 떨리는 목소리로 반대 의견을 말했다. 마치 신만이 정확히 무슨 일이 일어났는지를 안다는 듯이. 「아마 지금 내가 그것을 원하고 있는지도 몰라. 전에 우리가 친하지 못했다는 바로 그 이유로 말이야.」

「그래, 누가 너를 이해할 수 있겠니…… 네 모든 고상한 감상들을…….」 뜨루도류보프가 웃으며 말했다.

「너를 명단에 올릴 거야.」 나를 돌아보며 시모노프가 결정했다. 「내일 다섯 시에, 호텔 파리에서야, 잊지 않도록 주의해라.」

「돈, 돈.」 페르피츠낀이 내 쪽으로 머리를 움직이면서 작은 소리로 속삭이기 시작했다. 그러나 그는 곧 이 짓을 그만두었다. 왜냐하면 시모노프조차도 당황하게 되었기 때문이다.

「그만 됐어.」 일어나면서 뜨루도류보프가 말했다. 「만일 그가 정말 그토록 오고 싶어 한다면 오라고 해.」

「그렇지만 결국 이것은 우리끼리, 친구들끼리만 같이 모이는 거야.」 모자를 집으면서 페르피츠낀이 화를 냈다. 「이것은 공식적인 모임이 아니야. 어쩌면 우리가 너를 전혀 원치 않을지도 몰라…….」

그들은 밖으로 나갔다. 페르피츠낀은 떠날 때 작별 인사도 하지 않았다. 뜨루도류보프는 나를 쳐다보지도 않고 마지못해 고개만 끄덕였다. 시모노프와 나는 서로 얼굴을 쳐다보며 남아 있게 되었다. 그는 약간 화가 나 있었고 당황해 하는 것 같았다. 그리고 나를 이상하다는 듯이 쳐다보았다. 그는 앉지도 않았고 내게 자리를 권하지도 않았다.

「흠……. 그래, 그러면 내일, 그리고 돈에 관한 것인데, 너 지금 나에게 돈을 줄 수 있니? 왜냐하면 나는 확실히 하고 싶기 때문이야…….」 그는 당황해서 우물거렸다.

나는 화가 치밀었다. 화가 치미는 한편, 나는 아주 오래 전에 시모노프에게 15루블 빚이 있었다는 것을 기억해 냈다······. 나는 결코 잊은 적이 없었다. 그러나 여태 그에게 갚지 않았다.

「너도 알고 있잖아, 시모노프, 내가 여기에 도착하기 전에는······ 나는 알 수가 없었다는 것을 넌 인정해야 해. 그리고 내가 잊어서 미안하다······.」

「괜찮아, 괜찮아, 별 문제 아니야. 내일 저녁 식사 때 해결하자. 나는 단지 물어본 것뿐이야. 왜냐하면 나는 알아야 하기 때문에······ 제발······ 화내지는 마.」

그는 말을 멈추고는 화가 나서 방을 따라 걷기 시작했다. 걸으면서 그는 뒤꿈치에 체중을 실어 더 크게 소리를 냈다.

「내가 너 뭐 방해하고 있는 거 아니지, 그렇지?」 나는 2분간의 침묵 후에 물어보았다.

「오, 아니야!」 그는 깜짝 놀라 대답했다. 「사실은······ 그래. 나도 밖으로 나가야 해······. 여기서 멀지 않은 곳에······.」 그는 사과하는 듯한 어조로 약간 부끄러워하며 덧붙였다.

「오, 제기랄! 왜 말하지 않았지!」 나는 소리쳤다. 놀랍게도 전혀 상관없다는 태도를 취하며······. 어디서 이런 행동이 나왔는지는 신만이 아신다. 내 모자를 잡았다.

「너 알지? 그곳은 멀지 않아······ 바로 모퉁이를 돌자마자······.」 시모노프는 전혀 어울리지 않게 소란을 떨며 나를 복도로 끌어내며 되풀이했다. 「그러니까 내일 다섯 시 정각에!」 그는 계단에서 내게 소리쳤다. 그는 나를 떠나게 되어서 매우 행복해 하고 있었다. 반면 나는 격노해 있었다.

〈마침내, 마침내 뛰쳐나가고들 말았군.〉 거리를 걸어가며 나는 이를 갈았다. 〈누구에게? 그런 비열하고 타락한 즈베르꼬프 같은 놈에게! 물론 나는 가서는 안 된다. 물론 나는 전혀 개의치 않을 것이다. 나는 가서는 안 된다. 그렇지 않은가? 내일 아침 일찍 시내 우편으로 시모노프에게 알려야지…….〉

그러나 내가 화를 내고 있다는 바로 그 사실이 내가 가리라는 것을 확실히 증명하는 것이다. 내가 가는 것이 더 눈치 없고, 더 부적합하면 할수록 나는 그것을 더 할 것 같았다.

게다가 내가 가는 데에는 크나큰 장애가 있었다. 나는 돈이 없었다. 다 해봐야, 전부 9루블이 있을 뿐이었다. 그러나 이중 7루블은 다음 날 나에게 기숙하고 있는 내 하인, 아뽈론에게 월급으로 주어야 했다.

아뽈론의 성격을 볼 때, 그에게 주지 않는 것은 불가능했다. 언젠가 내 인생의 골칫거리인 이 악당에 관해 더 많은 말을 하게 될 것이다.

그러나 나는 어떤 경우에도 내가 월급을 주지 않을 것이며, 내가 확실히 그 모임에 가게 되리라는 것을 알고 있었다.

그날 밤 나는 무서운 꿈들을 꾸었다. 그도 그럴 것이 저녁 내내 나는 감옥 같았던 내 학창 시절의 기억들로 짓눌렸다. 그리고 나는 그것들을 떨쳐 버릴 수 없었다. 나는 내가 의지하고 있었지만 후에 아무 소식도 듣지 못하게 된 나의 어떤 먼 친척에 의해 그 학교에 다니게 되었다. 그들은, 고아인 데다 이미 그들의 꾸중으로 거의 무너져서 몽상에 빠져 있던, 말이 없고 모든 것을 거칠게 바라보던 나를 그곳에 밀어 넣었다.[51] 나의 급우들은 그들 중 아무와도 비슷한 점이 없었기 때문에 심술궂게 조롱하며 나를 맞아들였다. 그러나 나는 그들의 조롱을 참을 수 없었다. 나는 그들이 서로 친하게 지내는 것만큼 천박하게 그들과 가까이 지낼 수 없었다. 나는 곧 그들을 혐오하게 되었고, 두렵고 상처받고 그리고 과도한 오만함으로 모두에게 나를 닫아 버렸다. 나는 그들의 야비함에 분개하고 있었다. 그들은 냉소적으로 내 얼굴과 포대 자루 같은 내 모습을 웃음거리로 만들었다. 그러나 그들 자신은 얼마나 멍청한 얼굴을 하고 있었던가! 우리 학교에서는 얼굴 표정들이 웬일인지 바보 같고 타락해 보이는 특별한 경향이 있었다. 얼마나 많은 영리해 보이는 아이들이 우리 학교에 들어왔던가. 몇 년 사이에 그들의 얼굴은 혐오스럽게 변해 버렸다. 내가 겨우 열여섯이었을 때 나는 그들을 보고 놀라지 않을 수 없었다. 그때 이미 그 아이들의 생각의 천박함과, 그들의 관심사나 소일거리나 대화 내용의 어리석음에 놀라 버린 것이다. 그들은 필수적인 일들을 이해하지 못했고, 당면한 충격적인 주제들에 관한 모든 관심들이 부족했기 때문에 나는 그들이 나보다 열등하다고 생각하지 않을 수 없었다. 나를 그렇게 하도록 강요한 것은 상처받은 허영심이 아니었다. 그리고 제발, 나에게 그런 진부하고 지겨운 대화상의 시비는 걸지 말기 바란다. 〈즉, 나는 단지 몽상가였고, 반면 그들은 이미 그때 현실적인 삶을 이해하고 있었다〉는 식 말이다. 그들은 아무것도, 어떤 현실적인 삶도 이해하지 못했고, 맹세하건대 바로 이것 때문에 나는 그들에 대해서 더

---

51 지하 생활자의 학창 시절, 그와 급우들과의 사이에 관한 이야기는 『미성년』에서 아르까지 돌고루끼가 뚜샤르의 기숙사에서 지낸 이야기를 하는 것과 유사하다. 또한 이 이야기는 어느 정도 도스또예프스끼 자신의 학창 시절을 반영하고 있다고 볼 수 있다.

욱더 혐오감을 느끼게 되었다. 정반대로, 그들은 가장 명백하고 눈에 확 띄는 현실을 환상적일 정도로 어리석은 방법으로 받아들였다. 그리고 그때부터 오직 성공만을 존경하는 데 익숙해 있었다. 그들은 모욕받고 짓밟힌 것들을 잔인하고 수치스럽게 조롱했다. 그들에게 직위란 지성과 동등한 것이었다. 열여섯에 그들은 이미 편하게 돈벌 수 있는 직업에 관해서 이야기하고 있었다. 물론 이 많은 것들은 어리석음과 그들의 유년기와 청년기를 끝없이 감싸고 있던 나쁜 본보기들 때문이다. 그들의 타락은 추악할 정도였다. 물론 이것 또한 대부분 외향으로 즉, 외면적으로 나타난 냉소주의였다. 물론 그들에게선 젊음과 어떤 신선함이 타락에도 불구하고 빛이 났다. 그러나 그들의 청순함조차도 매력적이지 못했으며, 그리고 그것은 그 자체로 어떤 타락의 기미를 보여 주고 있었다. 나는 그들을 대단히 혐오했다. 비록 내가 그들보다 더 나쁘다고 나 자신이 생각하고는 있었지만, 그들도 나를 내가 그들을 대하듯이 대했다. 그리고 나에 대한 혐오감을 숨기지 않았다. 그러나 그때쯤 나도 그들의 우정을 찾고 있지는 않았다. 반대로 나는 끊임없이 그들의 모욕을 갈망하고 있었다. 그들의 조롱을 피하기 위해서 나는 일부러 할 수 있는 한 열심히 공부하기 시작했고 반에서 1등을 차지했다. 이것은 그들에게 인상을 남겼다. 그 외에도, 그들은 내가 그들이 읽을 수도 없으며 이해할 수도 없는 것들(우리의 특수 교과 과정에도 포함되어 있지 않았던)과 그들이 들어 보지도 못한 것과 같은 책들을 이미 읽었다는 것을 매우 천천히 깨닫기 시작하고 있었다. 그들은 이 사실에 매우 거칠고 조롱하는 듯한 태도를 보였다. 그러나 그럴수록 그들은 도덕적으로 패배감을 느꼈다. 왜냐하면 선생님들까지도 이러한 사실로 인해 내게 주의를 기울였기 때문이다. 조롱은 그쳤으나 혐오는 남아 있었다. 그리고 차갑고 긴장된 관계가 성립되었다. 끝까지 나는 이것을 참아 낼 수 없었다. 나이가 들수록 사람들, 친구들에 대한 필요가 많아졌다. 나는 그들 중 몇 명을 가까이 끌어들이려고 노력했다. 그러나 이러한 화해는 언제나 부자연스러운 것으로 드러났고 저절로 끝나 버리고 말았다. 그래도 한때는 친구라고 할 만한 아이가 하나 있기는 했다. 그러나 나는 이미 마음속으로는 폭군이었다. 나는 그의 영혼에 대해 무제한의 권력을 행사하길 원했다. 그를 둘러싸고 있던 환경에 대한 경멸감을 불러일으키길 원했다. 나는 그에게 그 환경과 당당하고 최종적인 결별을 하도록 요구했다. 나는 나의 정열적인 우정으로 그를 겁먹게 만들었다. 나는 그로 하여금 눈물을 흘리고, 경련을 일으키도록 만들었다. 그는 순진하고 복종하는 영혼을 소유하고 있었다. 그러나 나에게 완전히 굴복하자 나는 곧 그를 미워하기 시작했고, 멀리하기 시작했다. 내가 마치 그를 패배시키고, 오직 그의 굴복만을 정확히 필요로 했던 것처럼. 그러나 나는 아무도 패배시키지 못했다. 내 친구 또한 그들 중 어느 누구와도 비슷하지 않았고 매우 보기 드문 예외였다. 학교를 졸업한 후에 내가 첫 번째로 한 일은, 모든 관계를 단절하기 위해 예정되어 있던 특별 근무를 떠나는 것이었고, 과거에 저주를 퍼붓고 먼지 속에 그것을 버려 두는 것이었다……. 그런데 왜, 빌어먹을 이 모든 일 후에, 나는 그 시모노프를 보러 나 자신을 끌고 갔던 것인가!

다음 날 아침 나는 침대에서 일찍 몸을 일으켰다. 마치 모든 일이 지금 당장 일어나기라도 하는 듯이 불안감에 가득 차서 뛰쳐나왔다. 그러나 나는 내 인생의 어떤 급격한 전환점이 바로 그날 틀림없이 생긴다고, 또 생길 거라고 믿고 있었다. 아마도 그것은 내가 그 일에 익숙해 있지 않았기 때문인지도 모른다. 그러나 내 인생 내내, 어떤 외부의 사건에든 또 그것이 아무리 하찮은 것이라 할지라도, 나는 항상 어떤 종류의 전환이 바로 내 인생에서 일어날 것이라고 느끼고 있었다. 나는 보통 때처럼 일하러 갔다. 그러나 준비하기 위해 두 시간 일찍 몰래 집으로 돌아왔다. 나는 생각했다. 〈가장 중요한 것은 첫 번째로 도착해서는 안 된다는 것이다. 그들이 내가 지나치게 열성적이라고 생각할 수 있다.〉 그러나 그와 같이 중요한 일은 무수히 많았으며, 그것들은 각각 지칠 정도로 나를 걱정하게 만들었다. 나는 손수 장화를 다시 한 번 닦았다. 아뽈론은 세상에 어떤 일이 있어도 그것을 하루에 두 번 닦지는 않았다. 그의 의견으로는, 그것은 나쁜 습관이라는 것이다. 그래서 몰래 옆방에서 솔을 갖고 와서 나 스스로 장화를 닦았다. 그렇게 해야만 그가 이것을 눈치채지 못할 것이고 후에 나를 경멸하지 않을 것이기 때문이다. 나는 조심스럽게 내 옷들을 살펴보았다. 그리고 그것들이 모두 오래돼서 실밥이 드러나고 얼룩져 있다는 것을 발견했다. 나는 너무 꾀죄죄했다. 제복은 그런 대로 괜찮았다. 그러나 확실히 그것을 입고 만찬에 가기에는 어울리지 않는 것이었다. 게다가 설상가상으로 내 바지의 오른쪽 무릎 위에는 크고 노란 얼룩이 있었다. 나는 이 얼룩 하나만으로도 내 자존심의 10분의 9를 상실할 것이라고 예견했다. 나는 그런 생각이 가치가 없다는 것도 또한 알고 있었다. 〈그러나 지금은 생각할 때가 아니다. 곧 현실이 시작된다.〉 나는 생각했다. 그러고는 풀이 죽었다. 동시에 나는 내가 이 모든 것들을 터무니없이 과장하고 있다는 것도 너무 잘 알고 있었다. 그러나 내가 무엇을 해야만 하겠는가. 나는 더 이상 자제하지 못하고 두려움에 떨었다. 절망적으로 나는 그 〈저속한〉 즈베르꼬프가 얼마나 냉담하고 멸시하듯 나를 맞을 것인지를 그려보았다. 얼마나 우둔하고 완전히 사정없는 코웃음을 치며 그 멍청이 뜨루도류보프는 나를 쳐다볼 것인가? 얼마나 비열하고 뻔뻔스럽게 그 벌레 페르피츠낀은 나를 쳐다볼 것인가. 얼마나 비열하고 뻔뻔스럽게 그 벌레 페르피츠낀은 나를 핑계로 즈베르꼬프의 비위를 맞추려고 킬킬거릴 것인가. 시모노프는 말없이 모든 것을 얼마나 잘 이해할 것이며, 그리고 쓸모없는 내 허영심과 소심함에 대해 얼마나 나를 경멸할 것인가? 그러나 가장 중요한 것은, 이 모든 것이 싸구려 같은 일이며, 문학적이지 않으며, 아주 진부한 것이라는 점이다. 물론 아예 가지 않는 것이 최선의 일이었다. 그러나 그것은 모든 것 중에서 가장 불가능한 일이었다. 나는 한번 어떤 것인가에 빠져 들기만 하면, 완전히 끝까지 빠져 들곤 했다. 나는 남은 여생 내내 나 자신을 비웃었을 것이다. 〈그건 멋진 일이야, 너는 겁을 먹었던 거야, 겁을 먹었던 거야. 현실에 겁을 먹은 거라고!〉 정반대로 나에게는 그 모든 〈건달〉들에게 나 자신이 내가 생각했던 것처럼 그런 겁쟁이가 전혀 아니라는 것을 보여 주고 싶은 정열적인 욕망이 있었다. 그러나 그것이 전부는 아니었고, 소심함으로 인한 열병의 경련이 가장 강할 때는, 나는 우세한 입장에서 그들을 패배시키고 내 뒤를 따르게 하며 나를 사랑하지 않을 수 없게 만드는 ─ 아무런 이유가 없다 하더라도, 적어도 나의 〈사고의 고상함과 의심할 바 없는 기지〉 때문에라도 — 그런 환영을 보았다. 그들은 즈베르꼬프를 버릴 것이다. 그는 한쪽 편에 입을 다물고 앉아서 수치심을 느낄 것이고, 그리고 나는 즈베르꼬프를 제압할 것이다. 후에 나는 그와 화해를 할 수도 있다. 그리고 우리들의 우정을 위하여 마실 것이다. 그러나 나에게 가장 잔인하고 짜증나는 일은 내가 실제로 이럴 필요가 전혀 없다는 것과, 실제로 내게는 그들을 짓누르고 굴복시키거나 현혹시키려 하는 욕망이 전혀 없다는 것이었다. 만일 내가 그런 결과를 얻을 수 있다 할지라도, 나는 그것에 조금도 개의치 않을 것이다. 오, 얼마나 나는 이날이 가능한 한 빨리 지나가길 기도했던가! 말할 수 없는 고뇌에 잠겨, 창가로 습관적으로 가서는 환기창을 열며 펑펑 내리는 진눈깨비의 짙은 안개 속을 응시했다.

마침내 나의 작고 초라한 벽시계가 다섯 시를 쳤다. 나는 모자를 집어 들고, 아침부터 월급 받기를 기다리고 있었으나, 자존심 때문에 먼저 말하기를 원치 않았던 아뽈론을 쳐다보지 않으려고 그의 옆을 미끄러지듯이 몰래 빠져나와서 내게 남은 마지막 반 루블로 일부러 대기시켜 놓았던 우아한 마차 안으로 올라타고는 호텔 파리 바로 앞까지 타고 갔다.

4

나는 이미 전날부터 내가 첫 번째로 도착하리라는 것을 알고 있었다. 그러나 문제는 첫 번째라는 데 있지 않았다.

그들 중 아무도 그곳에 있지 않았을 뿐 아니라, 나는 간신히 우리들의 방을 찾을 수 있었다. 테이블은 아직 완전히 준비되어 있지 않았다. 이것은 무슨 뜻이었을까? 수없이 물어본 후에야 나는 마침내 종업원으로부터 저녁 식사는 다섯 시가 아니라 여섯 시에 예약되어 있다는 것을 알았다. 이것은 바에서도 확인할 수 있었다. 나는 부끄러워서 더 이상 질문을 할 수 없었다. 아직 다섯 시 25분이었다. 만일 그들이 시간을 변경했다면, 그들은 분명 나에게 알렸어야 했다. 이런 일을 위해 도시 우편이 있는 것이다. 내 눈앞에서, 종업원들 앞에서 나를 〈치욕〉에 빠뜨리지 않기 위해서……. 나는 앉았다. 종업원이 식탁을 준비하기 시작했다. 웬일인지 그가 주위에서 왔다갔다하는 것이 더욱 치욕스럽게 여겨졌다. 여섯 시경에, 이미 켜져 있었던 램프 외에도, 촛불들을 방 안으로 가지고 왔다. 그러나 종업원은 내가 도착하자마자 그것들을 방 안으로 들여올 생각을 하지 못했다. 옆방에서는, 화난 것 같이 우울해 보이는 몇 명의 손님들이 말도 하지 않으며 여러 식탁에서 식사를 하고 있었다. 멀리 있는 방들 중 하나에서 왁자지껄한 소리가 들려왔다. 그들은 심지어 소리까지 지르고 있었다. 수많은 사람들이 한꺼번에 큰소리로 웃고 있었다. 어떤 추잡스런 프랑스 어 같은 날카로운 소리도 들려왔다. 그들은 식사를 하고 있던 부인들이었다. 이 모든 것이 구역질이 났다. 나는 그렇게 비참하게 시간을 보낸 적이 거의 없었다. 그래서 정확히 여섯 시에 그들이 모두 함께 나타났을 때, 나는 그 순간 그들에게 내가 모욕받은 것처럼 보여야 한다는 것을 거의 잊어버렸다.

즈베르꼬프는 다른 모든 이들보다 앞서 들어왔다. 확실히 그들의 대장으로서. 그는 웃고 있었으며 다른 모든 이들도 그랬다. 그러나 나를 보고 즈베르꼬프는 위엄 있는 표정을 지으면서, 느긋한 태도로 엉덩이를 약간 흔들면서 다가왔다. 그리고 허식에 찬 태도로 상냥하게 그러나 지나치지는 않게 약간 자제하는 듯한 모습으로 거의 장군 같은 공손함으로 손을 내밀었다. 정확히 그는 손을 내밀면서 무엇인가에 대해 경계하기라도 하는 듯했다. 반면 나는 그가 도착하자마자 작은 비명소리가 섞이고 끊어지는 약한 그의 예전의 웃음을 터뜨리며, 바로 첫마디부터 그의 시시한 농담과 재담을 시작할 것이라고 상상했다. 그리고 이것이 바로 전날 저녁부터 내가 부닥치리라고 예상하던 것이었다. 나는 그런 우월감에 찬 태도를 기대하지 않았으며, 그런 뛰어난 친절도 예기치 못했다. 지금쯤 그는 자신이 모든 면에서 나보다 한없이 우월하다고 생각하고 있는 것일까? 그가 장군 같은 태도로 나를 모욕하기를 원한다면, 그다지 나쁜 일은 아니라고 생각했다. 나는 그의 입을 다물게 할 어떤 방법을 알아낼 것이다. 그러나 만일 진실로 모욕하고 싶은 어떤 욕망도 없이, 그가 나보다 한없이 우월하며 그는 바로 보호자의 입장 이외에는 다른 어떤 식으로도 나를 쳐다볼 수 없다는 생각이 그의 우둔한 머릿속에 진지하게 자리잡고 있다면 어떡해야 하나? 그런 가정만으로도 나는 숨이 막히기 시작했다.

「네가 우리와 함께하고 싶어 했다는 것을 알고 놀랐어.」 그는 혀 짧은 소리로 침을 튀기면서 느리게 단어를 내뱉으며 말하기 시작했다. 이것은 전에는 없던 버릇이었다. 「우리는 웬일인지 서로 만난 적이 한 번도 없었지. 너는 우리들을 피하곤 했어. 그러지 말았어야 하는데, 우리는 네가 생각하는 것처럼 형편없지 않아. 그래, 어쨌든 다시 과아아안계에에를······.」

그리고 그는 무심한 태도로 몸을 돌려서 모자를 창턱에 놓았다.

「너 오래 기다리고 있었니?」 뜨루도류보프가 물어보았다.

「어제 약속한 대로, 정확하게 다섯 시에 도착했어.」 나는 곧 폭발할 것같이 짜증스럽게 큰소리로 대답했다.

「너희들 시간이 변경되었다고 애한테 안 알려 주었어?」 뜨루도류보프가 시모노프에게 몸을 돌리며 물어보았다.

「아니, 난 안 했는데, 잊었어.」 시모노프는 대답했다. 그러나 어떤 가책도 없이 심지어 나에게 사과도 하지 않고, 그는 전채 요리가 준비되었는지 보러 갔다.

「그러면 여기서 이미 한 시간이나 있었단 말이야? 안됐다.」 즈베르꼬프가 교활하게 소리쳤다. 왜냐하면 그의 생각으로는 이 일은 정말로 대단히 재미있는 것임에 틀림없었기 때문이다. 그의 뒤를 따라 저 빌어먹을 악당 페르피츠낀이 마치 작은 똥개가 짖는 것처럼 가늘고 악당 같은 목소리로 날카로운 웃음을 터뜨렸다. 그에게도 내가 처한 상황이 대단히 즐겁고 당혹스러운 것으로 보였던 것이다.

「하나도 웃기지 않아!」 나는 더욱더 화가 나서 페르피츠낀에게 소리쳤다. 「다른 애들이 잘못한 거지, 내가 아니야. 너희들은 내게 알리는 걸 소홀히 했어. 그것은······ 그것은······ 그것은······ 단지 어리석은 일이야.」

「단지 어리석은 일일 뿐만 아니라, 그 외에 다른 것도 있지.」 뜨루도류보프가 순진하게 내 편을 들면서 중얼거렸다. 「너희들은 모두 온순해. 그것은 흔히 있는 무례한 일이야.

의도적인 것은 아니지, 물론 시모노프가…… 그것은 어땠을까…… 흠!」

「만일 그런 장난을 내게 쳤다면.」 페르피츠낀이 한마디했다. 「나라면…….」

「오, 너는 그들에게 무엇인가 가져오라고 시킬 수도 있었을 텐데.」 즈베르꼬프가 말을 막았다. 「아니면 그냥 우릴 기다리지 말고 저녁을 주문하든가.」

「너는 내가 누구의 허락도 받지 않고 그렇게 할 수도 있었다는 것을 인정해야 해.」 나는 재빨리 말했다. 「내가 기다렸다면, 그것은…….」

「신사분들, 앉읍시다.」 시모노프가 들어오면서 소리쳤다. 「모든 것이 준비됐어. 샴페인은 보장할 수 있어. 그것은 완벽하게 차가워졌어. 나는 네가 사는 곳을 몰랐어, 그렇지 않니! 내가 어디서 널 찾아야 했겠냐?」 그는 갑자기 나에게 몸을 돌렸다. 그러나 그는 다시 나를 쳐다보기를 피하는 것 같았다. 그는 확실히 적대적이었다. 나는 그가 어제의 일이 있었던 후에 생각해 볼 시간이 있었던 것이라고 짐작했다.

모두들 앉았다. 나 또한 앉았다. 식탁은 둥글었다. 내 왼편으로는 뜨루도류보프가 있었다. 오른쪽에는 시모노프가 앉았다. 즈베르꼬프는 내 맞은편에 앉았다. 페르피츠낀은 즈베르꼬프와 뜨루도류보프 사이에, 그의 옆에 앉았다.

「그으래, 너는 관청에서 근무하냐?」 즈베르꼬프는 계속 내게 관심을 보였다. 내가 불편해 하는 것을 보고, 내게 친절을 베풀어야겠다고 진지하게 생각한 것이 분명했다. 〈내가 자기한테 병을 던지게 만들려고 하거나 혹은 다른 일을 꾸미고 있는 것은 아닐까?〉 나는 격분하며 생각했다. 익숙해 있지 않았기 때문에 나는 부자연스럽게 곧 짜증을 냈다.

「그래, 관청에서.」 나는 내 접시를 내려다보며 퉁명스럽게 대답했다.

「그런데…… 수입은 좋으으으으냐? 마아아알 해봐, 왜 그 일을 그그그만두우우게 됐지?」

「내가 그만둔 것은 내가 그 일을 그그그만두우우고 싶었기 때문이야.」 나는 자신을 억제하지 못할 정도로 세 배나 말을 느리게 했다. 페르피츠낀은 킬킬거리고 웃었다. 시모노프는 나를 빈정대듯이 쳐다보았다. 뜨루도류보프는 식사를 멈추고 흥미롭게 나를 빤히 쳐다보기 시작했다.

즈베르꼬프는 움찔했다. 그러나 그는 못 들은 척하기로 마음먹은 것 같았다.

「좋오오아, 그러면 너는 어떻게 살고 있냐?」

「어떻게 살고 있느냐니 무슨 말이야?」

「내 뜻은 너의 월그으으읍 말이야.」

「왜 나를 심문하는 거야?」

그럼에도 불구하고 나는 내가 얼마나 버는지 그에게 곧 말해 버렸다. 나는 심하게 얼굴을 붉혔다.

「아주 보잘것없군.」 즈베르꼬프가 생각에 잠긴 듯 지적했다.

「네, 나리, 카페에서 식사를 해서는 안 되지요!」 페르피츠낀이 오만하게 덧붙였다.

「나는 그것을 평범한 가난이라고 부를 거야.」 뜨루도류보프가 진지하게 주목했다.

「그런데 너는 얼마나 말라깽이가 되었니, 얼마나 변했니…… 그때 이래로…….」 즈베르꼬프가 이제는 악의에 차서, 그리고 어떤 교만한 동정심을 가지고, 나와 내 옷을 훑어보면서 덧붙였다.

「에이, 그만 놀려.」 킬킬거리며 페르피츠낀이 소리쳤다.

「존경하는 나리, 내가 당황하지 않고 있다는 것을 알아 주시기 바랍니다.」 나는 마침내 폭발하고 말았다. 「너 듣고 있냐? 나는 이곳에서 저녁 식사를 하고 있는 거야. 〈이 카페에서〉 내 자신의 돈으로, 바로 나 자신의, 다른 사람의 것이 아니라, 그것에 주의하기 바란다. 무슈 페르피츠낀.」

「뭐어어라고! 이곳에서 자기 돈으로 식사하지 않는 사람이 누구야? 너는 마치······.」 페르피츠낀은 바닷가재처럼 빨개지면서 그리고 화가 머리끝까지 치민 눈으로 나를 보며 함부로 말했다.

「시이이인경 쓰지 마.」 내가 너무 심했다고 느끼며 나는 대답했다. 「나는 우리가 좀 더 지적인 대화를 나누었으면 좋겠다라고 생각해.」

「너는 네 지식을 자랑할 참이냐? 그런 것 같은데?」

「걱정하지 마, 내 지식은 이곳에서는 아무런 쓸모가 없을 테니까.」

「그런데 너는 왜 그렇게 수다를 떠는 거야, 존경하는 선생, 흠? 그 간청[52]에서 머리가 돈 것 아니야, 그렇지?」

「충분해, 신사분들, 충분해!」 즈베르꼬프가 결정적으로 소리쳤다.

「이게 얼마나 바보 같은 일이냐!」 시모노프가 중얼거렸다.

「정말 바보 같은 일이야, 우리는 아끼는 친구를 여행에 떠나보내기 위해 같이 모인 거야. 그런데 이곳에서 너희들은

---

52 원문에 departament(관청)이 lepertment으로 일부러 오자 표기되어 있다.

계산을 하고 있구나.」 뜨루도류보프가 내게만 거칠게 대하면서 말했다. 「너는 오늘 억지로 우리 사이에 낀 거야. 그러니 전체 분위기를 망치지 말아 주었으면 해……」

「그만둬, 그만둬.」 즈베르꼬프가 계속 소리질렀다. 「그만해, 신사들, 이건 어울리지 않아. 그 대신에 내가 지난번 어떻게 하마터면 결혼할 뻔했는지 얘기나 들어 봐……」

그래서 어떻게 이 신사가 지난번에 거의 결혼할 뻔하게 되었는지에 관한 상스러운 장광설이 시작되었다. 그러나 이 이야기에는 결혼에 관한 말은 한 마디도 없었다. 대신 이 이야기에는 장군들, 대령들, 그리고 심지어는 시종보들까지 끊임없이 등장했다. 그리고 즈베르꼬프는 그들 중 거의 최고였다. 동조하는 웃음소리가 들렸다. 페르피츠낀은 심지어 끽끽거렸다.

그들은 모두 나를 무시했다. 그리고 나는 무참한 기분이 되어 앉아 있었고 아무것도 아닌 것이 되었다.

〈맙소사, 내가 이런 무리에 끼게 되다니!〉 나는 생각했다. 〈그리고 나는 그들 앞에서 얼마나 나를 바보로 만든 것인가! 동시에 난 페르피츠낀에게 모든 것을 내주어 버렸어. 이 돌대가리들은 자신들이 나를 식사에 초대함으로써 내게 경의를 표한 것이라고 생각하고 있다. 그리고 이들은 내가, 내가 그들에게 경의를 표한 것이지 그 반대가 아니라는 것을 이해하지도 못하고 있다!〉 「말라깽이가 되었군! 쟤 바지 좀 봐!」 〈오, 빌어먹을 바지! 바로 조금 전에 즈베르꼬프는 이미 무릎 위에 묻어 있는 노란 얼룩을 발견했다……. 오, 무슨 상관이냐! 바로 지금, 이 순간에, 나는 식탁에서 일어나야 한다. 모자를 집어 들고는 말없이 떠나야 한다……, 경멸하기 때문에.

내일 결투가 있을지는 내가 상관할 바 아니다, 악당들. 내가 신경 써야 하는 것은 확실히 7루블이 아니야. 그들은 생각할 지도 모르지……. 제기랄! 나는 7루블에 관해선 신경 안 써! 나는 이 순간에 떠날 거야!〉

물론 나는 남았다.

절망 속에서 나는 몇 잔의 라피트와 셰리를 들이켰다. 마시는 데 익숙하지 않았기 때문에 나는 곧 취하게 되었고, 취기가 오름에 따라 내 분노도 점점 커져 갔다. 나는 갑자기 가장 무례한 태도로 그들을 모욕하고 싶었다. 그리고 그런 다음 떠날 것이다……. 적당한 순간을 포착해서 그들에게 내가 어떤 사람인지 보여 주는 거다. 그들은 이렇게 말할 수밖에 없을 거다. 그는 정말 익살맞을지도 모르지만 그는 지적이다……. 그리고…… 그리고 간단히 말해서, 이 빌어먹을 놈들아!

나는 침침한 눈으로 그들 각각을 차례로 무례하게 훑어보았다. 그러나 그들은 나를 완전히 잊고 있는 것 같았다. 그들은 소란스러웠고, 명랑했고, 행복했다. 즈베르꼬프는 아직도 말하고 있었다. 나는 듣기 시작했다. 즈베르꼬프는 어떤 근사한 부인에 관해 이야기하고 있었는데, 그가 어떻게 해서 마침내 그녀로부터 사랑의 고백을 얻었고(물론 그는 말[馬]처럼 거짓말을 하고 있었다) 어떻게 이 연애에서 그가 특히 그의 가까운 친구인 3천 명의 농노를 소유하고 있고, 공작이라고 하는 경기병 꼴랴의 도움을 받았는지에 대해 말하고 있었다.

「그런데 농노 3천을 소유한 그 꼴랴는 너를 전송하기 위해 이 근처에 얼씬거리지도 않는 것 같은데, 그렇지?」 나는 불쑥 그의 말을 방해했다. 잠깐 동안 모두들 잠자코 있었다.

「이른 시간인데, 넌 벌써 취했어.」 내 쪽으로 경멸스러운 시선을 보내며, 뜨루도류보프가 마침내 나를 주목하는 데 동의했다. 즈베르꼬프는 내가 작은 벌레라도 되는 듯이 말없이 나를 훑어보았다. 나는 눈을 내리깔았다. 시모노프는 재빨리 약간의 샴페인을 따르기 시작했다.

뜨루도류보프는 자기 잔을 쳐들었고, 나를 제외하고 모두들 그를 따랐다.

「편안한 여행길과 건강을 기원하며!」 그는 즈베르꼬프에게 외쳤다. 「여기 지나간 좋은 날들과 우리 미래를 위해!」

그들은 모두 잔을 비우고 즈베르꼬프에게 키스하러 달려들었다. 나는 움직이지 않았다. 가득 찬 내 잔은 내 앞에 손도 안 댄 채 놓여 있었다.

「너는 안 마실 거냐?」 참을성을 잃고 내 쪽으로 위협적으로 몸을 돌리며 뜨루도류보프가 으르렁거렸다.

「나도 인사말을 하고 싶은데 따로, 나 자신을 대표해서……그 후에 마실 거야, 뜨루도류보프 씨.」

「비열하고 징그러운 놈이야!」 시모노프가 중얼거렸다.

나는 의자에서 일어났다. 그리고 열병에 걸린 듯 잔을 들어올렸다. 뭔가 특별한 것을 기대하며, 그리고 정확히 내가 무얼 말하려고 하는지 알지도 못한 채.

「조용히.」 페르피츠낀이 외쳤다. 「여기서 정말 지적인 말씀을 하려는 모양인데!」 즈베르꼬프는 무슨 일이 일어나고 있는지 깨닫고 있었기 때문에 매우 진지하게 기다렸다.

「즈베르꼬프 중위.」 나는 시작했다. 「나는 그런 문구들과 미사여구를 남용하는 사람들, 그리고 단단한 허리들…… 을 증오한다는 것을 네가 알아 주었으면 한다. 이것이 내 첫 번째 요지이고 두 번째는 그 다음에 있을 거야.」

모두들 심하게 동요하기 시작했다.

「내 두 번째 요지는 나는 음란한 이야기들이나 그런 말을 하는 놈들을 증오한다.[53] 특히 그런 말을 하는 놈들을!」

「세 번째 요지는 내가 진실, 성실, 그리고 정직을 사랑한다는 것이다.」 나는 거의 기계적으로 계속했다. 왜냐하면 내가 어떻게 이런 식으로 말할 수 있는지 알지 못한 채 나 자신에 대한 공포로 이미 얼음장처럼 굳어지기 시작하고 있었기 때문이다. 「나는 생각하길 좋아한다. 무슈 즈베르꼬프, 나는 동등한 위치에 있는 음…… 진정한 친교를 좋아한다. 나는 사랑한다……. 어쨌든, 왜 안 하겠어? 나 또한 너의 건강을 위해 마실 거야, 무슈 즈베르꼬프, 까프까즈의 아가씨들을 유혹해라, 조국의 적들을 쏘아 버려, 그리고…… 그리고…… 자, 너를 위해, 무슈 즈베르꼬프!」

즈베르꼬프는 의자에서 일어나 내게 머리를 숙이고 말했다. 「대단히 고맙다.」

그는 심하게 모욕을 느꼈는지 아주 창백하게 변했다.

「빌어먹을.」 식탁을 주먹으로 치며 뜨루도류보프가 으르렁거렸다.

「아니야, 이런 일 때문에 사람들은 면상을 쥐어박는 거야.」

---

53 러시아 원문을 직역하면 〈음담패설(끌루브니츠까)과 음담가(끌루브니츠니끄)를 증오한다〉이다. 러시아어로 끌루브니츠까는 원래 〈딸기〉라는 뜻이다. 고골의 『죽은 혼』에 등장하는 지주 노즈드료프는 〈끌루브니츠까〉라는 말로 엽색 행각을 암시한 적이 있다. 이곳에서 도스또예프스끼는 1862년에 간행되어 저속한 이야기들을 주로 실었던 『뻬쩨르부르그의 딸기, 성인용』이라는 삼류지를 염두에 두고 있다.

페르피츠낀이 쳇소리를 냈다.

「쫓아내야 해.」 시모노프가 중얼거렸다.

「한 마디도 하지 마, 신사분들, 꼼짝도 하지 마.」 모두의 분노를 저지하며 즈베르꼬프가 엄숙하게 외쳤다. 「너희 모두에게 고마워, 그러나 나는 내가 그의 말에 얼마나 감사하고 있는지 그에게 보여 줄 수 있어.」

「페르피츠낀 씨, 늦어도 내일 아침에 당신은 당신이 지금 한 말로 인해 나를 만족시키게 될 거야!」 나는 페르피츠낀을 향해 거드름을 피우며 크게 외쳤다.

「결투를 말하는 거냐? 아주 좋아.」 그가 대답했다. 그러나 그에게 도전하는 내 모습이 매우 우스꽝스럽게 보였음에 틀림없다. 그리고 내 모습이 너무나 어울리지 않았기 때문에 그들 모두는, 페르피츠낀까지도, 포복절도하고 말았다.

「그래, 물론 그는 혼자 남아 있어야 해. 틀림없이 그는 이미 완전히 취해 있어!」 뜨루도류보프는 혐오스럽게 내뱉었다.

「나는 그를 우리 사이에 끼어들게 한 데 대해 결코 자신을 용서하지 못할 거야.」 시모노프가 다시 중얼거렸다.

〈지금이 이들에게 병을 집어 던질 절호의 순간이다.〉 나는 병을 들며 생각했다. 그리고…… 가득 잔을 채웠다.

〈아니야, 끝까지 앉아 있는 게 더 좋겠어!〉 나는 계속 생각했다. 〈너희들은 내가 가는 것을 보고 기뻐하겠지, 신사 양반들. 아무것도 하지 않을 거야. 나는 일부러 여기 앉아서 내가 너희들에게 무엇이든지 어떤 중요한 의미도 부여하지 않는다는 표시로서 끝까지 마실 거다. 나는 앉아서 마실 거다. 왜냐하면 이곳은 술집이고 나는 들어오기 위해 돈을 냈기 때문이지. 나는 앉아서 마실 거야. 왜냐하면 나는 너희들을 무용지물로 생각하기 때문이지, 존재하지도 않는 무용지물로 말이야. 나는 앉아서 마실 거야……. 그리고 노래를 부를 거야, 만일 내가 …… 를 원한다면, 그래 정말로, 그리고 노래를 부를 거야, 왜냐하면 나는 그럴 권리를 갖고 있기 때문에……. 노래를 부를…… 음…….〉

그러나 나는 노래를 부르지 않았다. 나는 그들 중 누구도 쳐다보지 않으려 했다. 나는 가장 독립적인 것 같은 태도를 취하고는 그들 스스로 내게 먼저 말을 걸어 오기를 오랫동안 기다렸다. 그러나 제기랄, 그들은 내게 말을 걸어 오지 않았다. 그리고 그 순간에, 얼마나, 얼마나, 그들과 화해하고 싶었던가! 시계가 여덟 시를 쳤다. 그리고 마침내, 아홉 시를 쳤다. 그들은 식탁에서 소파로 옮겨 앉았다. 즈베르꼬프는 소파에 길게 누웠다. 한쪽 발을 작고 둥근 테이블에 걸치고, 그들은 그곳으로 포도주를 가지고 갔다. 그는 정말 자신이 가지고 온 술 세 병을 내놓았다. 물론 그는 나에게 함께하자고 권유하지는 않았다. 그들 모두는 소파에 누워 있는 그의 주위에 모였다. 그들은 존경하는 듯이 그의 이야기를 들었다. 그들이 그를 좋아한다는 것은 명백했다. 〈무엇 때문에? 무엇 때문에?〉 나는 혼자 생각했다. 때때로 그들은 취기가 한창 올라서 서로서로 입맞춤을 나누었다. 그들은 까프까즈에 관해서, 진정한 정열이란 무엇인가에 관하여, 카드 놀이에 관해, 직장에서의 유리한 직위에 관해 말했다. 그들 중 누구도 개인적으로 친분이 없는 경기병 뽀드하르졔프스끼가 얼마나 벌었는지에 관해 이야기했고, 그가 큰 소득을 갖게 된 것을 기뻐했다. 또한 그들 중 누구도 한번도 본 적이 없는 공작 부인 D의 비범한 아름다움과 우아함에 관해서 말했다. 마침내 그들은 셰익스피어는 영원 불멸이라고까지 말하게 되었다.

나는 경멸적인 미소를 지었고, 그 방의 다른 쪽을 따라 발걸음을 옮겼다. 바로 소파 맞은편의 벽을 따라서 식탁에서 난로 쪽으로 그리고 다시 반대로. 나는 온 힘을 다해 내가 그들 없이도 잘 지낼 수 있다는 것을 보여 주고 싶었다. 나는 일부러 장화 뒤꿈치를 세게 바닥에 부딪쳐 쿵쿵 소리를 내며 걸었다. 그러나 그것은 모두 헛수고였다. 그들은 전혀 주의를 기울이지 않았다. 나는 이런 식으로, 바로 그들 앞에서, 여덟 시부터 열한 시까지, 끊임없이 같은 곳에서, 식탁에서 난로까지 그리고 다시 난로에서 식탁까지 왕복했다. 〈내키는 대로 걷는 거야, 그리고 아무도 나를 막을 수 없어.〉 종업원이 방 안에 들어왔을 때 몇 번이나 나를 보려고 멈춰 섰다. 너무 많이 방을 맴돌았기 때문에 머리가 핑핑 돌고 있었다. 내가 정신 착란을 일으킨 것이라고 나 자신이 생각했을 때도 있었다. 그 세 시간 동안 나는 세 번이나 땀에 흠뻑 젖었다가 식곤 했다. 때때로 어떤 생각이 내 마음속 깊이 파고들어 쓰라린 고통으로 남았다. 10년, 20년, 40년, 그리고 더, 40년 후까지도, 나는 아직 이 순간들을, 내 전생애에 있어 가장 추악하고, 가장 우스꽝스럽고, 가장 무서운 순간으로 구역질과 치욕감을 느끼며 기억할 것이다. 스스로를 더 수치스럽게, 더 자발적으로 모욕하는 것은 완전히 불가능했을 것이다. 그리고 나는 속속들이 그것을 알고 있었으나 식탁에서 난로까지 그리고 다시 반대로 계속 왕복했다. 〈오, 만약 너희들이, 내가 어떤 감상들과 생각들을 할 수 있고, 내가 얼마나 진보적인지 알기만 한다면!〉 나는 때때로 생각했다. 내 적들이 앉아 있던 소파 쪽에다 대고 마음속으로 말하면서. 그러나 내 적들은 마치 내가 방 안에 없는 것처럼 행동했다. 한 번, 딱 한 번, 그들은 내게 몸을 돌렸다. 즈베르꼬프가 셰익스피어에 관해 말하고 있을 때였고 나는 갑자기 조소의 웃음을 터뜨렸다. 내가 너무나 정교하고 혐오스럽게 킬킬거렸기 때문에 그들은 곧 대화를 중단하고 2분 동안이나 심각하게, 웃지도 않고 말없이 내가 벽을 따라 식탁에서 난로까지 걸으며 그들에게 전혀 주의를 기울이지 않는 것을 지켜보았다. 그러나 이것은 효과가 없었다. 그들은 나에게 말하지 않았다. 그리고 2분 후에 그들은 다시 나를 무시하고 말았다. 시계가 열한 시를 쳤다.

「신사분들.」 소파에서 일어나며, 즈베르꼬프는 소리쳤다. 「이제 모두들 그리로 갑시다.」

「물론이지, 물론이고말고!」 이들이 맞장구를 쳤다.

나는 갑자기 즈베르꼬프에게 몸을 돌렸다. 나는 매우 지쳐 있었고 녹초가 되어 있었기 때문에, 왕복 운동을 끝내기 위해서는 목을 잘라야 하더라도 그럴 준비가 되어 있었다. 나는 열병을 앓고 있었다. 땀에 흠뻑 젖은 내 머리카락들은 말라서 이마와 관자놀이에 늘어붙었다.

「즈베르꼬프! 나를 용서해 주길 바란다.」 나는 거칠고 단호하게 말했다. 「너도, 페르피츠낀, 너희 모두, 너희 모두, 나는 너희 모두를 모욕했어!」

「아하! 결투는 네 특기가 아니구나!」 페르피츠낀이 독살스럽게 혀를 날름거렸다.

그 말은 비수처럼 내 가슴을 찔렀다.

「아니야, 나는 결투를 두려워하지 않아, 페르피츠낀! 나는 우리가 화해한 후에도, 너와 내일 싸울 준비가 되어 있어. 나는 심지어 고집한다. 그리고 너는 거절 못할 거야. 나는 내가 결투를 두려워하지 않는다는 것을 너에게 보여 주고 싶다. 네가 먼저 나를 쏘겠지. 그러면 나는 허공에다 쏠 것이야.[54]」

「단지 자아 도취에 빠져 있는 거야.」 시모노프가 말했다.

「그는 단지 겁먹은 거야!」 뜨루도류보프가 맞장구쳤다.

「우리 끝내자, 왜 너는 우리 길을 막고 있는 거냐! 좋아, 원하는 게 뭐야?」 즈베르꼬프가 경멸하듯이 대답했다. 그들은 모두 얼굴을 붉히고 있었고, 그들의 눈은 반짝거리고 있었다. 그들은 많이 마셨다.

「나는 너희들의 우정을 바라는 거야, 즈베르꼬프. 나는 너를 모욕했어, 그러나……」

「네네네가, 모욕했다고 나나나아를? 나는 네가 알아줬으면 한다. 존경하는 선생, 너는 어떤 상황에서도 나를 모욕할 수 없다는 것을!」

「네 얘기는 충분히 들었다. 꺼져!」 뜨루도류보프가 덧붙였다. 「가자.」

「올림피아는 내 거야, 신사분들, 약속이야!」 즈베르꼬프가 외쳤다.

「다툴 필요 없어, 다툴 필요 없어!」 그들은 그에게 웃으며 대답했다.

나는 완전히 부끄러워져서 그곳에 서 있었다. 패거리들은 왁자지껄 방을 떠났다. 뜨루도류보프는 어떤 바보 같은 노래를 불러 대기 시작했다. 시모노프는 종업원에게 팁을 주기 위해 뒤에 잠깐 남았다. 나는 갑자기 그에게로 다가갔다.

「시모노프, 내게 6루블을 줘!」 나는 단호하고 결사적으로

---

54 뿌쉬낀의 「마지막 한 발」에서 실비오가 결투에서 보여 주었던 행동.

말했다.

그는 극히 놀란 표정으로 나를 쳐다보았다. 그의 눈은 멍청해 보였다. 그는 취해 있었다.

「너도 그곳에 우리와 함께 가겠다는 거냐?」

「그래.」

「나는 돈이 한푼도 없어.」그는 방을 나가려고 하면서 조롱하듯이 미소를 지으며, 잘라 말했다.

나는 그의 코트를 잡았다. 그것은 악몽이었다.

「시모노프! 네가 돈 가지고 있는 거 봤어. 왜 거절하는 거지? 내가 빈털터리라도 된단 말이냐? 내게 거절하는 것을 조심해야 돼, 만일 네가 알고 있다면, 내가 왜 너에게 요청하는지 알고 있다면! 모든 것이 거기에 달려 있어, 나의 모든 미래가, 나의 모든 계획이……」

시모노프는 돈을 꺼냈고 그것을 거의 내던지다시피 했다.

「여기, 네가 그토록 자존심이 없다면 받아라.」그는 매정하게 말하고는 다른 친구들을 따라잡기 위해 달려갔다.

나는 잠깐 동안 혼자 남아 있었다. 혼란, 음식 부스러기들, 바닥 위에 부서진 술잔들, 엎질러진 포도주, 담배 꽁초들, 머릿속의 취기와 혼돈, 내 마음속에 타오르는 고통, 그리고 마침내 모든 것을 보고 들었으며 내 눈을 호기심 어린 시선으로 쳐다보고 있던 종업원.

「그곳으로!」나는 외쳤다. 「그들은 내 다리를 잡고, 무릎을 꿇으며 내 우정을 위해 모두 빌거나, 아니면…… 아니면…… 나는 즈베르꼬프의 뺨을 갈길 거야!」

5

「그래 바로 이거야, 그래 바로 이런 거야, 마침내 현실과의 부딪침이야.」 나는 곧바로 층계를 따라 내려가며 중얼거렸다. 「이것은 더 이상 교황이 로마를 떠나 브라질로 가는 문제가 아니야. 이것은 더 이상 코모 호수에서의 무도회 문제가 아니라고 생각해!」

〈너는 악당이야.〉 갑자기 내 머리에 이런 생각이 들었다. 〈네가 지금 만약 그것을 조롱하고 있다면.〉

「그래서, 뭐!」 나는 스스로에게 대답하며 외쳤다. 「어쨌든 지금 모든 것을 잃어버린 거야!」

그들은 흔적조차 없었다. 그러나 그것은 문제가 아니었다! 나는 그들이 어디로 갔는지 알고 있었다.

현관에는 밤에 일하는 마부가 외롭게 서 있었다. 그의 무거운 외투는 여지껏 내리던 그리고 마치 따뜻할 것 같은 눈으로 하얗게 덮여 있었다. 날씨는 축축했고 숨막힐 것 같았다. 그의 작고 늙은 털북숭이 얼룩무늬 말 또한 기침을 하며 흰 눈으로 온통 덮여 있었다. 나는 지금도 이 장면을 기억하고 있다. 나는 자작나무로 만든 마차로 달려갔다. 그러나 안으로 들어가려고 발을 들어올리자마자, 시모노프가 방금 어떤 식으로 내게 6루블을 주었는지가 기억나서 힘이 쭉 빠졌기 때문에 털썩 주저앉고 말았다.

「맙소사! 그것을 모두 보상하기 위해서는 많은 일을 해야만 하겠군!」 나는 외쳤다. 「그러나 나는 보상하고 말 거야. 그렇지 못하면 바로 오늘 밤에 바로 그 자리에서 사라져 버릴 거다. 가자!」

썰매는 움직이기 시작했다. 내 머릿속에서는 심한 눈보라가 맴돌고 있었다.

〈그들이 내 우정을 위해 무릎을 꿇고 빌지 않을 것은 확실해. 그것은 환상이야, 싸구려 환상. 혐오스럽고, 낭만적이며 그리고 환상적이지. 아직도 코모 호수의 무도회군. 그리고 이것이 바로, 내가 즈베르꼬프의 따귀를 갈겨야 하는 이유이다! 나에게는 그렇게 해야 할 의무가 있다. 그러면 그것은 해결되는 거다. 나는 지금 날아가서 그의 뺨을 갈기는 거야.〉
「이봐, 빨리 가!」

마부가 고삐를 조였다.

〈나는 걸어들어가자마자 그의 뺨을 갈길 거야. 뺨을 치기 전에 서문 형식으로 몇 마디 할 필요가 있을까? 아니다! 바로 들어가서 뺨을 갈겨야지. 그들 모두는 응접실에 앉아 있을 거야, 그리고 그는 올림피아와 소파에 앉아 있겠지. 그 빌어먹을 올림피아! 한번은 그녀가 내 얼굴을 보고 웃었지, 그리고 나를 거절했지. 나는 올림피아의 머리채를 잡고 질질 끌고 돌아다닐 거야, 그리고 즈베르꼬프의 두 귀를 잡고서 끌고 다녀야지. 아니야, 귀 한 쪽만 잡고 다니는 것이 더 좋을 거야, 그리고 나는 방 주위를 내내 끌고 다녀야지. 아마도 그들은 모두 나를 두들겨 패고는 밀쳐 버리겠지. 이것에 관해선 의심의 여지조차 없어. 그렇게 하라지! 나는 맨 먼저 그놈의 따귀를 칠 거야. 그리고 명예의 법칙에 따르면 기선은 내가 잡고 있는 거야. 이거면 충분해. 그는 이미 굳어지기 시작할 것이고, 나를 아무리 두들겨 패도 따귀 때린 것을 결투 이외의 방법으로는 보상할 수 없을 거야. 그는 싸워야 할 거다. 그러나 그들이 나를 패도록 지금은 놔두자. 그렇게 하라지. 쓰레기 같은 놈! 뜨루도류보프는 특히 나를 때리려고 할 거야. 그는 힘이 상당히 세지. 페르피츠낀은 확실히 다른 한쪽에서 나에게 달려들 거야, 그리고 머리끄덩이를 잡겠지. 분명해. 그러나 그렇게 놔둬, 그렇게 놔두라고! 그것이 내가 바라던 바니까. 그들의 멍청한 대가리로 마침내는 이 모든 것의 비극이 어디에 있는지 이해해야만 되겠지! 그들이 나를 문으로 끌고 갈 때에 나는 그들에게 너희들은 실제로 내 새끼손가락만큼의 가치도 없다고 소리 질러야지.〉

「빨리 가, 마부, 빨리.」 나는 마부에게 소리쳤다. 그는 몸을 떨기까지 하면서 채찍을 휘둘렀다. 내 고함소리가 너무 거칠었던 것이다.

〈우리는 동이 틀 때 결투를 할 거야, 그것은 모두 결정된 거야. 나는 관청을 그만둘 거고, 방금 전에 페르피츠낀은 관청 대신 간청이라고 말했지. 그러나 권총을 어디서 구하지? 괜한 걱정이야! 월급을 가불해서 그것을 사야지. 그런데 화약과, 총알들은 어쩐다? 그것은 입회인 일이야. 그런데 어떻게 동틀 때까지 이 모든 일을 끝내지? 그리고 입회인은 어디서 찾아야 하나? 아는 사람이 없는데······.〉

「괜한 걱정이야!」 나는 머릿속의 회오리가 거세짐에 따라 더 소리를 질렀다. 「괜한 걱정이야!」

〈거리에서 첫 번째로 만나는 사람이 내 입회인이 될 거야, 마치 그가 물에 빠진 사람을 끌어내 주기로 되어 있는 것처럼. 가장 특별한 경우를 위해서라도 준비는 하고 있어야 돼. 내가 상관에게 내일 내 입회인이 되어 달라고 부탁한다 할지라도 그는 단순한 기사도 정신에서라도 동의할 것이고 비밀을 지킬 거야! 안똔 안또니치······.〉

바로 그 순간에 실상이, 내 상상이 구역질 나도록 어리석다는 것과 사태의 모든 국면들이 세상 그 누구보다도 내게 더욱 또렷하고 생생하게 나타났다.

「이봐, 마부, 서둘러, 바보 같은 놈, 서둘러!」

「어이쿠, 나리.」 시골 출신의 건장한 마부가 중얼거렸다.

갑자기 등골이 오싹해졌다.

〈그러나 그것이 더 좋지 않을까⋯⋯. 그것이 더 좋지 않을까⋯⋯. 지금 바로 집으로 곧장 가는 것이? 오, 신이여! 왜, 왜 나는 어제 그 저녁 식사에 응했던 것일까! 그러나 아니야, 그건 불가능해! 그리고 식탁에서 난로까지 세 시간 동안 왔다갔다한 것은 어쩌고? 아니야, 그들은, 그놈 말고 아무도 그 서성거린 것에 대해 내게 보상해 줄 수 없을 거야! 그들이 그 치욕을 지워 주어야 해!〉

「이봐, 서두르라니깐!」

〈그런데 나를 경찰서로 데리고 가면 어쩌지! 감히 그들이 그런 짓을 할까? 그들은 스캔들을 두려워할 거야. 그리고 즈베르꼬프가 경멸감 때문에 결투하기를 거절한다면 어쩌지? 그것에 관해서는 의심조차 할 필요도 없어. 그러나 그땐 내가 그놈들에게 입증해 보일 테다⋯⋯. 그가 떠날 준비를 하고 있을 때 내일 나는 역마차 정거장으로 달려가서는 그놈의 다리를 잡고 그놈이 마차 안으로 들어가려고 할 때 놈의 외투를 찢어 버리는 거야. 그놈의 손에 이빨 자국을 내야지, 놈을 물어 버릴 거야. 《모든 이들이여, 보시오, 필사적인 사람이 어떤 짓을 할 수 있는지를!》 그놈이 내 머리를 때리려고 하겠지. 그리고 나머지 모두는 뒤에서 그러겠지. 나는 모여든 모든 이들에게 소리칠 거야. 《자기 얼굴에 내 침을 바르

고 까프까즈 아가씨들을 꼬시려고 하는 이 어린 새끼 강아지를 보시오!》

물론 이 뒤에는 모든 것이 끝나겠지. 관청은 지구 표면에서 사라져 버릴 것이다. 나는 체포를 당할 것이다. 나는 고소를 당할 것이고 직장에서 해고될 것이다. 나는 수용소에 투옥될 것이다. 나는 재활 수용소가 있는 시베리아로 보내지겠지. 신경 쓰지 마! 15년 후에 그들이 나를 수용소에서 풀어 줄 때, 나는 그를 거지 같은 넝마 조각을 걸치고 쫓아 갈 것이다. 어딘가 시골 마을에 있는 그를 나는 발견하겠지. 그는 결혼해 있을 것이고 행복하게 살고 있겠지. 그에게는 다 자란 딸도 있을 것이다······. 나는 말할 것이다.《봐, 이 괴물 같은 놈아, 내 푹 꺼진 뺨과 넝마 같은 옷을! 나는 모든 것을 잃었어. 경력, 행복, 예술, 학문, 그리고 내가 사랑했던 여자도, 모두 너 때문에······. 여기 권총이 있다. 나는 총을 쏘기 위해 왔다. 그리고······ 그리고 나는 너를 용서한다!》이때 나는 허공에다 총을 쏠 것이다. 그러고는 흔적도 없이 사라진다.〉

바로 그 순간에, 이 모든 것이 실비오[55]와 레르몬또프[56]의 「가면 무도회」에 나오는 것이라고 잘 알고 있었음에도 나는 울기 시작했다. 그리고 갑자기 나는 대단히 부끄러워졌다. 그래서 말을 멈추게 하고 마차에서 내려 길 한가운데에서 눈을 맞으며 서 있었다. 마부는 놀라서 나를 쳐다보고 한숨을 쉬었다.

---

55 뿌쉬낀의 단편 「마지막 한 발」의 주인공으로 그는 전생애를 복수 사상에 바쳤다.

56 M. I. 레르몬또프(1814~1841). 러시아의 시인이자 소설가. 「가면 무도회」는 그가 쓴 희곡으로 여기서 등장 인물 아르베닌은 실비오와 유사한 역할을 하고 있다.

나는 무엇을 해야만 했는가? 나는 그곳에 갈 수 없었다. 그것은 어리석은 짓이었다. 그렇지만 이 일을 그냥 지나칠 수도 없었다. 왜냐하면 그것은……. 〈빌어먹을! 내가 어떻게 이 일을 그냥 넘기는 것이 가능하겠는가! 그와 같은 모욕을 당하고서!〉

「안 돼!」 나는 다시 마차에 몸을 던지며 외쳤다. 「그것은 이미 예정되어 있었던 거야. 그것은 운명이야! 이봐, 서둘러, 그곳으로 가자!」

그리고 참을 수 없어서 나는 주먹으로 그 마부의 목을 때렸다.

「왜 그러십니까, 왜 때리시는 겁니까?」 불쌍한 마부는 그럼에도 늙은 말을 채찍질하며 고함을 질렀다. 그래서 말은 뒷발을 힘차게 들어올리기 시작했다.

점점 눈송이가 커지면서 눈이 내리고 있었다. 나는 눈에는 관심이 없었기 때문에 코트의 단추를 끌렀다. 그 밖의 모든 것에 관해서 잊었다. 왜냐하면 나는 따귀 때리는 것으로 모든 것을 결정했고, 결국 그것은 지금, 바로 지금 반드시 일어날 것이며, 그리고 이것을 멈추게 할 힘은 이 세상에 없었기 때문이다. 외로운 가로등들이 마치 장례 행렬의 횃불들처럼 눈 내리는 안개 속에서 희미하게 껌벅거렸다. 눈은 내 외투 밑에 쌓이기 시작했다. 내 상의 밑에도. 내 넥타이 밑에도, 그리고 그 자리에서 녹아 버렸다. 나는 단추를 채우지 않았다. 결국 모든 것을 잃게 될 것이다. 우리는 마침내 도착했다. 나는 마차에서 뛰어내려 층계를 달려 올라갔다. 거의 제정신이 아니었고, 손과 발로 문을 쾅쾅 두드리기 시작했다. 내 다리들은 특히 무릎부터 극도로 약해지기 시작했다. 마치 알고 있다는 듯이 문은 금방 열렸다. (실제로 시모노프는 그들에게 한 사람이 더 올지도 모른다고 미리 알려 두었다. 왜냐하면 이런 곳에서는 미리 알려야만 하고, 그래야 대부분 주의를 하게 된다. 그곳은 경찰에 의해서 이미 오래 전에 철거되어 버린 그 당시에 있었던 〈유행 상점들〉 중 하나였다. 낮에는 실제로 가게였다. 그러나 저녁에는 추천받은 사람들이 방문할 수 있었다.) 빠른 걸음으로 나는 어두운 가게를 지나서 촛대 하나가 타오르고 있는 눈에 익은 응접실로 갔다. 그리고 당황해서 걸음을 멈추었다. 그곳에는 아무도 없었다.

「그들은 어디에 있는 거지?」 나는 누군가에게 물었다.

그러나 물론 그들은 이미 집으로 돌아간 뒤였다.

내 앞에는 바보 같은 미소를 띤, 나를 조금 알고 있는 포주가 서 있었다. 곧 문이 열리고, 다른 사람이 들어왔다.

어디에도 관심을 돌리지 않고 나는 방을 따라 왕복 운동을 시작했다. 혼자 중얼거리기 시작했다. 마치 나는 죽음에서 구원을 받은 것 같았다. 그리고 나는 기쁘게 온몸으로 그것을 예감하고 있었다. 결국 나는 그의 뺨을 때렸을 것이다. 나는 확실히, 확실히 그의 뺨을 때렸을 것이다! 그러나 지금 그들은 이곳에 없다. 그리고…… 모든 것은 지워졌다. 모든 것은 변한 것이다! 나는 주위를 둘러보았다. 나는 아직 정신을 차릴 수 없었다. 나는 멍하니 방 안으로 들어온 여자를 쳐다보았다. 내 앞에는 청순하고 젊고 약간 창백한 얼굴에, 짙은 일자 눈썹을 한, 진지하고 당황해 하는 듯한 모습이 어른거렸다. 나는 그녀가 마음에 들었다. 만일 그녀가 미소를 짓고 있었더라면, 나는 그녀를 증오했을 것이다. 나는 마치 공을 들이는 것처럼 그녀를 좀 더 주의 깊게 쳐다보기 시작했다.

그러나 아직 정신을 차릴 수 없었다. 그 얼굴에는 정직하고 선한 그러나 무엇인지 심각함이 있었다. 나는 그녀가 이것 때문에 이곳에 남아 있는 것이라고 확신했다. 그리고 그 바보 같은 놈들 중 누구도 그녀를 눈여겨보지 않았다. 그녀는 아름답다고 말할 수는 없었다. 비록 키가 크고 강하고 좋은 체격을 갖고 있었으나 그녀는 매우 소박하게 옷을 입고 있었다. 더러운 어떤 것이 나를 사로잡았다. 나는 그녀에게 가까이 다가갔다.

나는 우연히 거울에 비친 내 모습을 보게 되었다. 지나치게 일그러진 내 얼굴은 극도로 소름끼치게 보였다. 창백하고 비열하고 흐트러진 머리칼로 덮인 천박한 얼굴이었다. 〈상관없어, 나는 이것이 기뻐〉 하고 나는 생각했다. 〈나는 기쁘다, 실제로 내가 그녀에게 혐오스럽게 보일 테니까 그것이 나를 기쁘게 한다……〉

6

…… 칸막이 뒤에 어디에선가 시계가 씨근덕거렸다. 마치 어떤 압력이 가해진 것처럼, 마치 누군가가 목 조르기라도 하는 듯이, 부자연스럽게 오랫동안 씨근덕거리고 난 후에 가늘며 혐오스럽고 웬일인지 조급하게 서두르는 종이, 마치 누군가가 갑자기 뛰어오기라도 하는 듯이 정확하게 울렸다. 시계가 두 시를 쳤다. 나는 정신이 들었다. 진짜로 잠을 자고 있었던 것은 아니지만, 거의 가사 상태로 누워 있었다.

그곳은 커다란 옷장이 가로막고 있고 종이 상자들과 신문

조각들과 온갖 종류의 옷감 부스러기들이 널브러져 있던, 좁고 밀폐되고 천장이 낮은 방 안이었는데 거의 완전히 어두컴컴했다. 거의 다 타버린 초 찌꺼기가 방구석에 있는 테이블 위에서 때때로 약간씩 피어 오르며 타고 있었다. 얼마 안 있어 완전한 어둠이 찾아올 것이다.

잠시 후 정신이 들었다. 곧 모든 생각이 애쓰지 않아도 떠올랐다, 마치 내게 튀어 오르기 위해 누워 기다리고 있기라도 했던 것처럼. 실제로 내가 무의식 상태에 있었을 때조차, 그 주위를 가사 상태의 환영들이 흐릿하게 맴돌았던, 결코 잊혀지지 않는 점 같은 것이 남아 있었다. 그런데 이상했다. 그날 내게 일어났던 모든 일이, 이제 깨어나 보니 오래되고 오래된 과거의 어떤 일 같았고, 마치 내가 이미 오래, 오래 전에 그것들을 떠나 버렸던 것 같았다.

머릿속이 혼란스러웠다. 무엇인가가 내 위에서 떠도는 것 같더니 나를 부추기고 약올리고 성가시게 했다. 고통과 짜증스런 기분이 다시 치밀어 올라 분출구를 찾고 있었다. 별안간 나는 내 옆에 두 개의 눈이 나를 흥미롭고 강렬하게 살펴보고 있는 것을 보았다. 그 표정은 차가울 정도로 무관심하고 음울했으며 완전히 타인의 것이었다. 그것은 나를 침울하게 만들었다.

음울한 생각이 머릿속에 떠올랐고 어떤 기분 나쁜 느낌이 온몸을 타고 퍼져 나갔다. 마치 축축하고 곰팡이 냄새 나는 지하실에 들어갈 때 우리가 느끼는 것 같은 느낌이었다. 이 두 눈이 바로 그때 정확히 나를 꼼꼼히 뜯어보기로 결정했다는 것이 왠지 어색해 보였다. 나는 또한 두 시간이 흐르는 동안 이 실체와 한마디도 나누지 않았으며 그것이 전혀 필요한 것이라고 생각하지 않았다는 것도 기억해 냈다. 심지어 왠지 얼마 전까지만 해도 나는 그런 식으로 있는 것을 좋아했다. 바로 이때 내게는 참다운 사랑의 결실이어야 할 행위를 거미처럼 애정도 없이 거칠고 뻔뻔스럽게 곧장 시작해 버렸던 징그럽고 무의미한 나의 음탕함에 관한 생각이 갑자기 선명하게 떠올랐다. 우리는 오랫동안 서로 쳐다보았다. 그러나 그녀는 내 눈앞에서도 눈을 내리깔지 않았고, 자신의 표정도 바꾸지 않았다. 마침내 나는 어떤 두려움을 느꼈다.

「이름이 뭐지?」 나는 가능한 한 빨리 그것을 모두 끝내 버리기 위해서 퉁명스럽게 물어보았다.

「리자.」 거의 속삭이듯이 그녀는 대답했다. 그러나 어떤 이유에서인지 매우 불친절하게 시선을 돌렸다.

나는 잠시 침묵을 지켰다.

「오늘 날씨는…… 눈…… 대단하군!」 언짢게 머리 뒤로 팔을 올린 후 천장을 쳐다보며, 나는 거의 혼자 중얼거리다시피 말했다.

그녀는 대답을 하지 않았다. 이 모든 것이 추악한 일이었다.

「너는 이 지방 출신이니?」 나는 잠시 후 그녀 쪽으로 약간 머리를 돌리며 무뚝뚝하게 말했다.

「아니야.」

「그러면 어디지?」

「리가에서 왔어.」 그녀는 마지못해 대답했다.

「독일인인가?」

「러시아인이야.」

「이곳에 오랫동안 있었나?」

「어디에?」

「이 집에.」

「2주 됐어.」 그녀는 더욱더 무뚝뚝하게 대답했다. 촛불은 완전히 꺼졌다. 나는 더 이상 그녀의 얼굴을 볼 수 없었다.

「아버지와 어머니는 살아 계신가?」

「응…… 아니…… 그분들은 살아 계셔.」

「어디에 계시지?」

「그곳에…… 리가에.」

「어떤 분들이지?」

「오, 그냥 아무도 아니야.」

「아무도 아니라니 무슨 뜻이지? 그들은 누구고, 무슨 일을 하시지?」

「상인이야.」

「너는 지금까지 그들과 함께 살았니?」

「그래.」

「몇 살이지?」

「스무 살.」

「왜 그분들 곁에서 떠났지?」

「그냥……」

이 대답은 〈나를 내버려둬, 비참한 기분이야〉라고 말하는 것 같았다. 우리는 입을 다물었다.

내가 왜 떠나지 않았는지는 신만이 아신다. 나는 더욱 비참하게 느끼며 내내 나 자신을 침울하게 만들었다. 어제의 모든 장면들이, 그것들 모두가 왠지, 내 의지와는 관계 없이 혼란스럽게 내 기억 속을 스쳐 가기 시작했다. 나는 갑자기 아침에 직장으로 짜증스럽게 종종걸음 치다가 거리에서 보았던 장면을 기억해 냈다.

「사람들이 오늘 아침 관을 나르고 있었어. 그리고 거의 떨어뜨릴 뻔했지.」 나는 대화를 시작할 마음이 전혀 없었지만, 바로 그렇게 우연한 것처럼 갑자기 크게 말했다.

「관이라고?」

「그래. 센나야 거리에서 그들은 지하실에서 그걸 꺼내고 있었어.」

「지하실에서라고?」

「지하실에서가 아니라, 지하와 같은 지면으로부터…… 알지…… 거기 아래에서…… 유곽에서…… 그곳에는 주위에 더러운 것이 매우 많았지……. 계란 껍질들과, 쓰레기…… 악취가 났어……. 정말 추악했어.」

침묵.

「장례식 하기에는 궂은 날씨야!」 단지 침묵을 깨기 위해, 나는 다시 시작했다.

「왜 궂다고 하지?」

「눈, 진눈깨비…….」 (나는 하품을 했다.)

「상관없어.」 그녀는 약간의 침묵 뒤에 갑자기 말했다.

「아니야, 날씨가 궂어.」 (나는 다시 하품을 했다.) 「구덩이 파는 사람들이 눈에 젖는 통에 분명히 욕을 했어. 그리고 의심할 바 없이 무덤에 물이 있어.」

「왜 무덤에 물이 있지?」 그녀는 호기심 같은 것을 나타내며 물어보았다. 그러나 전보다 더 거칠고 퉁명스럽게 말하고 있었다. 갑자기 어떤 것이 나를 부추기기 시작했다.

「확실해, 바닥에 물이 있어, 6베르쇼끄[57] 정도, 거기 볼꼬

---

57 미터법 시행 전 러시아의 길이 단위. 1베르쇼끄는 약 4.445cm에 해당됨.

보[58]에서는 마른 무덤을 팔 수 없어.」

「어째서?」

「〈어째서〉라니 무슨 뜻이지? 그 지역은 물이 배어 있어. 주변에 습지들이 있지. 그래서 그들은 바로 물 속에 관을 묻고 있지. 나는 직접 그것을 본 적이 있어…… 여러번……」

(나는 그것을 한번도 본 적이 없다. 나는 볼꼬보에 가본 적도 없고 단지 사람들이 그것에 관해 말하는 것을 들은 적이 있다.)

「너는 네가 죽어도 상관이 없단 말이냐?」

「그런데 왜 내가 죽어야 하지?」 그녀는 자신을 방어라도 하듯이 대답했다.

「결국 너는 언젠가 죽게 될 거야, 그렇지 않니? 그리고 너는 오늘 아침 죽은 여자처럼 죽게 될 거야. 그녀는…… 너 같은 아가씨였어……. 그녀는 폐병으로 죽었어.」

「창녀는 병원에서 죽었어야 했어.」(〈그녀는 그것에 관해 이미 알고 있군〉 하고 나는 생각했다. 그리고 그녀는 〈아가씨〉 대신에 〈창녀〉라고 말했다.)

「그녀는 포주에게 빚을 지고 있었지.」 이 언쟁에 의해 더욱 더 자극을 받으면서 나는 계속 말했다. 「비록 폐병을 앓고 있었지만, 그녀는 거의 마지막까지 포주를 위해 일했지. 그곳 주변의 마부들은 군인들에게 그것에 대해 말하곤 했지. 아마도 그녀의 옛 고객들이었을 거야. 그들은 웃었어. 그들은 술집에서 그녀를 위해 장례식을 치르는 계획을 세우고 있지.」 (나는 여기서 또한 많은 것을 꾸미고 있었다.)

---

58 뻬쩨르부르그 남부에 있는 큰 묘지. 도스또예프스끼의 기술이 정확한 것이 뻬쩨르부르그는 늪 지대에 건설된 도시이다.

침묵, 깊은 침묵. 그녀는 꼼짝도 하지 않았다.

「너는 그러면, 병원에서 죽는 것이 더 좋다고 생각하니?」

「똑같지 않을까? 그건 그렇고, 왜 내가 죽어야 하지?」 그녀는 짜증스러운 목소리로 덧붙였다.

「지금은 아니야, 그러나 나중에는 어때?」

「뭐, 나중에도 또……」

「있을 법한 이야기야. 지금 너는 젊고 예쁘고 청순해. 너는 그들에게 뭔가 가치가 있는 거지. 그러나 이런 생활을 1년 하고 나면 너는 더 이상 그렇지 않을 거야. 너는 네 모습을 잃게 될 거야.」

「1년 안에?」

「어찌 되든 네 값어치는 더 떨어질 거야.」 나는 심술궂게 계속했다. 「그리고 너는 이곳보다 더 못한 곳으로 가게 될 거야. 또 다른 집으로, 그리고 또 해가 지나면 세 번째 집으로, 언제나 점점 더 못한 곳으로. 그리고 7년 내에 너는 센나야에 있는 지하실에 있게 될 거야. 하지만 상황이 그렇게 나쁜 것은 아니야. 문제는 네가 어떤 병에 걸리게 될 때 비로소 생기지. 뭐, 말하자면 네 가슴이 쇠약해진다든가……. 마치 너만이 감기에 걸리게 된다든가 뭐 그런 거 말이지. 이런 생활에서 병에 걸리면 고생할 거야. 한번 걸리면, 너는 그것을 벗어나지 못할지도 몰라. 그리고 너는 죽는 거야.[59]」

「그래서 나는 죽을 거로군.」 그녀는 몸을 부르르 떨며 이제 매우 심술궂게 대답했다. 「그렇지만 그건 너무 나빠.」

「누구에게?」

---

[59] 작가가 성병에 대해서 한 마디의 언급도 하지 않는 데 주목할 필요가 있다. 그도 그럴 것이 검열 당국에서 허용하지 않았을 것이다.

「한 사람의 인생에게.」
침묵.
「약혼자가 있었니? 응?」
「그게 너와 무슨 상관이지?」
「오, 캐묻는 건 아니야. 내게 무슨 상관이람. 너는 왜 그렇게 화가 났지? 물론 너는 네 자신의 문제들을 가지고 있을 수 있겠지. 그게 나랑 무슨 상관이지? 똑같아, 안됐다.」
「누가?」
「네가 안됐다고.」
「넌 그럴 필요가……」 그녀는 거의 들리지 않게 속삭였다. 그리고 다시 몸을 떨었다.
이것은 내 분노를 부채질했다. 대단한 아가씨군! 나는 그녀에게 매우 신사적이었는데, 그런데 그녀는…….
「그런데 제기랄 너는 대체 뭘 생각하는 거야? 네가 탄탄대로에라도 있다는 거냐, 응?」
「나는 아무것도 생각하지 않아.」
「그게 네 문제야. 생각하지 않는 것 말이야. 아직 시간이 있을 때 정신 차려. 아직 시간이 있어. 너는 아직 젊고 예뻐. 너는 사랑에 빠질 수도 있고, 결혼해서 행복할…….」
「결혼한 모든 사람이 행복한 것은 아니야.」 그녀는 전처럼 거칠고 빠르게 잘라 말했다.
「물론 모든 사람이 그런 건 아니지, 그러나 여기보다는 훨씬 좋아, 엄청 좋아. 사랑이 있다면 너는 행복 없이도 살 수 있어. 슬플 때에도 삶은 좋은 것이지. 네 인생이 어떤 것이건 간에, 살아 있다는 건 좋은 일이지. 그런데 네가 이곳에서 갖고 있는 것은 …… 을 제외한 악취뿐이야. 왝!」

나는 구역질이 나서 몸을 돌렸다. 나는 더 이상 냉정하게 철학적인 말을 할 수 없었다. 내가 무엇을 말하고 있는지 느끼기 시작했고 흥분하게 되었다. 나는 골방에서 키워 왔고, 소중히 간직했던 나의 보잘것없는 사상들을 설명하려는 욕구로 타오르고 있었다. 갑자기 무엇인가 내 속에서 불이 붙었다. 목표 같은 것이 〈나타났다〉.

「내가 여기 있다는 구실로 나를 따라 하지는 마. 나는 너의 본보기가 아니야. 아마도 내가 너보다 더 나쁠지도 몰라. 그리고 여기 왔을 때, 나는 취해 있었어.」 그렇지만 나는 자신을 정당화시키기 위해 허둥댔다. 「어쨌든 남자는 여자의 본보기가 아니야. 그건 별개의 문제야. 나는 더럽고 지저분해도 어느 누구의 노예도 아니야. 나는 여기 있지만 언젠가는 나갈 거야. 그러면 이곳에 있지 않겠지. 나는 이것을 털어 버리고 다시 한번 다른 사람이 될 거야. 하지만 너는 무엇보다도 바로 네가 노예라는 것을 깨달아야 해. 그래, 노예 말이야! 너는 모든 것을 포기했어, 모든 너의 자유까지도. 그리고 나중에 이런 사슬들을 부수려고 해도 너는 할 수 없을 거야. 그것들은 너를 점점 더 강하게 옭아맬 거야, 그것이 바로 그 빌어먹을 사슬의 정체이지! 난 알고 있어. 나는 다른 것들은 말도 꺼내지 않겠다. 너는 아마도 그것들을 이해조차 못할 거야. 그러나 내게 말해 다오. 너는 아마도 포주에게 빚을 지고 있을 거야. 그렇지 않니? 내 뜻을 알겠지!」 그녀는 아무 대답도 하지 않았지만 내가 하는 말을 침묵 가운데 진지하게 듣고 있었다. 「너는 바로 사슬에 묶여 있는 거야! 결코 그것을 풀 수는 없단 말이다. 그것이 바로 그들이 보통 하는 짓이야. 그것은 바로 악마에게 너의 영혼을 파는 것과 같아…….

그리고 이외에도, 나도 또한…… 아마도 너와 마찬가지로 불행해……. 네가 어떻게 알겠니……. 그리고 일부러 진창에서 뒹굴고 있지. 또한 슬픔 때문에, 결국 사람들은 슬픔 때문에 마시는 거야. 그렇지 않니? 뭐, 그것이 내가 여기에 있는 이유야. 슬픔이란 거지. 그런데, 말해 봐. 이곳의 좋은 점이 무엇인지? 그리고 너와 나는…… 같이 지냈지…… 얼마 전에. 그리고 우리들은 내내 서로에게 한마디도 하지 않았고, 그리고 후에 너는 나를 마치 야만인인 것처럼 뜯어보기 시작했어. 그리고 나도 같은 짓을 했어. 이것이 사랑하는 법일까? 이것이 두 사람이 해야 하는 일일까? 이건 치욕이야, 바로 그거야!」

「맞아!」 그녀는 내게 날카롭게 서두르며 동의했다. 나는 신속한 그 〈맞아〉라는 말에 놀라기까지 했다. 이것은 그녀가 나를 자세히 쳐다보는 동안, 바로 똑같은 생각을 그녀도 혹시 머릿속에 가지고 있었다는 것을 의미하는 걸까? 이제 그녀도 어떤 사상 같은 것을 가질 수 있단 말인가? 〈흠, 제기랄, 흥미롭군, 생각이 비슷해졌어.〉 거의 양손을 비비다시피 하면서 나는 생각했다. 〈나는 이런 어린 영혼을 다룰 수 없는 걸까?〉

이 게임은 더욱더 나를 사로잡았다.

그녀는 내게 더 가까이 머리를 숙였다. 그래서 내게는 어둠 속에서 그녀의 머리가 두 팔 위에 지탱되고 있는 것처럼 보였다. 아마도 그녀는 나를 살펴보고 있었을 것이다. 내가 그녀의 눈들을 볼 수 없어서 얼마나 유감이었던가, 나는 그녀의 깊은 한숨을 들었다.

「왜 너는 이곳에 왔지?」 내가 말하기 시작했다. 이미 내 목소리에는 압도적인 어조가 스며 있었다.

「아무런 이유도 없어.」

「너의 아버지 집에서 살았더라면 얼마나 좋았을까? 따뜻하고, 자유롭고, 너 자신의 둥지 말이야.」

「그곳이 이곳보다 더 나빴다면 어쩌지?」

〈명쾌한 접근 방법을 찾아야 해.〉 이런 생각이 머릿속에 번득였다. 〈나의 감상적인 측면이 말을 지나치게 해서는 안돼.〉

그러나 그것은 그냥 지나가는 생각이었다. 맹세컨대 나는 그녀에게 정말 관심이 있었다. 나는 웬일인지 힘이 없었고 흥분해 있었다. 게다가 감상적인 말을 하며 속이는 것이 너무 쉬웠다.

「사람들이 말하길.」 나는 서둘러 대답했다. 「세상에는 온갖 종류의 일들이 일어나지. 나로 말할 것 같으면 나는 누군가가 너를 망쳐 버렸다는 것과 그들이 너보다 훨씬 더 비난받아야 한다는 것을 굳게 확신하고 있어. 나는 너의 환경에 관해 아무것도 모르지만 확실히 너같이 젊은 숙녀는 네 스스로 이런 곳에 발을 내딛지는 않았을 거야······.」

「나 같은 젊은 숙녀?」 그녀는 거의 들리지 않게 속삭였으나, 나는 들었다.

〈제기랄, 그녀에게 아부하고 있군, 이건 비열해, 그러나 한편 좋은 일일지도 몰라······.〉 그녀는 말이 없었다.

「봐, 리자. 내 이야기를 해주지. 내가 자랄 때 가족이 있었더라면 나는 지금처럼 되지는 않았을 거야. 나는 종종 이것에 관해 생각을 해봐. 가족들이 아무리 나쁘다 해도 그들은 아버지이고 어머니야, 적들이 아니고 낯선 사람들이 아니지. 그들은 적어도 1년에 한 번은 너에게 사랑을 보여 주지. 적어도 너는 네가 너의 핏줄과 함께 있다는 것을 알고 있지. 나는 가족 없이 자랐어. 그것이 아마도 내가 이런 식으로 변하게 된 이유인지도…… 냉혹하게 말야.」

다시 나는 기다렸다.

〈아마도 그녀는 이해를 못하겠지.〉 나는 생각했다. 〈그리고 어쨌든, 이건 우스운 일이야. 이곳에서 설교를 하다니.〉

「만일 내가 아버지고 딸이 있다면, 나는 내 아들들보다 딸들을 더 사랑할 것 같아, 정말로.」 그녀를 산만하게 만들기 위해 마치 내가 다른 것에 관해 이야기하고 있는 것처럼 나는 간접적으로 이야기를 시작했다. 내가 얼굴을 붉혔다는 것을 나는 인정하지 않을 수 없다.

「왜 그렇지?」 그녀는 물어보았다.

아하, 그래 내 말을 듣고 있었군!

「오, 나도 몰라, 리자. 봐라, 나는 엄격하고 완고한 한 아버지를 알고 있어. 그러나 그는 그의 딸 앞에는 무릎이라도 꿇을 사람이야. 딸의 손과 발에 입이라도 맞출 거야. 그는 딸을 아무리 칭찬해도 성에 안 차지, 정말. 그녀가 파티에서 춤을 추지, 그러면 그는 한곳에서 다섯 시간이라도 서 있을 거야, 그녀에게서 눈도 떼지 않고 말이야. 그는 자신의 딸에 미쳐 있어. 나는 그것을 이해할 수 있어. 밤에 그녀는 피곤해서 잠이 들지, 그러면 그는 깨어나서는 그녀에게 키스를 하고 그녀가 자는 동안 그녀 위에 성호를 긋지. 그는 구멍 난 오래된 코트를 입고 있고, 모든 사람들에게 인색하지. 그러나 그는 마지막 동전 한 푼이라도 그녀를 위해서는 쓸 거야. 값비싼 선물도 사주면서, 그리고 선물이 그녀의 맘에 들면 그는 한없이 기쁘지. 아버지는 항상 어머니가 좋아하는 것보다 딸들을 더 좋아하지. 어떤 아가씨에게는 집에서 사는 것이 더 즐거운 거야! 나는 아마 내 딸을 결혼도 하지 못하게 했을 거야.」

「어떻게 그럴 수 있지?」 그녀는 간신히 눈치챌 만한 웃음을 웃으며 물어보았다.

「나라면 질투심이 날 거야. 그러나 신이여, 나를 도와주소서! 어떻게 그녀가 다른 사람에게 키스할 수 있지? 어떻게 아버지보다 낯선 이를 더 사랑할 수 있지? 상상하기조차 어려운 일이야. 물론 이 모든 것은 헛소리야. 결국 모든 이들은 정신을 차리게 되지. 그러나 나는 딸을 결혼시키기 전에 단지 근심 때문에라도 죽을 것처럼 고통을 받으리라 생각돼. 나는 딸의 구혼자를 헐뜯을 거야. 그러나 그럼에도 불구하고 나는 그녀가 누굴 사랑하든 결혼하도록 허락할 거야. 아버지에게는 딸이 사랑하는 사람이 모든 사람들 중 가장 나쁜 사람으로 보이게 마련이지. 그건 항상 그래. 이것 때문에 가족들에게는 많은 문제들이 생기지.」

「자기 딸을 파는 것을 기뻐하는 몇몇 사람들도 있어. 그녀를 훌륭하고 알맞게 결혼시키는 것 말고도.」 그녀가 갑자기 내뱉었다.

아아! 바로 이거였군.

「그런 일도 일어나지, 리자, 하느님도 사랑도 없는 그런 저주받은 가정에서는.」 나는 그녀의 논의를 열정적으로 받아넘겼다. 「그리고 사랑이 없는 곳에는 이성도 없지. 그런 가족들이 있긴 하지, 그건 사실이야. 그러나 내 이야기는 그것들에 관한 것은 아니야. 네가 말하는 것으로 보아 너의 가족은 네게 매우 좋지는 않았군. 너는 많은 시련을 겪어야 했음에 틀림없어. 흠…… 이것은 보통 가난한 사람들 사이에서 더 많이 일어나지.」

「그래서 너는 귀족들은 상황이 더 낫다고 생각하니, 그러니? 점잖은 사람들은 가난 속에서도 또한 좋은 삶을 살고 있지.」

「흠, 그래, 아마도. 다시 말하지만 리자, 그건 이래. 인간은 자신의 고통만을 생각하지. 자신이 받은 축복은 생각하지 못해. 그리고 만약에 그가 당연히 생각해야 할 축복들을 생각하게 되면, 그때 그는 모든 사람이 공유할 수 있는 축복들이 충분히 있다는 것을 알게 되지. 그리고 가정에서 모든 일이 잘되어 간다면, 신의 축복으로, 그때 너는 너를 사랑하고 아끼고 네 옆을 떠나지 않을 좋은 남편을 얻게 될 거야! 그런 가족의 일원이 된다는 것은 좋은 일이야! 때때로 슬픔을 공유하는 것조차도 좋은 일이지. 그리고 세상에 슬픔이 없는 곳이 대체 어디에 있단 말인가? 아마도 너는 결혼을 할 것이고 그때 너는 스스로 알게 될 거야. 그러나 네가 사랑하는 사람과의 신혼 생활을 생각만이라도 해봐, 얼마나 많은 행복, 얼마나 많은 행복을 항상 누릴 것인지. 초기에는 네 남편과의 말다툼도 잘 끝날 거야. 세상에는 남편을 사랑하면 할수록 남편과 말다툼을 더 많이 벌이는 그런 여자들이 있어. 그건 사실이야, 나는 그런 사람을 한 명 알고 있어. 그건 이런 이유 때문이지, 그녀는 말하곤 하지. 〈나는 당신을 매우 사랑해요, 그리고 내가 당신을 괴롭히는 것은 사랑 때문이에요, 당신은 그것을 알아야 해요.〉 너는 사랑 때문에, 일부러 사람을 괴롭히는 것이 가능하다는 것을 알고 있니? 여자들이 대개 그러지. 그리고 그녀는 혼자 생각하지. 〈그것을 보상하기 위해서라도 나는 후에 그를 더 많이 사랑할 것이기 때문에 지금 그를 약간 괴롭혀도 괜찮아.〉 그리고 집에서 모든 사람은 너를 무조건 사랑하지, 그것은 훌륭하고 기쁘고, 평화스럽고, 명예로운……. 그런데 거기에는 또한 질투를 하는 사람들도 있지. 만일 남편이 어디론가 외출을 하게 되면 그녀는 그것을 참지 못해. 나는 그런 여자를 알고 있어. 심지어 한밤중에도 그녀는 쏜살같이 달려나가 몰래 살피러 가지. 그가 거기에 있나, 그 집에, 혹은 다른 여자와 함께 있나? 이건 이미 나쁜 일이야. 그리고 그녀 자신도 이것이 나쁘다는 것을 알고 있지. 그리고 그녀의 마음은 가라앉고 자신을 비난하지. 그러나 그녀는 그를 진정으로 사랑하고 있어, 이 모든 일은 사랑 때문에 생기는 거야. 그리고 말다툼을 하고 난 후에, 자신의 잘못을 인정하거나 혹은 그를 용서하는 것은 얼마나 멋진 일이니! 그리고 그들 둘 다를 위해 얼마나 멋진 일이냐. 그리고 그들은 갑자기 마치 방금 다시 새롭게 만나고 결혼한 것처럼, 그들에게 사랑이 다시 새롭게 시작된 것처럼 느낀다면 얼마나 멋진 일이냐. 그리고 아무도, 아무도, 그들이 서로 사랑한다면, 남편과 아내 사이에 어떤 일이 일어나고 있는지 알 수 없지. 어떤 말다툼을 벌이건 간에 그들은 장모와 시어머니를 불러서 판단하고 각각 자신들의 주장을 들으라고 할 필요가 없지. 그들은 자신들이 스스로 판단을 해. 사랑은 신의 섭리이고, 어떤 일이 일어나건 간에, 타인의 눈에는 띄지 않아야 해. 그것이 더 성스럽고 더 좋은 방법이야. 그들은 서로를 더욱 존중할 것이고, 그리고 많은 것이 존중하는 마음에 달려 있지. 그런데 만일 사랑이 한때 있었다면, 만일 그들이 사랑 때문에 결혼했다면, 왜 사랑이 지나가야 하지? 마치 사랑을 지탱하는 것이 불가능한 것처럼 말이야. 사랑을 지탱하는 것이 불가능할 때는 거의 없어. 남편이 선량하고 정직한 사람이라면, 사랑이 지나가는 것이 어떻게 가능하겠어? 신혼 초의 사랑은 지나갈 거야. 그건 그래. 그러나 그러고 나면 더 좋은 사랑이 찾아올 거야. 그러면 그들의 영혼은 결합될 거야. 그리고 그들은 자신들의 모든 일을 같이 다루고 서로에게 비밀을 갖게 되지 않을 거야. 그리고 아이들이 태어나면 그들이 사랑과 용기를 갖고 있는 한 모든 것이, 시련의 시기까지도 행복처럼 보일 거야. 그때는 일조차도 즐겁지. 때때로 아이들을 위해 굶기도 하지만 그것도 즐거운 일이지. 결국 아이들은 그것 때문에 후에 너를 사랑하게 될 테니까. 그건 마치 자신을 위해 돈을 저축하는 거나 마찬가지지. 아이들이 자라날수록, 너는 네가 그들에게 본보기라고 느낄 거야. 네가 그들의 지주라고. 네가 죽게 되더라도, 그들은 평생 그들 안에 네 생각과 느낌들을 지니게 될 거야. 왜냐하면 그것들을 네게서 받았기 때문이지. 그들은 너의 이미지이자 닮은꼴이지. 그래서 너도 알다시피, 이것은 위대한 임무야. 어떻게 아버지와 어머니가 가까워지지 않을 수 있겠나? 때때로 사람들은 아이들을 갖는 것이 부담이라고 말하지. 누가 그런 말을 하지? 그것은 하늘의 축복이야! 너는 어린아이들을 좋아하니, 리자? 나는 아주 좋아해. 너도 봤겠지? 젖을 빨고 있는 불그스레한 작은 아이를. 아내가 자신의 아이와 함께 앉아 있는 것을 보면서 어떻게 남편의 마음이 아내에게서 돌아설 수 있겠니! 아기는 장밋빛이고 통통하지, 그 애는 다리를 쭉 뻗고 축 늘어져 있지. 그 애의 팔과 다리는 통통하지. 그 애의 작고 조그만 손톱들은 깨끗하고 너무 작아서 쳐다보기만 해도 웃음이 나올 지경이지. 그 애의 눈들은 이미 모든 것을 이해하는 것 같지. 그리고 젖을 빨 때, 아기는 자기 손으로 젖가슴을 만지작거리며 잡아당기기도 하지. 그리고 아빠가 가까이 오면 아기는 젖에서 손을 떼고 완전히 몸을 뒤로 젖히고 아빠를 쳐다보며 웃기 시작하지. 마치 그것이 얼마나 재미있는지 아무도 모른다는 듯이. 그러고는 다시 젖을 빨기 시작하지. 그리고 이미 이가 다 나왔을 때 엄마를 곁눈으로 보는 동안 내내, 그 애는 자기 엄마 젖을 깨물 생각을 하게 되지. 〈이제, 난 엄마를 물 수 있어요!〉 이것이 세 명의 가족, 남편, 아내, 그리고 아기가 같이 있을 때의 완전한 행복이 아닐까? 너는 이 같은 순간들을 위해 많은 것을 용서할 수 있어. 아니야, 리자, 나는 네가 먼저 너 자신의 삶을 사는 것을 배워야 하고 그 다음에야 다른 이들을 비난할 수 있을 거라고 생각해!」

〈이 귀여운 작은 장면들, 이것이 너를 꼼짝못하게 할 거다, 이 귀여운 작은 장면들〉 하고 나는 속으로 생각했다. 비록 신에 맹세코 감정에 이끌리는 대로 말한 것이긴 하지만. 갑자기 나는 얼굴이 붉어졌다. 〈그러나 그녀가 갑자기 웃음을 터뜨린다면 나는 어떤 구멍으로 기어들어야 하나?〉 이 생각이 나를 격분시켰다. 내 이야기가 끝나 갈 무렵, 나는 정말 불끈 성을 내게 되었다. 그리고 지금도 내 자존심은 웬일인지 상처를 받고 있다. 침묵의 시간이 오래 계속되었다. 나는 심지어 그녀를 팔꿈치로 찌르고 싶어졌다.

「당신은 어떻게······.」 그녀는 갑자기 말을 시작하다 멈췄다.

그러나 나는 이미 모든 것을 이해했다. 이미 뭔가 다른 것이 그녀의 목소리에서 떨리고 있었다. 그것은 이전처럼 날카롭고 거칠고 반항적이 아닌 부드럽고 수줍어하는 어떤 것이었는데, 너무 수줍어해서 나는 웬일인지 그녀 앞에서 부끄러워졌고 죄책감을 느꼈다.

「뭐라고?」 나는 상냥한 호기심으로 물어보았다.

「그것은 당신이……」

「뭐라고?」

「당신은 어떻게…… 마치 책에서 나오는 것처럼.」 그녀는 말했고, 무엇인가 조롱하는 듯한 것이 그녀의 목소리에서 다시 울렸다.

그 말은 나에게 고통스럽게 파고들었다. 그것은 내가 기대했던 것이 아니었다.

나는 그녀가 일부러 조소를 이용해 자기 감정을 감추려 하고 있다는 것을, 그리고 이것이 자신의 영혼이 거칠고 무례하게 침범당하고, 자존심 때문에 마지막 순간까지 굴복하지 않으며, 누구 앞에서나 자신의 감정을 드러내기를 두려워하는, 수줍어하고 순진한 사람들의 마지막 속임수라는 것을 전혀 이해하지 못했다. 그녀는 그러한 소심함으로 몇 번이나 나를 조롱하려고 시도했고 마침내는 그것을 간신히 입 밖에 낼 수 있었던 것이다. 그러나 나는 눈치채지 못했으며 비열한 감정에 사로잡히게 되었다.

〈너 좀 두고 보자.〉 나는 생각했다.

7

「오, 이봐, 리자! 나 스스로는 이방인들 사이에서 타락했다고 느끼고 있어. 그런 내가 책들과 무슨 상관이나 있겠어. 그리고 이방인들 사이에서만이 아니지. 이 모든 것이 내 맘속에서 깨어났을 뿐이야……. 여기 있다는 것 자체로, 너는 타락했다고 느끼지 못하는 것인가, 그런가? 아니야, 나는 습관이란 많은 것을 뜻한다고 생각해! 습관은 사람들에게 어떤 빌어먹을 짓도 하게 만들지. 그러나 너는 정말 네가 결코 나이를 먹지 않을 것이며, 항상 아름다울 것이고, 그리고 그들이 여기에 너를 영원히 놔둘 거라고 진짜로 생각하고 있는 거냐? 여기 있는 것이 충분히 추잡하다는 것은 말할 필요도 없지……. 그러나 어쨌든 이것이 내가 현재 너의 생활 방식에 관해 말해야만 하는 이유가 되지. 지금 너는 젊고, 아름답고, 멋지고, 영혼과 감정을 가지고 있어. 그러나 알고 있니? 아까 내가 깨어났을 때 나는 너와 함께 있다는 것 때문에 곧 구역질을 느꼈다는 것을! 남자는 취해야만 해, 이런 곳에 발을 들여놓기 위해서는. 그러나 네가 다른 곳에 살고 있었더라면, 착한 사람들이 사는 방식대로 살고 있었다면 나는 아마도 너를 쫓아다녔을 뿐만 아니라 너와 그만 사랑에 빠졌을 거야. 나는 네가 나를 쳐다보기만 해도, 나에게 말을 거는 것은 말할 것도 없이, 기쁨으로 가득 찼을 거야. 나는 문 앞에서 너를 기다렸겠지. 나는 네 발 앞에 무릎을 꿇었을 거야. 나는 너를 내 신부로 간주하고 심지어 그것을 영광으로 생각했을 거야. 감히 너에 관해서 더러운 생각을 할 엄두조차 못 냈을 거야. 그런데 이런 장소에서 내가 할 수 있는 일이란 휘파람을 부는 것뿐이라는 것을 나는 알고 있어. 그리고 네가 좋아하건 말건 너는 나를 따라야 돼. 그것은 더 이상 내가 너의 분부대로 하는 것이 아니라 네가 나의 분부대로 해야 함을 말하는 거지. 가장 비천한 농부는 노동자로 고용될 수도 있어. 그러나 그는 자신을 완전한 노예로 생각지 않아. 그리고 그는 그 기간이 끝나리라는 것을 알고 있어. 그런데 너의 기간은 얼마나 되지? 그냥 생각해 봐, 무엇 때문에 너는 이곳에서 포기하고 있으며, 무엇 때문에 노예 생활을 하고 있는 건지 말야. 너는 너의 영혼을 노예로 만들고 있어, 네가 주어서는 안 될 영혼을 말이야, 너의 육체와 함께! 지나가다 너와 마주친 취한 놈은 누구나 네가 주는 사랑을 더럽히고 있어. 사랑이라! 왜 너는 그것이 전부라는 것, 그것이 보석이며 처녀의 보물이라는 것을 보지 못하는 거냐, 그것이 바로 사랑이야! 그런 사랑을 얻기 위해서 남자는 목숨을 내놓고 죽음도 불사하지. 그런데 지금 너의 사랑은 어떤 가치가 있는 거냐? 사랑 없이도 모든 것이 가능할 때, 이미 너의 전부를 샀고, 목표를 달성했는데 무엇 때문에 그들이 사랑을 얻으려고 다가서겠느냐? 모르겠냐? 처녀들에게 이보다 더 큰 모욕은 있을 수 없는 거야. 나는 그들이 너의 비위를 맞추고 있다는 이야기를 들었어. 바보 같은 너희들에게 정부(情夫)를 둘 수 있게 한다지. 그러나 그것은 단지 어릿광대 극이며, 사기이고, 다만 너를 비웃는 것인데 왜 너는 바로 그것 때문에 타락하고 있다는 것을 보지 못하는 거냐. 너는 정말 네 정부가 너를 사랑한다고 믿는 거냐, 아니냐? 나는 그것을 믿지 않아. 사람들이 언제든지 그로부터 너를 불러낼 것이라는 것을 알고 있는데 어떻게 그가 너를 사랑할 수 있겠니? 그는 진짜 쥐가 되어야만 해, 바로 그거야! 그가 너를 향해 일말의 존경심이라도 갖고 있을까? 네가 그와 공통으로 갖고 있는 것이 무엇이지? 너의 위에서 그는 비웃으며 너를 강탈하고 있지. 그것이 바로 그의 사랑의 결과이다! 그가 너를 패지 않는다면 너는 운이 좋은 것이야. 그런데 아마도 그가 너를 팰 수도 있지. 네게 만일 그런 놈이 있다면, 그에게 물어봐. 그가 너와 결혼하려고 하는지. 그가 만일 정말로 너에게 침을 뱉지 않거나 혹은 너를 때리지 않는다면, 너는 아마도 그가 바로 네 면전에서 웃는 것을 보게 될 거야. 그 자신은 아마도 다 합하면 한 2꼬뻬이까 정도의 가치는 있을 거야. 그것을 잘 생각해 봐, 여기에 네 인생을 망칠 정도로 가치 있는 게 무엇이 있는지. 그들이 너에게 마실 커피를 주고 잘 먹여 주고 있다고? 왜 그들이 너를 그런 식으로 먹여 주고 있는지 너는 알지 못하니? 다른 처녀 같으면, 정직한 처녀라면, 한 조각도 삼키지 않을 거야. 왜냐하면 그녀는 그들이 왜 자신을 먹여 주는지를 알고 있기 때문이지. 너는 이미 이곳에서 빚을 지고 있고, 그리고 더 빚을 지게 될 거고, 끝까지 빚을 지고 있을 거야. 손님들이 너에게 구역질을 느끼기 시작할 때까지 말이야. 그리고 그 시간은 곧 올 거야. 그러니 너의 젊음에 너무 많이 기대지 마라. 너는 이곳에서 모든 것이 바람처럼 날아가 버리는 것을 보게 될 것이야. 그리고 그들은 너를 내쫓을 거야, 좋아. 단순히 쫓아내는 것이 아니라 그것보다 훨씬 전에 그들은 너를 비난하기 시작할 거야. 너를 질책하고 호통칠 거야. 마치 네가 포주를 위해 너의 건강을 희생하지 않는 것처럼, 그리고 그녀를 위해 네가 너의 젊음과 영혼을 아무 대가도 치르지 않고 망치지 않는 것처럼, 그러고는 포주를 망친 것이 바로 너인 것처럼, 네가 그녀의 집에 기식하며 가정을 파괴한 것처럼, 그녀에게서 모든 것을 도둑질한 것처럼 말이야. 어떤 지지도 기대하지 마라. 너의 다른 동료 아가씨들도 너를 또한 공격할 거야, 포주에게 잘 보이려고. 왜냐하면 그들도 이곳에서 노예가 되었기 때문이지. 그들은 오래 전에 모든 양심과 동정심을 상실해 버렸지. 그들은 완전히 더러워졌고 이 세상에 그들이 너에게 가하는 모욕보다 더 혐오스럽고 추잡하고 모욕적인 학대는 없어. 그리고 너는 모든 것의 마지막 하나까지도 이곳에서 잃게 될 거야. 예외 없이 모든 것을, 너의 건강, 너의 젊음, 너의 아름다움, 너의 희망, 그리고 스물두 살에 너는 서른다섯처럼 보이게 될 거야. 아프지 않다면 너는 운이 좋은 거야. 그걸 위해 하느님께 기도해라. 너는 지금 혹시 네가 일하는 것이 아니라 마시고 노는 것이라 생각할지도 모르겠다! 그러나 세상에 이보다 더 등골 빠지는 일, 혹은 더 힘든 일은 없어. 그리고 있었던 적도 없고. 나는 마음 그 자체가 눈물 속으로 용해되어 버릴 거라 생각해. 그리고 너는 그들이 너를 이곳에서 쫓아낼 때 감히 한 마디도 찍 소리 못할 거야. 너는 마치 잘못이라도 한 것처럼 떠나게 될 거야. 너는 또 다른 곳으로 옮기게 될 것이고, 그 다음에는 세 번째 장소로, 그 다음에는 어딘가 다른 곳으로, 그리고 마침내 센나야에 이르게 되겠지. 그리고 그곳에서 사람들은 너를 당연하다는 듯이 때릴 거야. 바로 그것이 그들은 기사도라고 생각하는 거야. 그곳 손님들은 때리지 않고 사랑하는 법을 모르지. 너는 그곳이 그토록 무서운 곳이라는 사실을 믿지 않는 거냐? 시간을 내서 한번 가봐라, 네 두 눈으로 직접 보게 될 거야. 한번은, 정초에 나는 그런 여자들 중 하나가 문 옆에 있는 것을 보았지. 그녀는 장난으로 그녀의 동료들에 의해 바깥의 찬 공기를 조금 맛보라고 내던져진 것이었어. 왜냐하면 그녀가 너무 큰소리로 떠들고 있었기 때문이지. 그리고 그들은 그녀를 놔두고 문을 닫아 버렸어. 아침 아홉 시였는데 그녀는 이미 완전히 취해 있었지. 모양새는 흐트러져 있었고 옷은 반쯤 벗은 상태에 멍든 자국들이 여기저기 있었지. 그녀의 얼굴에는 흰색 분이 발라져 있었지만 눈 주위에는 검은 타박상들이 있었어. 그녀의 코와 입에서는 피가 흘러내리고 있었어. 어떤 마부인가 다른 사람이 그녀를 추슬러 주어서 그녀는 돌 계단에 앉았어. 그녀는 소금에 절인 생선 같은 것을 손에 쥐고 있었지. 그녀는 고함을 지르며, 그녀의 〈운명〉에 대해 울부짖었고 계단을 생선으로 두들기고 있었어. 마부들과 취한 군인들은 입구 주위에 몰려들어서는 그녀를 조롱하고 있었어. 너는 너도 그렇게 똑같이 되리라는 것을 믿지 않겠지, 그렇지? 나도 그것을 또한 믿고 싶지는 않아. 그러나 너도 알다시피, 아마도 10년 혹은 8년 전에 바로 그 절인 생선을 손에 든 처녀가 어디에서부턴가 여기로 들어왔지. 천사처럼 깨끗하고 순결하고 맑은 그녀는 악이라는 것을 몰랐고, 모든 말에 얼굴을 붉혔지. 아마도 그녀는 바로 너 같았을 거야. 당당하고 예민하고 다른 처녀들과 달랐지. 그녀는 여왕처럼 보였고 그녀는 자기를 사랑하고 자기가 사랑하게 될 사람을 위해 큰 행복이 준비되어 있다는 것을 알고 있었지. 그것이 어떻게 끝났는지 봐. 그리고 만일 취하고 흐트러져서 그녀가 더러운 계단을 생선으로 두들기고 있었을 때, 만일 바로 그 순간에 그녀가 자신의 아버지의 집에서 보냈던 지난 순결한 시간들을, 아직 학교에 다니고 있고 옆집에 사는 소년은 길에서 그녀를 기다리곤 했으며, 그가 살아 있는 한 그녀를 사랑할 것이며 그녀에게 모든 미래를 바칠 것이라고 그녀에게 확인하고, 그들이 서로에게 영원한 사랑을 맹세하고 어른이 되자마자 결혼하자고 약속했던 그때를 회상한다면 어떡할 것인가! 아니야, 리자, 너는 운이 좋은 거야, 그럼 운이 좋은 거지. 만일 네가 마치 내가 전에 보았던 창녀처럼 어딘가 지하실 한 모퉁이에서 폐렴으로 일찍 죽게 된다면 말이야. 병원으로 가자고 너는 말할 거니? 좋아, 그들이 너를 그곳으로 데려간다고 하자. 그러나 포주가 아직 너를 필요로 한다면 어쩔 거지? 폐렴이라는 것, 그건 열병 같지 않아. 폐렴을 앓으면서도 사람은 마지막 순간까지 희망을 잃지 않고 건강이 좋다고 말하지. 그는 단지 자신을 위로하고 있을 뿐이야. 그리고 그것에 의해 이득을 보는 사람은 포주야. 걱정하지 마, 다 그런 거니까. 너는 네 영혼을 팔지 않았느냐, 게다가 너는 빚을 지고 있지. 그렇지 않니, 그러니 너는 감히 불평할 수도 없어. 그러나 네가 죽어 가기 시작하면, 그들 모두는 너를 버릴 거야. 그들은 모두 등을 돌릴 거야. 왜냐하면 네가 아무 소용도 없기 때문이지. 그리고 그 밖에도 그들은 심지어 네가 불필요한 공간을 차지하고 있다고 야단을 칠 거야, 빨리 죽지 않는다고. 너는 물 한 잔 마시게 해달라고 빌겠지. 그러면 그들은 욕을 하며 물을 줄 거야, 이렇게 말하면서. 〈넌 언제 뒈질 거냐, 이 잡년아, 너 때문에 우린 잠도 못 자, 네가 끙끙거려서 손님을 쫓아내고 있잖아.〉 이건 사실이야. 나는 직접 이런 말을 엿들은 적이 있어. 그들은 너를, 마지막 숨을 거둘 때, 지하실의 퀴퀴한 구석으로 몰아낼 거야. 축축하고 어둠침침한 그곳으로 말이야. 그때 너는 그곳에 혼자 누워 있으면서 무슨 생각들을 할 것 같니? 네가 죽을 때 — 낯선 이의 손들이 너를 투덜거리며 그리고 참을성 없이 서둘러 눕히게 될 거다 — 아무도 네 위에 축도를 해주지 않을 거고, 아무도 네게 한숨을 쉬어 주지 않을 거고, 그들의 유일한 관심은 가능한 한 빨리 너를 어깨에 메고 데려가는 일이지. 그들은 소나무 관을 살 거야, 그들은 오늘 내가 본 불쌍한 여자처럼 너를 운반해 갈 거야. 그리고 그들은 술집에서 장례식을 치르겠지. 네 무덤 안은 질척거리는 진창에 진눈깨비까지 있을 거야. 왜 그들이 네 걱정을 하겠어? 〈이봐 바뉴까, 관을 내리라니깐, 이년은 다리를 올린 채로 여기서 빌어먹을 운수를 다했군, 이년은 그런 년이었어. 줄을 좀 짧게 해, 이 멍청한 놈아.〉 〈신경 꺼, 이대로도 괜찮아.〉 〈괜찮다니 뭐가 말이야? 시체가 배 깔고 누운 것도 안 보이냐? 이년도 인간이었어, 그렇잖아? 오, 신경 꺼, 메워 버려.〉 그들은 너에 관해 말다툼도 많이 안 할 거야. 그들은 젖은 푸른색 진흙으로 빨리 메워 버릴 거고 술집으로 갈 거야……. 그리고 그것이 지상에서 너에 관한 마지막 추억이 될 거야. 다른 무덤들로는 아이들, 아버지들, 남편들 그리고 이러저러한 사람들이 찾아오지. 그런데 네 무덤에는 눈물도 한숨도 장례식도 없어. 그리고 아무도 결코 아무도, 너의 무덤에 찾아오지 않을 거야. 너의 이름은 지표면에서 지워지게 될 거야. 마치 네가 전혀 존재하지도 않았던 것처럼, 태어나지도 않았던 것처럼! 더러움과 진흙, 그리고 네가 할 수 있는 일이라곤 밤에 관 뚜껑을 두드리는 것뿐이지. 〈상냥한 이들이여, 내가 세상에 나갈 수 있도록 해주고 조금만 살게 해줘! 나는 살았어, 그런데 내 삶은 보지 못했어, 내 삶은 헛된 것이었어, 센나야의 술집에서 한잔을 위해 팔린 것이었어, 상냥한 이들이여, 이 세상에서 한 번만 더 살게 해줘!〉」

나는 내 말에 완전히 사로잡혀 있었기 때문에 목에서 덩어리 같은 것을 느끼기 시작했다. 그러고는…… 갑자기 말을 중단하고, 놀라서 약간 몸을 일으키고는 벌벌 떨며 머릴 숙이고, 쿵쿵 뛰는 가슴으로 나 자신에게 귀를 기울이기 시작했다. 나는 부끄러워할 만한 충분한 이유가 있었다.

어느 순간부터 나는 내가 그녀의 영혼을 남김 없이 드러냈고 그녀의 마음을 상하게 했다는 것을 이미 느끼고 있었다. 그리고 내가 그것을 확신하면 할수록 나는 가능한 한 효과적이고 빨리 그 목표에 도달하기를 더욱 원했다. 그 게임, 게임은 나를 매료시켰다. 그러나 게임만이 아니었다…….

나는 내가 과장해서, 고의적으로, 심지어 책에서 읽은 듯이 말하고 있다는 것을 알고 있었다. 한마디로 나는 〈바로 책에서 본 것〉 이외에는 다르게 말하는 법을 몰랐다. 그러나 이 사실은 나를 방해하지 않았다. 나는 내가 이해받으리라는 것과 이러한 먹물 냄새가 상황을 진전시키는 데에 도움이 되리라는 것을 알고 있었다. 그러나 지금, 그런 결과를 얻고 난 후, 나는 갑자기 의기소침해졌다. 아니다, 결코, 나는 결코 그런 절망을 목격한 적이 없다! 그녀는 엎드려 있었고, 두 팔로 끌어안고 있던 베개에 머리를 세게 눌러 대고 있었다. 흐느낌으로 그녀의 가슴은 터질 것 같았다. 그녀의 젊은 몸 전체는 발작적으로 흔들렸다. 그녀의 가슴속을 꽉 채우며, 참아 왔던 흐느낌이 그녀를 두 갈래로 찢어 놓았고, 갑자기 비명과 울음으로 터져 나왔다. 그럴수록 그녀는 그녀의 얼굴을 더 세게 베개에 대고 짓이겼다. 그녀는 이곳에서 아무도, 살아 있는 어느 한 사람도, 자신의 고통과 눈물에 관해서 아는 것을 원치 않았다. 그녀는 베개를 물었고, 자신의 손을 피가 흐를 때까지 깨물었다(나는 그것을 나중에 보았다). 그리고 또 손가락으로 성긴 머리칼을 쥐어뜯으며, 그녀는 긴장 때문에 무감각해져서 숨을 멈추고 이를 꽉 물었다. 나는 그녀에게 무엇인가 말하려 했고, 진정하라고 위로하려 했으나, 갑자기 그렇게 할 용기가 나지 않았다. 그리고 갑자기 열병 같은 한기를 느끼면서, 두려움에 가능한 한 빨리 떠날 준비를 하기 위해 내가 할 수 있는 한 최대로 서둘렀다. 어두웠다. 나는 아무리 노력해도 충분히 빨리 끝낼 수 없었다. 갑자기 나는 성냥갑과 새 양초가 꽂힌 촛대에 손을 댔다. 빛이 방을 밝히는 순간, 리자는 갑자기 튀어 올라 일어나 앉았다. 그리고 찡그린 얼굴과 반쯤 정신 나간 미소를 지으며 나를 말없이 쳐다보았다. 나는 그녀 옆에 앉아 있었고 그녀의 손을 잡았다. 그녀는 정신을 차리고는 내게로 다가왔다. 그리고 나를 껴안으려고 했으나 용기를 못 내고 조용히 내 앞에서 머리를 숙였다.

「리자, 내 친구여, 나는 쓸데없이…… 나를 용서해 줘.」 나는 말을 꺼냈다. 그러나 그녀가 내 손을 자신의 손가락으로 꽉 쥐었기 때문에 나는 내가 틀린 말을 하고 있다고 깨달았으며 말을 멈췄다.

「여기 내 주소가 있어, 리자, 언제 한번 와.」

「가겠어요…….」 그녀는 아직 머리를 쳐들지 않고 결심한 듯 속삭였다.

「나는 지금 갈게, 안녕…… 잘 있어.」

나는 일어섰다. 그녀도 일어섰다. 그리고 그녀는 온통 얼굴을 붉혔다. 나는 놀랐다. 그리고 의자 위에 놓여 있던 숄을 잡아서 어깨 위에 걸치고는 바로 그녀의 턱까지 덮었다. 이렇게 한 후 그녀는 다시 한번 고통스럽게 미소를 지었고, 얼굴을 붉히고는 이상한 듯 나를 쳐다보았다. 나는 고통을 느껐다. 나는 그 자리를 빠져나와 서둘러 떠나려고 했다.

「기다려요.」 그녀가 홀에서 갑자기 말했다. 문 바로 옆에 서서 외투를 잡으며 나를 멈춰 세웠다. 그녀는 초를 서둘러 내려놓고는 뛰어갔다. 분명 무엇인가를 기억해 냈거나 혹은 내게 보여 줄 무엇인가를 가져오길 원하는 것 같았다. 뛰어 갈 때 그녀는 온통 얼굴을 붉히고 있었으며, 눈은 빛나고 있었고, 입술은 미소를 띠고 있었다. 이것이 무슨 뜻이었을까? 내 의지와는 반대로 나는 기다렸다. 그녀는 곧 무엇인가에 대해 용서를 비는 듯한 표정으로 돌아왔다. 전체적으로 그것은 더 이상 같은 얼굴이 아니었다. 바로 얼마 전의 우울하고 불신하는 듯한 그리고 고집 센 그런 표정도 아니었다. 이제 그녀의 표정은 애원하는 듯한 부드러운 것이었으며, 동시에 친절하고 상냥하고 두려워하는 것이었다. 그것은 바로 어린 아이들이 자신들이 대단히 사랑하는 누군가를 바라보는, 그리고 그에게서 무엇인가를 요청하는 그런 방식이었다. 그녀의 눈은 담갈색이었고 사랑스러웠으며, 삶으로 충만되어 있었고, 사랑과 음울한 증오 모두를 반영하는 그런 눈이었다.

아무런 설명도 없이, 마치 내가 어떤 우월한 존재인 것처럼, 어떤 설명 없이도 알아야 한다는 듯이 그녀는 내게 종이 한 장을 내밀었다. 그녀의 얼굴은 그 순간 매우 순진한, 거의 어린아이 같은 승리의 표정으로 타오르고 있었다. 나는 그것을 펼쳤다. 그것은 어떤 의과 대학생이, 혹은 그런 사람이 그녀에게 쓴 편지였다. 매우 장황하고 화려한, 그러나 존경심을 담은 사랑의 선언문이었다. 구체적인 표현들은 기억나지 않는다. 그러나 숨길 수 없는 진정한 감정들이 과장된 문체를 통해 빛났던 것을 매우 잘 기억한다. 내가 읽기를 마쳤을 때, 나는 내게 보내는 따뜻하고 호기심 어린, 그리고 어린아이 같은 참을성 없는 그녀의 시선과 부딪쳤다. 그녀의 두 눈은 내 얼굴에 고정되어 있었고 참을 수 없다는 듯이 기다리고 있었다. 내가 무슨 말을 해야 하겠는가? 성급한 몇 마디 말로, 그러나 어쨌든 즐겁게 그녀는 마치 그것을 자랑이라도 하듯, 그녀가 어떤 집에서 있었던, 〈어떤 대단히, 대단히 훌륭한 사람들이 모이는 가정적인 사람들〉의 무도회에 갔다고 설명했다. 그리고 〈그곳에서 그들은 아직 아무것도 알지 못했으며 절대로 아무것도 몰랐다〉고 말했는데, 왜냐하면 그녀가 이 부근에 최근에 도착했으며 그리고 단지…… 그리고 그녀는 아직 더 머무를 것인가를 결정하지 못했으며 그녀는 자신의 빚을 갚는 대로…… 확실히 떠날 것이기 때문이었다. 〈어쨌든, 그 의대생은 그곳에 있었으며, 그녀와 저녁 내내 춤을 추었고, 그녀에게 말을 했다. 그리고 그는 리가에서부터, 아직 어렸을 때부터, 서로 알고 있었고, 그들이 같이 놀곤 했다는 것을 알아냈다. 그것은 아주 오래 전의 일이었다. 그리고 그는 그녀의 부모들을 알고 있었다. 그러나 그는 아무것도, 아무것도 그녀의 처지에 관해서는 알지 못했고 아무것도 의심하지 않았다. 그리고 바로 춤춘 다음날(그러니까 사흘 전), 그는 그녀에게 그녀와 무도회에 같이 갔던 그녀의 여자 친구를 통해 이 편지를 그녀에게 보냈다……. 이 편지는…… 뭐, 이것이 전부였다.〉

그녀는 말을 끝냈을 때 약간 수줍은 듯이 반짝거리는 두 눈을 아래로 내리깔았다.

어리고 불쌍한 것, 그녀는 그 학생의 편지를 보물처럼 간직하고 있었다. 그녀는 그것을 가지러 달려갔던 것이다. 그녀의 유일한 보물을 말이다. 자신도 정직하고 진실하게 사랑을 받은 적이 있으며, 사람들이 자신에게도 존중하는 태도로 말을 한 적이 있다는 것을 내가 알지 못한 채 떠나는 것을 원치 않았기 때문이다. 그 편지가 그 다음으로 이어지지 않고 그 상자 안에 남아 있을 운명이라는 것은 보나마나였다. 그러나 그것은 문제가 되지 않았다. 나는 그녀가 그 편지를 간직하고 있고 바로 지금 이 순간에, 그녀가 편지를 가져온 것은, 그녀가 그것을 기억하고 내 앞에서 순진하게 기뻐하기 위해, 내 눈앞에서 자신을 치켜세우고 내가 그것을 보고 칭찬하도록 하기 위해서였다는 것을 확신했다. 나는 아무 말도 하지 않았다. 나는 그녀와 악수를 하고 떠났다. 나는 너무나 그곳에서 떠나고 싶었다…… . 나는 여전히 큰 송이들로 떨어지고 있던 진눈깨비에도 불구하고 내내 걸어서 돌아왔다. 나는 지쳐 있었고, 짓눌려 있었고, 당혹한 상태였다. 그러나 진실은 이미 그런 당혹감을 통해 어렴풋이 빛나고 있었다. 그 혐오스러운 진실이!

8

그렇지만 오랫동안, 나는 그 진실을 인정하는 데 동의하지 않았다. 내가 그 다음날 수시간의 무겁고 깊은 잠으로부터 깨어났을 때, 전날 일어났던 모든 것들은 순식간에 내게로 돌아왔다. 그리고 나는 어제 리자에게 내가 과도한 감정을 퍼부었다는 사실과 〈어제의 공포와 동정심〉에 놀라지 않을 수 없었다. 〈내가 어쩌자고 그토록 연약한 신경 쇠약 발작을 일으켰을까, 제기랄!〉하고 나는 생각했다. 〈그런데 왜 내가 그녀에게 주소를 말했을까? 그녀가 오면 어떡하지? 올 테면 오라지, 상관없어…….〉 그러나 지금 중요한 것은 이것이 아니라는 것이 명백했다. 나는 즈베르꼬프와 시모노프의 눈앞에서 내 체면을 살리기 위해 필요한 것은 무엇이든지 가능한 한 빨리 서둘러 해야만 했다. 그것이 가장 중요했다. 그리고 나는 그날 아침의 분주함 때문에 리자에 관해서는 모조리 잊게 되었다.

무엇보다도 나는 시모노프에게 어제의 빚을 지체 없이 갚아야만 했다. 나는 절망적인 구제책을 쓰기로 결정했다. 안똔 안또니치에게서 15루블 전부를 빌리기로 한 것이었다. 그는 우연히, 다행스럽게도 그날 아침 기분이 좋았다. 그래서 내가 한 번 요청하자마자 바로 돈을 가불해 주었다. 그것은 나를 매우 행복하게 만들었다. 그래서 영수증에 서명을 하면서 나는 건방진 태도를 취하고는 그에게 별 생각 없이 어제〈내 친구들과 나는 호텔 파리에서 진탕 놀면서 심지어 어린 시절의 친구라고 해도 좋을, 급우를 전송하고 있었고, 그리고 당신도 알다시피 그는 대단한 술꾼이며, 타락한 사람이고, 뭐, 물론 좋은 가문이고, 상당한 재산이 있으며, 화려한 경력도 있고, 재치 있으며 매력적이고 귀부인들과 정사를 즐기고 있다. 아시다시피 우리는 특별히《여섯 병을》더 마셨다……〉고 알려 주었다. 그리고 그것은 별 탈 없이 끝났다. 이 모두를 매우 쉽고 빠르고 멋있게 해치웠다.

나는 집에 돌아오자마자 시모노프에게 편지를 썼다.

오늘날까지도 나는 내 편지의 신사답고 호의에 차 있으며, 성실했던 어조를 기분좋게 회상한다. 지혜롭고 우아하며 그리고 가장 중요한 것은 한 마디의 군더더기 없이 쓴 편지였다. 나는 모든 것에 대한 비난을 떠안았으며, 〈만일 내가 아직도 나 자신을 정당화시킬 수 있다면〉, 내가 마시는 데 전혀 익숙해 있지 않았으며, 그들을 호텔 파리에서 다섯 시부터 여섯 시까지 기다리고 있는 동안에, 그들이 오기 전에 내가 (마셔야만 했던) 마셨던 첫 번째 잔에 나는 취해 있었다는 사실을 들어 나는 특히 시모노프에게 사과를 했다. 나는 모든 다른 이들에게도, 특히 〈내가 마치 꿈속에서 했던 것처럼〉 생각되는, 내가 모욕했던 즈베르꼬프에게 내 해명을 전해 달라고 부탁했다. 나는 직접 그들을 따로 각자 만날 수도 있으나 내가 두통을 앓고 있다고, 그리고 중요한 것은 부끄러워하고 있다고 덧붙였다. 나는 특히 무관심에 가까웠던(그러나 아주 적절했던) 〈어떤 가벼움〉 때문에 특히 기뻤다. 그것은 자연스럽게 내 문장에 반영되었다. 그것은 어떤 가능한 변명들보다도 더 잘, 내가 〈전날의 모든 소란을〉 오히려 초연하게 받아들이고 있다는 것을 곧 그들에게 알리는 것이나 다름없었다. 너희 신사들이 생각하고 있을 것처럼, 바로 그 자리에서 조금도 타격을 받지 않았으며, 그와는 정반대로 나는 그것을 차분한 자존심으로 가득 찬 신사가 마땅히 취해야 할 입장에서 보고 있다는 것을 뜻했다. 〈젊을 때 그만한 일은 흔히 있을 수 있지 않은가〉란 말도 덧붙였다.

「심지어는 후작에게 어울리는 장난기까지 있군.」 나는 편지를 다시 읽으며 우쭐해졌다. 「그리고 이 모든 것은 내가 진보적인 지식인이기 때문이야! 내 입장에 처했더라면, 다른 이들은 어떻게 자신들을 구원해야 할지 몰랐을 거야. 그런데 나는 이곳에서 빠져나와서는 다시 좋은 시간을 보내고 있지.

이 모두는 내가 〈우리 시대의 교육받은 진보적인 인간〉이기 때문이지. 그리고 아마도 이 모든 것은 어제 포도주 때문에 일어난 것이 사실일 거야. 흠…… 아니야, 확실히 포도주 때문은 아니야. 보드까로 말할 것 같으면, 다섯 시와 여섯 시 사이에, 즉 내가 그들을 기다리고 있는 동안에는 전혀 마시지 않았어. 나는 시모노프에게 거짓말을 한 거야. 부도덕하게도 거짓말을 한 거지. 그렇지만 지금까지도 그것에 대해 나는 양심의 가책은 느끼지 않아……」

어쨌든, 상관없어! 중요한 것은 내가 그곳에서 빠져나왔다는 것이다. 나는 6루블을 편지 안에 넣고, 그것을 봉해서는 시모노프에게 전해 주도록 아뽈론을 설득시켰다. 아뽈론은 편지 안에 돈이 들어 있다는 것을 알고 더욱 공손해지더니 가는 데 동의했다. 저녁 무렵 나는 산책을 하러 밖으로 나갔다. 머리는 아직도 아팠고 어제의 일로 어지러웠다. 그러나 저녁 시간이 지나고 땅거미가 짙어질수록, 내 인상들은 계속 바뀌었고 더욱더 혼란스러워져 갔다. 그리고 그것들과 함께 내 생각들도 또한 혼란스러워졌다. 무엇인가 내 안에, 내 마음과 양심 깊은 곳에 남아 있었고, 그것은 사라지길 거부했고 타오르는 듯한 우수로 변했다. 나는 사람들이 가장 붐비는 상가를 따라 유수뽀프 정원 옆에 있는 메쉬찬스끼와 사도바야 거리를 따라서 정처 없이 거닐었다. 나는 땅거미가 질 무렵 이 거리들을 따라 걷는 것을 특히 좋아했다. 사람들이 점점 더 불어날 때였고 모든 종류의 날품팔이 공장 노동자들이 증오에 가까운 걱정스런 표정들로 하루 일과를 마치고 각자 집으로 돌아가는 시간이었다. 내가 좋아했던 것은 바로 이 싸구려 소란과, 뻔뻔스러운 단조로움이었다. 이때 거리의 모든 혼잡은 나를 짜증나게 만들었다. 나는 단지 자신을 주체할 수 없었고, 결말을 지을 수 없었다. 내 영혼 속에서 무엇인가가 계속 고통스럽게 치솟아올랐고 가라앉으려고 하지 않았다. 완전히 낙담한 채로 나는 집으로 돌아왔다. 나는 마치 어떤 범죄들이 내 영혼을 짓누르고 있는 것처럼 느꼈다.

나는 리자가 올지도 모른다는 생각 때문에 계속 고통을 받았다. 전날의 모든 기억들 중에서 그녀에 관한 기억은 웬일인지 특별히 별개의 것으로 나를 괴롭히고 있었다. 이 사실이 내게는 이상하게 여겨졌다. 저녁 무렵 나는 나머지 모든 것을 그럭저럭 잊어버릴 수가 있었고, 그것을 털어 버리게 되었다. 그리고 아직도 시모노프에게 보낸 내 편지에 만족해 하고 있었다. 그러나 리자를 생각하면 나는 웬일인지 아직도 대단히 불만스러웠다. 그것은 마치 내가 고통을 받고 있는 이유가 리자 한 사람 때문인 것 같았다. 〈그녀가 오면 어쩌지.〉 나는 끊임없이 생각했다. 〈에이, 그래서 뭐, 상관없어, 오라지 뭐. 흠…… 한 가지 일 때문이야, 그녀는 내가 어떻게 사는지 보게 될 거다. 그것만으로도 충분히 나쁜 일이야. 어제 나는…… 그녀에게 영웅으로…… 보였을 거야. 그런데 지금은, 흠! 이건 소름끼치는 일이야, 얼마나 초라하게 되어 버렸나. 내 아파트는 진짜 불결해. 그리고 어제 그런 옷을 입고 저녁 식사에 갈 용기를 냈다니! 그런데다 저 소파에 씌운 천 안에 있는 것이 비어져 나온 걸 좀 봐! 게다가 내 실내복은 항상 짧지! 그건 걸레 같은 옷이야……. 그녀는 이것을 모두 다 볼 거야, 그리고 아뽈론도 보게 되겠지. 저 짐승은 그녀를 모욕할 것이 확실해. 그놈은 내게 단지 무례하게 굴기 위해 그녀를 모욕할 거다. 그러면 나는 물론 보통 때처럼 놀라서,

법석을 떨기 시작하겠지. 실내복의 주름을 가까이 잡아당기고 미소를 지으며 거짓말을 하겠지. 혐오스러운 일이야! 그렇지만 가장 혐오스러운 일은 이게 아니야! 더 중요한, 더 비열한, 더 사악한, 그래, 더 사악한 어떤 것이 있어! 또다시, 다시 그 수치스러운 속임수의 탈을 써야 한다는 거야…….〉

이런 생각에 달하자, 나는 바로 화가 치밀었다.

〈수치스럽다니, 무슨 말이야? 어떤 점에서 수치스럽다는 거지? 나는 어제 진실하게 말했어. 또한 내 안에 진실한 감정이 있었다는 것도 기억해. 이것은 분명히 내가 하고 싶었던 거야. 그녀에게 고상한 감정을 불러일으키는 것 말야……. 그녀가 약간 울었대도 그것은 좋은 일이야, 유익한 효과를 낼 거야…….〉

그러나 마찬가지로 나는 진정할 수 없었다.

그날 저녁 내내 집으로 돌아온 후에도, 리자가 올 수 없다는 결론을 내린 아홉 시가 지나서도, 나는 아직 그녀의 환영을 보고 있었으며, 중요한 점은, 그녀의 모습이 항상 같은 것으로 보였다는 것이다. 그것은 전날 내 앞에서 일어났던 모든 일 중에서 특히 어떤 한 순간이 선명하게 떠오르는 것이었다. 그것은 내가 성냥불로 방을 밝혔을 때 보았던 그녀의 창백하면서도 순교자 같은 표정의 일그러진 얼굴이었다. 그 순간 그녀는 얼마나 불쌍하고 부자연스러우며 일그러진 미소를 띠고 있었던가! 그러나 그때 나는 아직 알지 못했다. 15년이 지난 후에도 내가 리자의 모습을, 바로 그 순간 그녀가 띠었던 불쌍하고 일그러지고 부자연스러운 미소로 기억하리라고는.

다음 날 나는 다시 한번, 그런 모든 것을 엉터리고 신경 쇠약으로 인한 과장에 불과한 것이라고 생각할 준비가 되어 있었다. 나는 항상 내 약점을 의식하고 있었으며 때때로 그것을 대단히 두려워했다. 〈나는 모든 것을 과장하고 있어, 이 점이 내가 실수한 바로 그 점이야.〉 이렇게 나는 매시간 스스로에게 되풀이하고 있었다. 그러나 그때 나의 회상을 결론짓던 후렴구는 〈아무래도 리자가 올 것 같아〉였다. 나는 매우 걱정이 되어서 가끔 격노하기조차 했다. 〈그녀는 올 거야! 그녀는 확실히 올 거라고!〉 나는 방을 뛰어 돌아다니며 소리를 질렀다. 〈오늘이 아니면 내일은 올 거라고, 그래 그녀는 확실히 내 흔적을 찾아낼 거야! 그것이 이 모든 순수한 마음들의 빌어먹을 낭만주의적 성격이지! 오, 추잡함, 오, 어리석음, 오, 이 천박한 감상적인 영혼들의 편협함이여! 어떻게 이해할 수 없지? 어떻게 이해하지 못하는 게 가능하단 말이냐?〉 그때 나는 몹시 당황해서 생각을 중단하게 되었다.

〈얼마나 적은, 얼마나 적은.〉 그러나 다시 순간적으로 생각이 떠올랐다. 〈말들이 필요했단 말이냐. 얼마나 적은 전원시가 필요했단 말이냐(게다가 그 전원시조차도 가짜였고, 책 냄새가 나고 지어낸 것이다). 한 인간의 영혼을 내가 원하는 대로 완전히 뒤집어 놓기 위해서는 적은 말들로 족했다. 그것이 순수함이었다! 그것이 너를 위한 대지의 신선함이다!〉

나는 그녀에게 가서 〈모든 것을 말하고〉 나를 찾아오지 말라고 간청해 볼까 하는 생각도 했다. 그러나 그런 생각이 드는 것과 동시에 내 안에서는 화가 치밀어 올라서, 만약 그녀가 갑자기 내 가까이 오게 된다면 그 〈빌어먹을〉 리자를 그냥 부숴 버릴 수도 있을 것 같았다. 나는 그녀를 모욕했을 것이고, 그녀에게 침을 뱉고 그녀를 쫓아내고 그녀를 구타했을 것이다!

하루가, 그리고 또 하루가 지났고 마침내 사흘이 지났다. 그녀는 오지 않았다. 그래서 나는 침착해지기 시작했다. 나는 특히 아홉 시 이후에 긴장을 풀고 명랑하게 되었다. 나는 가끔 달콤한 몽상까지도 하게 되었다. 〈예를 들면 나는 리자를 구한다. 단지 그녀가 나를 찾아올 때 그녀와 말함으로써……. 나는 그녀를 교육시키고 그녀의 정신을 계발한다. 나는 마침내 그녀가 나를 사랑한다는 것을, 정열적으로 사랑한다는 것을 알게 된다. 나는 이해하지 못하는 척한다(그렇지만 내가 왜 그런 척하는지 나도 이해하지 못한다. 아마도 마지못해 그럴 것이다). 마침내 몹시 당황한 아름다운 그녀는 떨면서 흐느끼며 내 발 앞에 자신을 던진다. 그리고 내가 그녀의 구원자이며 나를 세상에 그 무엇보다 더 사랑한다고 말한다. 나는 벙어리가 된다. 그러나……「리자.」나는 말한다.「넌 정말로 내가 너의 사랑을 눈치채지 못했다고 생각하니? 나는 모든 것을 보았고 짐작했어. 그러나 나는 감히 먼저 너의 마음을 빼앗고 싶지 않았어. 왜냐하면 나는 네게 영향력이 있으며, 고마움 때문에 네가 일부러 억지로 내 사랑에 응할까 봐, 존재하지도 않는 감정을 네 안에 불러일으킬까 봐 두려웠어. 그것을 나는 원치 않았어. 왜냐하면 그것은 이기와 독선, 지혜로운 일이 아니기 때문이지. (뭐 간단히 말해서, 이때에 나는 내 혀가 그런 유럽풍의, 조르주 상드처럼, 말할 수 없이 고상하고 섬세하게 미끄러지도록 내버려둘 것이다…….) 그러나 지금, 지금 너는 내 것이야, 너는 나의 피조물이며, 너는 순수하고 사랑스런 — 너는 사랑스런 나의 아내야.《내 집으로 주저하지 말고 들어와 / 나와 함께 행복한 삶을 꾸리자.》[60]

그러면 그 후로 우리는 행복하게 살기 시작하는 거다. 우리는 외국으로 간다 기타 등등, 기타 등등.〉 간단히 말해, 이것은 내가 느끼기에도 혐오스러운 것이 되었다. 그리고 내가 내 자신에게 혀를 내미는 것으로 끝냈다.

〈어쨌든 그들은 그녀를 내보내지 않을 거야, 그 《더러운 년》을!〉 나는 생각했다. 〈그런데 문득 그들이 그년들을 너무 쉽게, 특히 저녁때에 산책하라고 내보낼지도 모른다는 의심이 든다. (나는 웬일인지 그녀가 저녁에 오리라고, 정확히 일곱 시에 오리라고 확신하고 있었다.) 그러나 그녀는 자신이 그곳에서 완전히 노예는 아니고, 특별한 밤이 있다고 말했어. 그것은, 흠! 빌어먹을, 그녀가 온다는 뜻이군, 그녀는 확실히 올 거야!〉

그때 아뽈론이 무례하게 굴어 내 정신을 분산시킨 것은 정말 좋은 일이었다. 그는 내 마지막 인내심마저 잃게 만들었다! 그는 염병이었고, 하늘이 내게 내린 천벌이었다. 우리는 몇 년 동안이나 끊임없이 꾸준히 말다툼을 벌여 오고 있었고 나는 그를 증오하고 있었다. 맙소사, 나는 그를 얼마나 증오했던가! 나는 특히 어떤 때는 내 생애에 있어 내가 그를 증오했던 식으로 다른 사람을 증오해 본 적이 결코 없었을 거라고 생각했다. 그는 나이가 많고 교만했으며 여가 시간에는 재봉일을 하곤 했다. 그러나 어떤 알 수 없는 이유 때문에 그는 나를 한없이 경멸했으며 참을 수 없이 오만하게 나를 내려다보곤 했다. 그는 모든 사람을 경멸했다. 그의 금발과 기름이 반지르르한 머리와, 이마 앞으로 휙 치켜 올려 식용유

---

60 네끄라소프의 시 「미혹에 찬 어둠으로부터」의 종결 시행.

를 바른 앞머리와, 항상 V자 모양으로 내밀고 있는 그 강한 입을 보기만 해도 이미 당신 앞에 결코 자신을 의심하지 않는 그런 사람이 있다는 것을 느끼게 될 것이다. 그는 최고 수준의 현학적인 인간, 내가 지상에서 마주친 가장 위대한 현학적인 인간이었다. 게다가 그는 아마도 오직 알렉산더 대왕에게나 어울릴 그런 자기 중심적인 인간이었다. 그는 자신의 모든 단추 하나 하나에 넋이 빠져 있었고, 그의 손톱들에도, 절대적으로 그것들에도 넋이 나가 있었다. 그것은 그의 얼굴 전체에 모두 씌어 있었다! 그는 나를 아주 폭군처럼 다루었고, 거의 말을 하지 않았다. 그리고 만일 우연히 나를 쳐다보게 된다면, 그는 때때로 나를 화나게 만들었던 딱딱하고 자신에 찬 위엄 있는 그리고 끊임없이 조롱하는 표정으로 쳐다보았다. 자신의 일을 할 때면 그는 마치 나에게 군주의 은혜를 베푸는 것처럼 보였다. 그렇지만 그는 나를 위해서 거의 아무것도 하지 않았고, 어떤 일을 해야만 한다는 그런 의무감도 거의 느끼지 않았다. 하등의 의심 없이, 그는 나를 세상에서 최고의 바보로 간주했다. 그리고 만일 〈그가 나를 그의 곁에 둔다면〉 그것은 단지 그가 나에게서 매달 월급을 탈 수 있기 때문이었다. 그는 한 달에 7루블로는 나를 위해 〈아무것도 하지 않기로〉 작정한 것 같았다. 나는 그 때문에 많은 죄를 용서받을 수 있었다. 나의 증오는 때때로 그가 걸어다니는 것만으로도 거의 발작을 일으키기에 충분할 정도까지 다다르곤 했다. 그러나 내가 특히 혐오스럽게 느꼈던 것은 그가 발음할 때 쉬쉬 소리를 첨가하는 것이었다. 그의 혀는 정상치보다 약간 길었다. 혹은 그렇게 보였다. 따라서 그는 끊임없이 쉬쉬 소리를 내거나 불분명한 발음을 했다. 그리고 그는 이것이 그에게 대단한 위엄을 더해 주는 것으로 생각하면서, 상당히 자랑스러워하고 있는 것처럼 보였다. 그는 뒷짐을 지고 땅을 쳐다보며 부드럽고 신중하게 말했다. 그가 때때로 그의 칸막이 방 뒤에서「시편」을 읽을 때는 특히 나를 격분시켰다. 나는 그 낭송소리를 참으려고 수없이 애를 썼다. 그러나 그는 저녁때 부드럽고 고르게 노래하는 목소리로, 마치 장송곡처럼 낭송하는 것을 대단히 좋아했다. 흥미롭게도 이것이 지금 그가 하고 있는 일이다. 지금 그는 고인 앞에서 시편을 낭송하는 일을 하고 있으며, 쥐들을 박멸하고 신발을 닦고 있다. 그러나 나는 그를 쫓아낼 수 없었다. 마치 그가 내 존재에 화학적으로 접착되어 있는 것 같았다. 그것 말고도 그는 자신이 어떤 것을 위해서라도 내 곁을 떠나는 것에 결코 동의하지 않을 것이다. 나는 가구가 있는 방에서 결코 살 수가 없었다. 나의 아파트는 내가 인간들로부터 숨어 있었던 내 개인적인 거주 공간이었고, 조개 껍질이고 고치였다. 그런데 아뽈론이 어째서 이 아파트에 속한 것으로 내게 보였는지는 신만이 아는 일이다. 나는 7년 동안 내내 그를 쫓아낼 수 없었다.

예를 들어 그의 월급을 이틀 혹은 사흘만이라도 체불하는 것은 불가능했다. 그러면 그는 소동을 부렸고 나는 몸둘 바를 몰랐다. 그러나 그 당시 나는 모든 것에 대단히 화가 나 있었기 때문에 아무런 이유도 없이 아뽈론을 처벌하기로 결심했으며, 앞으로 2주 동안 월급을 주지 않기로 작정했다. 오래전에, 약 2년 전에, 나는 이렇게 하기로 결정했다. 즉 내게 그토록 도도하고 당당하게 굴면 안 된다는 것을 보여 주기로, 그리고 만일 내가 원한다면 언제든지 그의 급료를 주지 않을 수 있다는 것을 보여 주기로 작정한 것이다. 나는 그에게 이것에 관해 말을 하지 않기로 결심했으며 심지어는 그의 자존심을 상하게 하고 그가 먼저 급료 문제를 제기하지 않을 수 없게 만들기 위해 일부러 침묵을 지켰다. 나는 서랍에서 7루블 전부를 꺼내서는 내가 그것을 가지고 있다는 것과 그 돈은 다른 목적으로 따로 떼어놓은 것이라는 것을 보여 줄 것이다. 그러나 〈나는 원치 않는다. 원치 않는다. 나는 단순히 그에게 급료 주는 것을 원치 않는다. 나는 원치 않는다. 왜냐하면 내가 그렇게 하기를 원하므로〉. 그것이 〈그의 주인으로서의 내 의지〉이기 때문이며, 그가 불손하고 무례하기 때문이다. 그러나 그가 내게 공손히 요청한다면, 나는 화를 누그러뜨리고 급료를 그에게 줄 것이다. 그렇지 않으면 그는 또 2주를 기다려야 할 것이고, 3주를 기다려야 할 것이고, 한 달을 기다려야 할 것이다……

그러나 내가 아무리 화가 났더라도 이기는 건 그였다. 나는 심지어 나흘도 버틸 수가 없었다. 그는 그런 경우에 보통 그가 하던 식으로 시작했다. 왜냐하면 그런 경우는 이미 있었던 일이라 어떻게 해야 하는지 그는 잘 알고 있었기 때문이다. (그리고 나는 눈치챌 수 있었다. 나는 이 모든 것을 미리 알고 있었다. 나는 그의 더러운 책략을 훤히 알고 있었다.) 즉, 그는 그의 습관인 것처럼 내게 극도로 엄중한 시선을 고정시키고, 몇 분 동안이나 시선을 딴곳으로 절대 옮기지 않는 것으로 시작했다. 특히 그가 문으로 나를 맞으러 나오거나 배웅할 때 그랬다. 만일 내가 버티고 서서 그런 시선들을 모른 척한다면, 그는 침묵을 지키면서 다음 단계의 책략에 착수한다. 내가 방 안을 거닐거나 독서를 하고 있을 때,

조용히 가벼운 발걸음으로 난데없이 내 방으로 들어와서 문 옆에 서곤 했다. 한 팔은 등 뒤로 하고 한 발은 앞으로 내밀고는 시선을 내게 고정한다. 이때쯤 되면 그건 엄중한 눈초리가 아니라 완전히 조롱하는 눈초리다. 만일 내가 갑자기 그에게 원하는 것이 무엇이냐고 물어보면, 그는 특히 입술을 꽉 다문 후, 수많은 의미가 담긴 표정을 지으며 천천히 서 있던 곳으로 발꿈치를 돌리고는 느릿느릿 자기 방으로 다시 돌아간다. 두 시간쯤 후에 그는 갑자기 몸을 들이밀면서 다시 한번 내 앞에 나타난다. 때때로 내가 화가 났을 때는 나는 그에게 원하는 것이 무엇인지 물어보지도 않고 그냥 머리를 갑자기, 그리고 명령하듯이 들어올리고는 그를 고정된 시선으로 마주 쏘아볼 때도 있곤 했다. 우리는 서로를 그렇게 2분 동안 쳐다본다. 마침내 그는 천천히 몸을 돌리고는 거만하게 또 두 시간 동안 내 방을 떠나가 있다.

내가 계속 정신을 못 차리고 반란을 계속하면, 그는 나를 쳐다보며 갑자기 한숨짓기 시작하는데, 마치 그런 한숨으로 나의 도덕적 타락의 깊이를 재는 것처럼 길고 깊게 한숨지었다. 물론 그것은 결국 그의 완전한 승리로 끝나곤 했다. 나는 화를 냈고 고함을 질렀다. 그러나 그럼에도 불구하고 당면한 문제에 있어서는 나는 굴복하지 않을 수 없었다.

그렇지만 이번에는, 〈엄중한 눈초리〉의 예의 그 책략이 시작되자마자 나는 곧 이성을 잃고 그에게 벌컥 화를 냈다. 나는 이것이 아니더라도 이미 충분히 짜증이 나 있었다.

「멈춰!」 나는 그가 한 손으로 뒷짐을 지고, 천천히 그리고 말없이 자신의 방으로 돌아가려고 몸을 돌렸을 때 격앙되어 소리쳤다. 「멈춰! 돌아와, 돌아와, 네게 말하고 있는 거야!」

나는 부자연스럽게 으르렁거렸음에 틀림없다. 그는 몸을 돌려서 약간 놀라며 나를 쳐다보았다. 그럼에도 불구하고 그는 계속 한마디도 하지 않았다. 그리고 이것이 나를 미칠 듯이 화나게 만들었다.

「넌 감히 어떻게 내 허락도 없이 이리로 들어와서 나를 그런 식으로 쳐다볼 수 있냐? 대답해 봐!」

그러나 나를 약 30초 정도 침착하게 쳐다본 후에 그는 다시 몸을 돌리기 시작했다.

「멈춰!」 나는 그에게로 달려들며 소리질렀다. 「한 발짝도 움직이지 마! 그거야. 이제 대답해 봐, 뭘 보러 들어온 거야?」

「당신께서 지금 제게 내릴 어떤 분부가 있다면, 그것을 실행하는 것이 저의 임무지요.」 그는 잠시 동안 침묵을 지킨 후에, 부드럽고 신중하게 쉬 소리를 내며 눈썹을 치켜올리고 침착하게, 머리를 한쪽 어깨에서 다른 쪽 어깨로 기우뚱거리며 대답했다. 이 모든 것이 그 가장 소름끼치는 침착함과 함께 이루어졌다.

「그것이 아니야, 내가 네게, 바로 너 망나니에게 물어보는 것은 그게 아니야.」 나는 분노로 몸을 떨며 소리쳤다. 「네게 말한다. 너 망나니야. 왜 이리로 들어온 거야. 내가 네 급료를 주지 않으리라는 것을 알지? 그러나 너는 네 자존심 때문에 고개 숙이고 싶지 않은 거고 그것을 네 스스로 요청하고 싶지 않은 거지? 그것이 바로 네가 그 바보 같은 표정을 하고 오는 이유이지? 나를 괴롭히러. 너는 정말 저얼대 몰라, 넌 고문자야, 그것이 얼마나 바보 같은지, 바보 같은지……!」

그는 말없이 다시 한번 몸을 사린다. 그러나 나는 그를 잡았다.

「들어.」 나는 그에게 소리쳤다. 「여기 돈 있다, 봐라, 여기 그게 있어! (나는 돈을 책상에서 꺼냈다.) 전부 7루블이야, 그러나 넌 그걸 받을 수 없을 거야, 너는 받을 수 없을 거야, 적어도 네가 공손하게 와서 네 잘못을 인정하고 용서를 빌지 않으면, 너 내 말 들었지!」

「그럴 수는 없습니다!」 그는 약간 어색한 듯이 확신감을 가지고 대답했다.

「그럴 거야!」 나는 소리쳤다. 「나는 내 말을 지킬 거다, 틀림없이!」

「그런데 당신에게 용서를 빌 것이라곤 아무것도 없습니다요.」 그는 마치 내 고함소리를 듣지 못한 것처럼 계속했다. 「왜냐하면 나를 〈망나니〉라고 부른 사람은 당신이니까요. 이것을 나는 언제나 경찰서에 가서 말할 수 있고 당신은 이 모욕에 대한 대가를 치를 겁니다.」

「가! 고발해!」 나는 으르렁거렸다. 「지금 바로 가, 바로 지금, 바로 당장! 넌 아직도 망나니야! 망나니! 망나니!」 그러나 그는 그냥 나를 쳐다보기만 했다. 그러고는 몸을 돌렸다. 그리고 이미 나의 호소하는 듯한 고함소리를 들으려고도 않고 뒤돌아보지도 않고 자신의 방으로 당당하게 돌아갔다.

〈만일 리자가 아니었다면, 이런 일은 일어나지도 않았을 거야!〉 나는 혼자 생각했다. 그리고 잠시 동안 말없이 생각에 잠긴 듯 엄숙하게 서 있다가, 천천히 그리고 강하게 뛰는 심장소리를 들으며 나는 칸막이 뒤로 그를 쫓아갔다.

「아뽈론!」 나는 조용히 띄엄띄엄 말했으나 숨이 찼다. 「바로 지금 당장 꾸물거리지 말고 가서 경찰서장을 불러와!」

이때쯤 그는 이미 테이블 옆에 앉았다. 안경을 쓰고는 무엇인가를 꿰매기 시작했다. 그러나 그는 내 명령을 들었을 때 갑자기 코방귀를 뀌었다.

「바로 지금, 지금 당장 가란 말이야! 가, 가, 아니면 넌 무슨 일이 일어날지 모를 거야!」

「나리, 정말 정신이 나가셨군요.」 그는 머리를 쳐들지도 않고, 보통 하는 대로 쉬 소리를 내면서 바느질을 계속하며 말했다. 「도대체 자기 자신을 고소하러 경찰서에 갈 사람이 세상에 어디 있겠습니까? 겁 주려고 그러시는 거라면 공연한 일입니다. 그래 봐야 아무 소용 없을 테니까요.」

「가라니까!」 나는 그의 어깨를 움켜쥐며 날카롭게 소리쳤다. 나는 바로 거기서 그때 그를 때리려 했다.

그래서였는지 나는 바로 그 순간 복도 쪽의 문이 천천히, 조용히 열리는 소리를 듣지도 못했다. 그리고 누군가가 들어와서는 망설이다가 당황해서 우리를 쳐다보았다. 나는 시선을 들어올리고는 수치심에 몸이 굳어졌다. 그리고 나는 내 방으로 뛰어갔다. 그곳에서 두 손으로 머리를 잡아뜯으며, 나는 머리를 벽에 기대고 그렇게 꼼짝도 않고 있었다.

2분쯤 뒤에 나는 아뽈론의 느린 발자국 소리를 들었다.

「어떤 여자가 저기 밖에서 당신을 보고 싶다고 해요.」 그는 준엄하게 쳐다보며 말했다. 그때 그는 몸을 비켜서서 리자를 안으로 들여보냈다. 그는 나가려고 하지 않고 비웃는 듯 우리 둘을 훑어보았다.

「방으로 가, 네 방으로 가!」 나는 당혹감을 느끼며 명령했다. 그 순간 시계는 탄식하듯이 쉬 소리를 내며 일곱 시를 쳤다.

9

내 집으로 주저하지 말고 들어와
나와 함께 행복한 삶을 꾸리자!
— N.A. 네끄라소프의 시에서

나는 그녀 앞에서 짓밟히고 치욕스럽고 구역질이 날 정도로 당황한 채로 서 있었다. 온 힘을 다해 누더기같이 누빈 실내복의 옷자락을 여미며 — 이것은 내가 최근에 절망에 빠졌을 때 상상하곤 했던 것과 정확히 일치했다 — 나는 미소를 지었다. 아뽈론은 옆에 서서 2분쯤 우리를 지켜보다가 떠났다. 그러나 그것이 내 기분을 더 좋게 만들지는 않았다. 모든 것을 더 악화시켰던 것은 그녀가 갑자기 당황하게 된 것이었는데, 내가 예기치 못할 정도였다. 그녀는 나를 쳐다보며 서 있었다.

「앉아.」 나는 기계적으로 말하고 책상 옆에 있던 의자를 그녀에게 권했다. 나는 소파에 앉았다. 그녀는 곧 순순히 앉았다. 두 눈으로 나를 쳐다보는 것이 내게서 무엇인가 꼭 기대하고 있는 것 같았다. 그 표정의 순진함에 나는 화가 났지만 자신을 억제했다.

그런 상황에서 그녀는, 마치 모든 것이 정상적인 것처럼 아무것도 보지 않으려고 했어야 했다. 반면 그녀는……. 그리고 나는 그녀가 이 모든 것을 위해 값비싼 대가를 치르리라고 어렴풋이 느꼈다.

「넌 내가 이상한 상황에 있는 걸 본 거야, 리자.」 나는 더듬으며 이것이 대화를 시작하는 방법은 아니라는 것을 알면서 말을 꺼냈다.

「아니야, 아니야, 나를 오해하지 마!」 나는 그녀가 갑자기 얼굴을 붉히는 것을 보며 소리쳤다. 「나는 내 가난을 부끄러워하지 않아……. 정반대로 나는 내 가난에 대해 긍지를 갖고 있지. 나는 가난하지만 고상하지……. 사람은 가난하지만 고상할 수 있어.」 나는 우물거렸다. 「그런데, 차 한잔 하겠니?」

「아니에요…….」 그녀는 말하려고 했다.

「기다려!」

나는 벌떡 일어나 아뽈론에게로 달려갔다. 나는 어디론가로 나가야만 했다.

「아뽈론.」 나는 열띤 목소리로 빨리 말하며 속삭였고, 그의 앞에 내 주먹 안에 내내 남아 있던 7루블을 내던졌다. 「자 여기 네 급료가 있어. 봐, 나는 이걸 너에게 주는 거야, 그러나 그 대신, 너는 나를 구원해 줘야 돼, 내게 차와 선술집에서 빨리 과자 열 개만 갖다 줘. 네가 가지 않겠다면, 너는 한 인간을 비참하게 만드는 거야! 이 여자가 어떤 여잔지 너는 모를 거야……. 이게 전부야! 아마도 너는 무엇인가 상상하고 있겠지……. 그러나 너는 이 여자가 어떤 여자인지 몰라!」

이미 안경을 다시 걸쳐 쓰고 뜨개질을 시작한 아뽈론은 처음에는 바늘을 내려놓지도 않고 곁눈으로 돈을 쳐다보았다. 그러고는 내게 시선을 돌리지도 않고 아무 대답도 하지 않고, 계속 바늘을 가지고 허둥대고 있었는데, 아직도 바늘귀에 실을 꿰려 하고 있었다. 나는 나폴레옹처럼 팔짱을 끼고 그 앞에서 3분 정도 기다렸다. 내 관자놀이는 땀으로 젖어 있었다. 내 얼굴은 창백했고, 나는 그것을 느꼈다. 그러나 다행히도 그는 아마도 나를 쳐다보는 것이 무안했던 모양이다.

바늘에 실을 꿰고 난 후에, 그는 천천히 자리에서 일어나 느리게 그의 의자를 뒤로 밀치고, 안경을 천천히 쓰고 느리게 돈을 세더니 마침내, 자기 어깨 너머로 차를 가득 담아 와야 하느냐고 물어보더니 천천히 방을 떠났다. 리자에게로 돌아올 때, 나는 다음과 같은 생각을 했다. 차라리 이대로 실내복을 입은 채 발이 이끄는 대로 도망치는 것이 어떨까, 그리고 그 다음 일은 될 대로 되라지.

나는 다시 앉았다. 그녀는 나를 불안하게 쳐다보았다. 우리는 몇 분 동안 말없이 앉아 있었다.

「나는 그놈을 죽일 거야!」 나는 갑자기 외쳤다. 주먹으로 세게 테이블을 내리쳤다. 잉크병에서 잉크가 쏟아져 버렸다.

「오, 무슨 말을 하는 거예요!」 그녀는 놀라서 비명을 질렀다.

「나는 그놈을 죽일 거야. 그놈을 죽일 거라고!」 나는 미친 듯이 화가 나서 책상을 치면서, 동시에 그같이 격분하는 것이 얼마나 어리석은 일인가를 깨달으며 소리질렀다.

「너는 몰라, 리자, 저 망나니가 내게 무엇인지를, 그는 나를 괴롭히고 있어……. 그는 지금 과자를 사러 갔지. 그는……」

그리고 갑자기 나는 눈물을 터뜨렸다. 그것은 발작이었다. 나는 흐느끼며 얼마나 부끄러웠던가! 그러나 나는 더 이상 눈물을 참을 수가 없었다. 그녀는 놀랐다.

「당신 무슨 일 있어요? 당신에게 무슨 일이 있는 거죠?」 그녀는 안절부절못하며 내게 계속 외쳐 댔다.

「물, 내게 물을 줘, 저기에 있어!」 나는 힘 빠진 목소리로 중얼거렸다. 그러나 속으로 나는 그 순간 힘 빠진 목소리가 아니어도, 물을 마시지 않아도 견딜 수 있다는 것을 깨닫고 있었다. 하지만 나는 품위를 지키기 위해 연기라는 것을 했다. 비록 발작이 정말 심하긴 했지만.

그녀는 완전히 당황한 듯이 나를 쳐다보며 내게 물을 권했다. 그 순간 아뽈론이 차를 들여왔다. 좀 전에 일어났던 모든 일 후에 이 평범하고 무미건조한 차 한 잔이 대단히 부적절하고 불충분한 것으로 보였다. 그리고 나는 얼굴을 붉혔다. 리자는 확실히 두려움에 차서 아뽈론을 바라보았다. 그는 우리를 쳐다보지도 않고 방을 나갔다.

「리자, 넌 날 경멸하니?」 나는 그녀의 눈을 똑바로 쳐다보면서 그녀가 뭘 생각하고 있는지 알고 싶은 것을 참을 수 없어 몸을 떨며 말했다.

그녀는 당황했고 그러고는 무슨 말을 해야 할지 알지 못했다.

「차 마셔!」 나는 화난 목소리로 말했다. 나는 물론 자신에게 화가 나 있었다. 그러나 그것에 대가를 치를 사람은 그녀였다. 그녀에 대한 무서운 분노의 감정이 갑자기 내 마음속에 끓어 올랐다. 나는 내가 그녀를 죽일 수도 있으리라 생각했다. 그녀에게 복수하기 위해 나는 그녀가 여기 있는 동안 내내 한마디도 하지 않으리라고 마음속으로 맹세를 했다. 나는 〈그녀가 모든 것의 원인〉이라고 생각했다.

우리의 침묵은 이미 5분 이상 계속되고 있었다. 차는 테이블 위에 놓여 있었다. 우리는 그것을 건드리지도 않았다. 나는 그녀에게 괴로움을 더 주기 위해서 일부러 차를 마시지 않기로 했다. 그녀가 혼자 말을 시작하는 것은 어색했을 것이다. 몇 번이나 그녀는 슬프고 당황한 표정으로 나를 쳐다보았다. 나는 고집스럽게 침묵을 지켰다. 나는 물론 중요한 고행자였다. 왜냐하면 나는 내 심술궂은 어리석음의 이 모든 구역질나는 비열함을 충분히 알고 있었기 때문이다. 그러나 동시에 나는 나 자신을 억제할 수 없었다.

「나는 원해…… 나가 버리길…… 그곳으로부터…… 완전히.」 그녀는 어떻게 해서든 침묵을 깨기 위해 말을 시작했다. 불쌍한 것, 이런 식으로 이 같은 부질없는 순간에 그리고 나처럼 어리석은 인간에게 말할 필요는 없었다. 심지어 내 마음까지도 그녀의 서투름과 불필요한 솔직함에 대한 연민으로 고통을 느꼈다. 그러나 갑자기 무엇인가 소름끼치는 것이 내 안의 동정심을 짓눌러 버렸다. 그것은 나를 더욱더 자극했다. 세상의 모든 것들이여, 꺼져 버려라! 또 5분이 지나갔다.

「내가 당신을 방해한 건가요?」 그녀는 수줍고 간신히 들릴 만한 목소리로 말을 꺼내고는 일어서려 했다.

그러나 상처받은 자존심의 첫 번째 섬광을 보자마자 나는 분노로 몸을 떨고는 그 분노를 터뜨렸다.

「왜 내게로 온 거지, 그걸 말해 주겠니?」 나는 숨을 헐떡거리며, 그리고 내 말이 두서없이 나오는 건 아닌지 신경 쓰지도 않고 시작했다. 나는 한꺼번에 모든 것을 털어놓고 싶었다. 나는 어디서부터 말을 꺼낼지 걱정하지 않았다.

「넌 무엇 때문에 온 거지? 대답해! 대답해!」 나는 거의 제정신을 잃고 악을 썼다. 「당신이 왜 왔는지 제가 말해 드리죠, 부인. 너는 내가 그때 동정적인 말들을 했기 때문에 온 거야. 그래서 너는 한풀 꺾였고 좀 더 〈동정적인 말〉들을 원하는 거로군. 그럼 알아둬. 나는 그날 널 놀린 거야. 그리고 지금도 너를 조롱하고 있는 거야. 왜 떨고 있지? 그래 나는 너를 조롱하고 있었던 거야! 그전에 나는 그날 저녁 나보다 먼저 도착했던 그 일행들에게 저녁 식사 때 모욕을 받았던 거야. 나는 네가 있는 곳에 그들 중 하나를 두들겨 패려고 갔던 거야. 장교였지. 그러나 그것은 성사되지 않았어. 너무 늦었던 거야. 나는 누군가에게 내 모욕을 되돌려줘야 한다고 스스로 믿고 있었지. 그때 네가 나타난 거야. 그래서 나는 네게 분풀이를 한 거고 너를 조롱한 거지. 나는 모욕을 받았어. 그래서 나는 누군가를 또한 모욕하고 싶었던 거야. 나는 넝마가 될 정도로 비참해져 있었던 거야. 그래서 나도 내 힘을 또한 휘두르고 싶었던 거지……. 그것이 바로 그랬던 이유야……. 그리고 너는 내가 그때, 일부러 너를 구하기 위해 온 것으로 생각했던 거지. 맞지? 그렇게 생각했지? 너는 그렇게 생각한 거지?」

나는 그녀가 혼란을 일으키리라는 것과 요점을 이해하지 못하리라는 것을 알고 있었다. 그러나 나는 또한 그녀가 내 말의 요점을 확실히 이해하리라는 것도 알고 있었다. 바로 그 일이 일어나고야 말았다. 그녀는 백지장처럼 하얗게 질려 버렸다. 그녀는 무엇인가 말하고 싶어 하는 것 같았다. 그녀의 입은 고통스럽게 씰룩거렸다. 그러나 그녀는 마치 도끼자루에 내리쳐지는 것처럼 의자에 주저앉고 말았다. 그리고 그때부터 그녀는 입을 다물지 못하고 눈을 크게 뜨고 두려움에 몸을 떨며 내 말을 들었다. 내 말에 담긴 냉소주의, 그 냉소주의가 그녀를 짓밟았다…….

「너를 구원하라고!」 나는 내 의자에서 튀어 올라 그녀 앞에서 방 안을 앞뒤로 분주히 오가며 말했다. 너를 무엇에서 구원하라는 거야? 아마도 나는 너보다 더 나쁠 거야. 왜 바로 그때 너는 내게 정면으로 대들지 않은 거냐. 내가 지루한 설교를 늘어놓고 있을 때 말이야. 그리고 너는 말할 수도 있었어. 〈왜 당신은 이곳에 오신 거죠? 도덕적인 설교를 하러 온 건가요?〉 그때 내게 필요한 건 힘이었고 나는 게임을 필요로 했던 거야. 나는 네 눈물을 자극할 필요가 있었어. 너의 모욕, 너의 히스테리들, 그것이 그때 내게 필요했던 거야! 그렇지만 나는 그것을 참아 낼 수 없었어. 왜냐하면 나는 쓰레기이기 때문이지. 나는 놀라게 되었고, 왜 내가 네게 바보처럼 주소를 가르쳐 주었는지 누가 알겠냐? 그래서 나중에, 집에 도착하기도 전에, 나는 그 주소를 가르쳐 준 것 때문에 네게 세상에 있는 욕이란 욕은 다 했지. 나는 이미 너를 증오하고 있었어. 왜냐하면 그때 네게 거짓말을 했기 때문이지. 나에게 그것은 단지 말 장난에 지나지 않았어. 그리고 공상에 불과했어. 그러나 실제로 현실이 닥쳤을 때, 너는 내가 뭘 필요로 했는지 알 거야. 너희 모두가 사라져 버리는 것이었어. 바로 그거야! 나는 안정을 필요로 했지. 귀찮은 일을 당하지만 않는다면, 나는 바로 거기서 온 세상을 팔아 버렸을 거야. 단 1꼬뻬이까에라도. 세상이 무너져 내려야 할 것인가, 아니면 내가 차를 마시지 말아야 할 것인가? 나는 내가 항상 차를 마실 수 있도록 세상이 무너져 내려야 한다고 말할 것이다! 너는 그것을 알고 있었던 거냐, 아니냐? 뭐, 나로 말하자면, 나는 내가 파렴치한이라는 것을 알고 있었어. 비열한 놈이고 이기주의자며 게으름뱅이라는 것을. 이곳에서 사흘 동안 나는 네가 올까 봐 두려움에 떨고 있었지. 그리고 이 사흘 동안 특히 나를 괴롭혔던 것이 무엇인지 너는 알고 있냐? 그때는 내가 너에게 영웅으로 보였겠지만 이곳에서 갑자기 불쌍하게 찢어진, 남루하고 혐오스러운 실내복을 입고 있는 나를 네가 보게 될지도 모른다는 사실이야! 나는 조금 전에 가난을 부끄러워하지 않는다고 말했지. 그러나 실은 부끄러워하고 있으며, 무엇보다도 부끄럽고 무엇보다도 두렵고 내가 도둑질한 것보다도 더 두려워하고 있지. 왜냐하면 나는 허영심이 강해서 마치 껍질이라도 벗겨진 듯 공기가 닿기만 해도 아프기 때문이지. 너는 내가 아뽈론에게 사나운 개새끼처럼 덤벼들었을 때 이런 실내복을 입고 있던 나를 네가 보았기 때문에 내가 결코 용서하지 않으리라는 것을 지금까지도 깨닫지 못하고 있니? 구원자였으며 영웅이었던 나는 마치 옴투성이 개새끼처럼 자신의 하인에게 덤벼들고 있는 거야. 반면 하인 녀석은 단지 나를 조롱하고 있는데 말야. 그리고 창피당한 계집애처럼 참지 못하고 흘린 그 눈물 때문에 나는 결코 너를 용서하지 못할 거야. 그리고 또한 나는, 내가 지금 네게 고백하고 있다는 것들 때문에 용서할 수 없어! 그래, 너, 너만이 이 모든 것에 대해 책임져야 할 거야. 왜냐하면 너는 갑자기 나타났기 때문이지. 또 왜냐하면 나는 파렴치한이고 나는 가장 혐오스럽고, 가장 우스꽝스럽고, 가장 보잘것없고, 가장 어리석으며, 세상의 모든 벌레들보다 더 질투를 많이 하기 때문이지. 그런데 보통 이 벌레들은 나보다 더 낫지 않아도 어떤 빌어먹을 이유 때문에 결코 부끄러워하지 않지. 반면 나는 모든 아니꼬운 녀석들에게 평생 모욕을 받게 될 거야. 그것이 내 특징이지! 그리고 네가 이것들 중 어느것도 이해 못한다 해서 나와 무슨 상관이냐! 그리고 나는 너에 관해 아무 걱정도 하지 않아, 네가 그곳에서 죽어 버리든 말든! 그리고 네가 이곳에 있었기 때문에 그리고 모든 것을 들었기 때문에, 너에게 나의 영혼을 드러내게 되어 지금 내가 너를 얼마나 증오하는지 너는 이해하지 못하니? 결국 인간은 그의 영혼을 인생에서 오직 한 번만 드러내는 거야. 발작을 일으킬 때에만! 그래서 너는 뭘 더 원하는 거야? 이 모든 것을 말했는데도 내 앞에 버티고 서서 가지 않고 왜 나를 괴롭히는 거냐?」

그런데 갑자기 그때 이상한 상황이 발생했다.

나는 책에서 읽은 대로 상상하고 생각하는 데 익숙해져 있었고, 몽상들 속에서 미리 꾸며 놓은 대로 세상의 모든 것을 마음속에 그리는 데 익숙해져 있었기 때문에 처음에 그 이상한 상황을 이해할 수 없었다. 그 이상한 상황이란 내가 모욕하고 짓밟았던 리자가, 내가 상상했던 것보다 더 많이 이해했다는 것이다. 내가 말했던 모든 것들로부터, 그녀는, 여자가 진실하게 사랑하고 있다면 항상 무엇보다도 먼저 이해할 수 있다는 것을 깨달은 것이다. 즉, 나 또한 불행하다는 것을 그녀는 깨달았다.

그녀의 얼굴에 나타났던 공포와 모욕감은, 처음에 비통한 경악으로 바뀌었다. 내가 나 자신을 비열한 놈이고 파렴치한이라고 부르자마자, 그리고 내가 눈물을 흘리자마자(나는 나의 모든 이야기를 장황하게 눈물을 흘리며 떠들어 댔다) 그녀의 얼굴은 어떤 경련을 일으킨 듯 완전히 일그러졌다. 그녀는 일어나서 내 말을 제지하려 했다. 내가 말을 끝냈을 때 그녀는 〈왜 넌 이곳에 있는 거야? 왜 떠나지 않지?〉 하는 내 고함소리에 주의를 기울인 것이 아니라 이 모든 것을 말하기가 내게 매우 어려운 일이었다는 것을 분명 눈치챘다. 그리고 그녀는 그토록 짓밟혀 있었다, 불쌍한 것, 그녀는 자신이 헤아릴 수 없이 나보다 열등하다고 생각했다. 그녀가 어떻게 화를 낼 수 있고 모욕을 느낄 수 있었겠는가? 갑자기 참을 수 없는 충동 같은 것 때문인지, 그녀는 의자에서 벌떡 일어나 온몸으로 아직도 수줍어하며 그녀가 있는 곳에서 움직일 엄두도 못 내면서, 내게로 달려오려고 두 팔을 쭉 내밀었다. 이때 내 심장 또한 내 안에서 뒤집혔다. 그러고는 갑자기 그녀는 내게로 달려왔다. 내 목을 자신의 팔로 감싸고는 울기 시작했다. 나 또한 무너져서 전에 결코 그런 적이 없는 것처럼 흐느꼈다.

「나에게는 선한 마음을 주지 않았어……. 나는 선하게…… 될 수 없어.」 나는 간신히 말을 내뱉을 수 있었다. 그리고 소파로 가서 얼굴을 묻고는 15분 동안 완전한 발작 상태에서 흐느꼈다. 그녀는 내 가까이 몸을 밀착시키고 나를 포옹했고, 나를 껴안은 채 꼼짝도 하지 않았다.

그럼에도 불구하고 문제는 조만간 내 발작이 끝나게 되어 있는 데 있었다. 그리고 그곳에서 나는(나는 결국 불쾌한 진실을 쓰고 있다) 소파 위에 엎드려 그 초라한 내 가죽 베개에 얼굴을 파묻곤 조금 떨어진 곳에서, 본의 아니게, 그러나 억제할 수 없이, 결국 지금 얼굴을 들고 리자의 눈을 똑바로 쳐다보는 것은 어색한 일일 거라고 느끼기 시작했다. 나는 무엇을 부끄러워하고 있었던가? 나는 모른다. 그러나 나는 부끄러웠다. 내 혼란스런 머릿속에선 이제 역할들이 명백히 뒤바뀌었으며, 지금은 그녀가 여주인공이고, 그녀가 나를 전 밤에 내 앞에서 그랬던 것처럼 이번에는 내가 모욕당하고 짓밟힌 존재가 되었다는 생각이 들었다. 그리고 모든 생각은 내가 소파에 엎드려 있는 그 몇 분 동안에 내게로 찾아왔다!

맙소사! 내가 그때 그녀를 질투했다는 것이 가능한 일이었을까?

모르겠다. 나는 아직도 이 문제를 풀지 못했다. 그리고 그 순간에는 지금보다 당연히 더 불가능했다. 결국 누군가에 대한 힘과 학대 없이 나는 존재할 수 없다. 그러나 당신은 이성적으로 모든 것을 설명할 수 없다. 따라서 이성적인 판단을 내리는 것은 쓸데없는 짓이다.

그럼에도 불구하고 나는 자신을 갖고 머리를 쳐들었다. 나는 언젠가는 결국 쳐들지 않을 수 없었을 것이다. 그래서 오늘까지도 나는 그것은 단지 내가 그녀를 쳐다보는 것이 부끄럽기 때문이었고, 또 다른 감정이, 지배와 소유의 감정이 그때 갑자기 불이 붙어서 내 가슴속에서 폭발했기 때문이었다고 확신하고 있다. 내 눈은 정열로 불타올랐고, 나는 그녀의 손을 꽉 잡았다. 그 순간 나는 얼마나 그녀를 증오했으며 얼마나 그녀에게 끌리고 있었던가! 하나의 감정이 다른 감정을 촉발시켰다. 그것은 거의 복수와 같았다. 처음에는 당혹 같은 것이, 심지어는 두려움 같은 것이 그녀의 얼굴에 나타났다. 그러나 단지 순간적이었다. 그녀는 나를 미칠 듯이 격렬하게 끌어안았다.

10

15분 후, 나는 참을 수 없는 격앙 속에서 방 안을 앞뒤로 서성거리고 있었다. 계속해서 칸막이 쪽으로 다가가며 찢긴 틈을 통해 리자를 들여다보았다. 그녀는 머리를 침대에 기대고 마루 위에 앉아 있었다. 그리고 내 생각에 그녀는 울고 있었던 것 같다. 그러나 그녀는 떠나지 않았다. 그리고 그것이 나를 초조하게 만들었다. 그때쯤 그녀는 이미 모든 것을 알고 있었다. 나는 그녀를 결정적으로 모욕했다. 그러나 말하는 것은 무의미하다. 그녀는, 내 정열의 폭발이 단지 복수였으며 그녀를 다시 모욕한 것이라고 생각했다. 그리고 나의 이전의 거의 이유 없는 증오에 이제 그녀에 대한 개인적인 질투의 증오가 더해진 것이라고 짐작했다. 그러나 나는, 그녀가 이 모든 것을 확실히 이해했다고 단언하지는 않으련다. 그러나 그녀는 내가 야비한 인간이며 그리고 가장 중요한 사실, 즉 내가 그녀를 사랑할 수 없다는 것을 이해하고 있었다.

나는 이것이 불가능하다는 것을 알고 있다. 그 누구도 나처럼 야비하고 어리석을 수는 없을 것이라는 것도 알고 있다. 그러나 아마도, 그녀를 사랑하지 않는 것이나 혹은 적어도 그녀의 사랑을 인정하지 않는 것이 불가능하다는 말이 덧붙여질 것이다. 왜 그것이 불가능했을까? 무엇보다도, 나는 더 이상 사랑을 할 수 없었다. 왜냐하면 되풀이하지만, 내게 사랑이란 학대와 도덕적인 우월을 의미하기 때문이다. 내 인생 내내 나는 그 밖의 다른 사랑을 결코 상상도 해볼 수 없었다. 그리고 나는 지금 사랑이란 사랑하는 사람이 자유롭게 상대방에게 자신을 학대하도록 허락하는 데에 있다고 생각하는 그런 선에까지 와 있다. 심지어는 지하실의 꿈들 속에서도 나는 투쟁 이외에 다른 방법의 사랑을 상상해 보지 않았다. 나는 항상 증오로 시작했다. 그리고 도덕적인 정복으로 끝났다. 그리고 나는 정복된 대상을 나중에 어떻게 해야 할지 상상조차 할 수 없었다. 그리고 어쨌든 그토록 상상조차 할 수 없는 것은, 내가 그 정도까지 나의 도덕을 타락시켰기 때문이다. 나는 〈실제의 삶〉을 사는 데에 매우 서투르게 된 것이다. 그래서 조금 전에 나는, 그녀가 내게 〈동정적인 말들〉을 들으러 왔기 때문에, 머릿속으로 그녀를 꾸짖고 부끄럽게 할 생각을 하고 있었다. 그러나 나는 그녀가 결코 〈동정적인 말들〉을 들으러 내게 온 것이 아니라 나를 사랑하러 온 것이라는 것을 이해하지 못했다. 왜냐하면 여자들은 어떤 파멸에 빠지더라도 그것으로부터의 부활과 구원, 그리고 모든 재생의 기회를 사랑 안에서 찾기 때문이다. 그리고 사랑은 이것 이외의 다른 방법으로는 드러나지 않기 때문이다. 한편 나는 방 주위를 뛰어다니고 칸막이의 찢긴 틈으로 그녀를 들여다보면서 정말로 그녀를 증오하지는 않았다. 단지 내게는 그녀가 그곳에 있다는 것이 참을 수 없을 정도로 힘들었다. 나는 그녀가 사라지기를 원했다. 나는 〈안정〉을 갈망했다. 나는 지하에 혼자 있고 싶었다. 나는 〈실제의 삶〉을 사는 데 매우 서툴렀기 때문에 그것은 거의 숨도 못 쉴 정도까지 나를 짓눌렀다.

몇 분인가가 더 지나갔다. 그녀는 아직도 일어나지 않았다. 마치 모든 것을 망각하고 있는 것처럼. 나는 그녀를 제정신으로 돌아오게 하려고 칸막이를 가볍게 두드릴 정도로 충분히 냉혹해져 있었다. 그녀는 소스라쳤다. 그녀가 있던 곳에서 벌떡 일어나서는, 마치 내게로부터 어디론가 도망치기를 원했던 것처럼, 스카프와 모자와 외투를 찾기 위해 달려왔다. 2분 후에 그녀는 꾸물대며 칸막이 뒤에서 나타났고 나를 무거운 눈길로 쳐다보았다. 나는 야비하게 미소를 지었다. 그렇지만 그것은 억지 미소였다. 단지 예의상의. 그러고는 그녀의 시선에서 눈을 돌렸다.

「안녕히 계세요.」 그녀는 문 쪽으로 향하며 말했다.

나는 갑자기 그녀에게로 달려갔다. 그녀의 팔을 잡고는 강제로 손을 폈다. 손 안에 내가 준비한 것을 놓았다. 그리고 다시 손을 쥐어 주었다. 그리고 나는 곧 등을 돌리고 방 한구석으로 용수철처럼 튕겨 들어갔다. 적어도 보지 않기 위해서……

나는 단지 거짓말을 하고 싶었다. 나는 그것을 의도적으로 한 것이 아니라고, 내 정신이 아니었기 때문에 당황해서 어리석었기 때문에 한 것이라고. 그러나 나는 거짓말을 하고 싶지 않다. 그래서 나는 내가 그녀의 손을 강제로 펴서 그 안에 비열함 때문에 그것을 놓은 것이라고 직설적으로 말하고 있는 것이다. 내가 방 안에서 왔다갔다하는 동안, 그녀가 칸막이 뒤에 앉아 있는 사이에 그렇게 할 생각이 들었다. 그러나 나는 이것을 확실히 말할 수 있다. 비록 내가 이런 잔인한 일을 의도적으로 저질렀지만, 그것은 내 마음에서 나온 것이 아니라 내 어리석은 머리에서 나온 것이라고 말할 수 있다. 그 잔인함은 그토록 엉터리였고, 그토록 잔머리를 굴린 것이었고, 그토록 의도적으로 꾸며 낸 것이었고, 그토록 책에서 본 것 같았기 때문에 나는 그것을 1분도 참을 수 없었다. 처음에는 보고 싶지 않아서 구석으로 물러나 있었지만, 그 다음에 수치심과 절망감으로 나는 리자를 쫓아 달려갔다. 나는 복도로 통하는 문을 열었고 귀를 기울이며 서 있었다.

「리자! 리자!」 나는 계단 아래 쪽으로 소리쳐 불렀다. 그러나 힘없이, 가느다란 목소리로……

대답이 없었다. 그러나 나는 계단 아래 가까운 곳에서 그녀의 발자국소리를 들은 것처럼 생각했다.

「리자!」 나는 더 크게 외쳤다.

대답은 없었다. 그러나 동시에 나는 계단 아래 밑에서 다루기 힘든 바깥 유리문이 힘들게 삐걱거리며 열렸다가 쿵 하며 무겁게 닫히는 소리를 들었다. 문 닫히는 소리가 계단을 따라 울려 왔다.

그녀는 떠난 것이었다. 나는 깊은 생각에 잠겨 내 방으로 돌아왔다. 내 마음은 매우 무거웠다.

나는 그녀가 앉아 있던 의자 가까이에 있는 책상 옆에 서서 멍하니 앞을 바라보고 있었다. 1분이 지났다. 갑자기 나는 온몸을 떨었다. 바로 내 앞에 있는 테이블 위에서 나는 보았다. 한마디로 나는 구겨진 청색 5루블짜리 지폐를 보았다. 1분 전에 내가 그녀의 손에 쥐어 주었던 것과 똑같은 것이었다. 그것은 바로 그 지폐였다. 그것은 똑같은 것일 수밖에 없었다. 집 안에 다른 5루블 지폐는 없었다. 그것은 내가 방구석으로 뛰어들던 순간에 그녀가 테이블 위에 던져 놓은 것이었다.

그래, 나는 그녀가 그렇게 하리라는 것을 예측할 수도 있었다. 그것을 예측했던가? 아니다. 나는 그런 이기주의자였다. 나는 사실 인간들을 거의 존중하지 않았기 때문에 그녀가 이런 일을 하리라고 상상조차 할 수 없었다. 나는 참을 수 없었다. 나는 미친 사람처럼 옷을 입으러 달려갔다. 서둘러서 손에 잡히는 것은 무엇이든 몸에 걸치고는 곧바로 그녀를 쫓아 밖으로 뛰어나갔다. 내가 거리로 뛰어나갔을 때쯤 그녀는 2백 보 이상 갔을 리가 없었다.

밖은 조용했고, 눈은 펑펑 쏟아지고 있었다. 거의 수직으로 내리고 있었고, 보도와 빈 거리를 푹신푹신하게 덮고 있었다. 행인들은 없었고, 어떤 소리도 들리지 않았다. 가로등들은 실망한 듯 쓸모없이 깜빡거리고 있었다. 나는 네거리가 있는 곳까지 약 2백 보 정도 뛰어가서는 멈춰 섰다.

〈그녀가 어디로 갔을까, 그리고 왜 나는 그녀 뒤를 쫓아가고 있는 건가? 왜? 그녀 앞에 엎드리기 위해, 후회의 눈물을 흘리기 위해, 그녀의 발에 입맞추고 용서를 빌기 위해! 그것이 내가 원했던 것이었다. 내 가슴은 갈가리 찢어졌다. 그리고 결코, 결코 나는 그 순간을 무심하게 기억하지 않을 것이다. 그러나 왜? (이 질문이 내게 떠올랐다.) 오늘 그녀의 발에 입맞춤했기 때문에 아마도 내일쯤이면 내가 그녀를 증오하지 않게 될까? 내가 그녀에게 행복을 갖다 줄 것인가? 나는 오늘, 전에 그랬던 것처럼 나의 가치를 다시 인식하지 못했단 말인가? 내가 그녀를 괴롭히지 않게 될까?〉

나는 짙은 안개 속을 뚫어지게 쳐다보며 눈 속에 서 있었다. 그리고 이 일에 대해 생각해 보았다.

〈그리고 이게 더 좋지 않을까, 더 좋지 않을까.〉 나는 집에 돌아와 환상들로 내 가슴속의 살아 있는 고통을 억누르며 공상에 잠겼다. 〈그녀가 모욕을 내내 지니고 사는 게 더 좋지 않을까? 모욕 — 그것은 결국 정화시키는 것이다. 그것은 가장 신랄하고 고통스러운 의식이다! 내일이라도 나는 그녀의 영혼을 더럽히고 마음을 지치게 할지 모른다. 그러나 살아가는 동안 모욕은 결코 그녀 안에서 사라지지 않을 것이다. 어떤 종류의 더러움이 그녀를 기다리고 있다 하더라도, 모욕은 그녀를 고양시키고 정화시킬 것이다……. 증오로써……. 흠…… 아마도 용서로써도……. 그러나 한편 이 모든 것이 그녀의 삶을 어쨌든 쉽게 만들 수 있을까?〉

여기서 나는 내가 생각한 쓸모없는 질문을 하나 해보겠다. 어느 것이 더 나은가, 실제로? 싸구려 행복인가 아니면 고상한 고통인가? 당신은 어느 것이 더 좋다고 말할 텐가?

이것들이 내가 그날 저녁 정신적 고뇌 때문에 거의 죽은 듯이 집에 앉아서 한 공상들이다. 나는 전에 그토록 많은 고통과 후회를 경험해 본 적이 결코 없다. 그러나 내가 아파트 밖으로 뛰쳐나갔을 때는 내가 반쯤 가다 말고 다시 집으로 돌아오리라는 어떤 의심도 정말 없었단 말인가? 나는 다시 리자를 만나지 못했다. 그리고 그녀에 관해서 아무것도 듣지 못했다. 나는 후에 오랫동안 내가 그때 고뇌 때문에 거의 아프게 되었다는 사실에도 불구하고, 모욕과 증오의 유익함에 관한 문구에 대해 내가 오랫동안 만족하고 있었다는 사실을 또한 덧붙이고 싶다.

몇 해가 지난 지금까지도 나는 어째서인지 이 모든 것을 매우 불쾌한 느낌으로 회상하고 있다. 지금 불쾌한 기분으로 기억하는 많은 일들이 있다. 그러나 〈수기〉를 바로 여기서 끝내야 하지 않을까? 나는 이것을 쓰기 시작했을 때부터 내가 실수를 한 것이라고 생각하고 있다. 어쨌든 나는 이 이야기를 쓰는 동안 내내 부끄럽게 느끼고 있었다. 결론적으로, 이 것은 더 이상 문학이 아니라 교화시키기 위한 처벌이다. 결국 구석에서의 도덕적 타락과 적당한 환경의 결핍, 살아 있는 것들로부터의 소외, 그리고 지하에서의 자신의 과장된 악의 때문에 어떻게 내가 내 인생을 소진했는가에 관하여 긴 이야기를 늘어놓는 것은 신에게 맹세코 흥미롭지 않다. 소설은 주인공을 필요로 한다. 그러나 나는 이곳에 일부러 반(反)주인공의 모든 특징들을 모아 두었다. 그리고 중요한 것은,

이 모든 것이 불쾌한 인상들을 남긴다는 것이다. 왜냐하면 우리 모두는 삶으로부터 소외되어 있기 때문이며, 우리 모두는 더 많이 혹은 더 적게, 정도에 따라 비틀거리고 있기 때문이다. 우리는 그토록 소외되어 있기 때문에 참된 〈실제의 삶〉에 대하여 사람들이 상기시킬 때, 때때로 참된 〈실제의 삶〉에 어떤 혐오감 같은 것을 느끼며 그래서 참을 수가 없는 것이다. 정말 우리는 참된 〈실제의 삶〉을 거의 노동이나 근무 같은 것으로 생각할 정도가 되어 있으며 우리 모두는 속으로 책에 씌어진 대로 사는 것이 더 좋다는 데 동의하고 있다. 그런데 우리는 왜 때때로 소란을 피우며, 왜 변덕을 부리며, 왜 바라는 것일까? 우리 자신도 무엇 때문인지 모른다. 만약 우리의 변덕스러운 소원들이 이루어진다면, 우리는 더 나쁘게 될 그런 위인들이다. 그래, 한번 시험해 보자, 우리에게 예를 들면 더 많은 독립성을 부여하라, 우리들 중 누구라도 손을 풀어 줘 봐라, 우리의 행동 영역을 확장시켜 봐라, 감독을 약하게 해봐라, 그러면 우리는 아마도……. 나는 당신에게 확언한다. 우리는 곧 다시 한번 감독받게 해달라고 빌게 될 것이다. 나는 아마도 이 말 때문에 당신이 내게 화를 낼 것이라는 것을 알고 있다. 당신은 내게 소리를 지를 것이다. 당신은 발을 구를 것이다. 「네 이야기만 해라, 지하에서의 너의 불쌍한 삶을, 그러나 감히 우리 모두라고는 말하지 마라.」 잠깐만, 신사 양반, 나는 그 모두라는 표현으로 나 자신의 책임을 면하려는 것은 아니다. 특히 내가 관련되어 있는 한, 나는 단지 내 인생에서 당신이 감히 절반도 실행할 엄두도 못 낸 것을 극단까지 밀고 나갔다. 그리고 덧붙여 말하자면, 당신은 당신의 비겁함을 상식으로 간주하고 있으며, 당신 자신을 속이면서, 그것에 의해 위안받고 있었던 것이다. 그래서 당신에 비하면, 내가 당신보다 더욱더 〈살아 있다〉는 결론이 된다. 자세히 봐라! 결국 오늘날 우리는 정확히 이 〈살아 있는〉 삶이 어디에 있는지도 모르고 있고, 그것이 어떤 것인지도 모르며 그것을 어떻게 불러야 할지도 모른다. 우리를 혼자 내버려둬 봐라, 책 없이. 그러면 우리는 곧 혼란에 빠질 것이고 길을 잃을 것이다. 우리는 어디로 합류해야 할지도, 무엇을 붙잡아야 하는지도, 무엇을 사랑하고 무엇을 증오해야 하는지도, 무엇을 존경해야 하고 무엇을 경멸해야 하는지도 모른다. 우리는 심지어 인간들이, 진정한 자신의 육체와 피를 가진 그런 인간들이 되는 것이 어렵다는 것을 발견한다. 우리는 그것을 부끄러워하고 그것을 치욕으로 여기며 전례가 없는 일반적인 인간 같은 것이 되려고 기회를 엿보고 있다. 우리는 사산아들이다. 그리고 오래 전부터 우리는 더 이상 살아 있는 아버지들로부터 태어나지 않는다. 그리고 그것이 더욱더 우리 마음에 드는 것이다. 우리는 그것을 위한 취향을 발전시키고 있다. 곧 우리는 어떻게 해서든 관념으로부터 태어나는 방법을 생각해 낼 것이다. 그러나 충분하다. 나는 더 이상 〈지하에서〉 쓰는 것을 원치 않는다.

하지만 이 역설주의자의 〈수기〉는 이곳에서 끝나지 않고 있다. 그는 참지 못하고 계속하고 있다. 그러나 우리들은 이곳에서 중지해도 될 것처럼 보인다.

역자 해설
현실 세계와 허구 세계의 뒤틀림

　『지하로부터의 수기』는 실제의 삶에 적응할 수 없는 몽상가에 관한 비극적인 이야기이다. 그의 고백에 따르면 그는 학창 시절의 친구들과도, 자신의 하인과도, 그리고 자신이 일하던 관청에서도, 마지막으로 그에게 진정한 삶으로의 출구를 제공할 수도 있었던 창녀 리자와의 관계에서도 실패하고 있다. 그는 외로운 아웃사이더로서 이 세상에 대해 반항하고 있으며 결코 보통 사람들의 삶의 양식을 받아들일 수 없다. 그의 혀가 비틀어져 있는 만큼이나 그의 마음도 뒤틀려 있다. 자신의 외부 세계에 대한 혐오는 지하 생활자에게 곧 자신에 대한 혐오이다. 무엇이 그를 이토록 기형적인 인간으로 만들었는가? 도스또예프스끼는 이와 같은 병적인 주인공을 통하여 독자들에게 무엇을 말하려 하고 있는가?

　『지하로부터의 수기』를 읽은 후에 찾아 드는 절망감과 어두움, 그리고 씁쓸한 뒷맛에 대하여 많은 비평가들은 해박한 지식을 동원하여 도스또예프스끼의 사상을 설명하고 주석을 달아 왔다. 그러나 그들의 노력도 19세기 러시아 지성사에 관한 충분한 지식 없이 『지하로부터의 수기』를 읽어야 하는 일반 독자들에게는 별 도움을 주지 않는다. 다만 난해한 작품을 읽고 난 후, 이해를 돕기 위해 작품 뒤에 붙어 있는 작품 해설을 읽고 머리를 끄덕이며 이해를 한 듯한 착각에 빠지게 하는 정도에 불과할 뿐이다. 이러한 이유에서, 『지하로부터의 수기』를 읽을 수 있는 현실적인 방법은 텍스트에 나타난 내용만을 가지고 씨름해 보는 것이 될 것이다.

스스로도 지적하고 있듯이 지하 생활자의 삶이 비극적으로 흘러간 원인으로, 우리는 그가 책을 너무 많이 읽었으며 따라서 생각하는 데 필요 이상의 시간을 낭비했다는 것을 지적할 수 있다. 물론 책을 너무 많이 읽는다고 삶이 비극적으로 되지는 않는다. 문제는 그것을 어떻게 읽었는가 하는 것이다. 지하 생활자는 허구의 세계에서 얻은 간접 체험을 현실에서 직접 실천하려 함으로써 비극을 자초하고 있다. 흔히 미숙한 독자가 경험하는 일이지만 지하 생활자도 작품의 주인공과 자신을 동일시하고 있다. 더욱 유감스러운 일은 그가 읽은 작품들이 사실주의가 아니라 낭만주의에 치중되어 있다는 것이다. 지하 생활자가 사실주의 작품들에 등장하는 인물들을 흉내 냈다면 실제 삶과의 괴리감은 덜했을지도 모른다. 그러나 개성적이고 실제보다 훨씬 더 크게 보이는 낭만주의의 영웅들의 행동을 닮으려 하면서 지하 생활자는 스스로의 고백대로 영웅이 아니라 반(反)영웅이 되어 버렸다. 지하 생활자가 독서로 인해 자신의 실제 삶을 망친 더 큰 이유는 현실을 도피하기 위해 책을 읽었다는 데에 있다. 현실에서 충족시킬 수 없는 자신의 욕망을 책을 통해 대리 만족을 얻으려고 했던 지하 생활자는 이로 인해 현실과 더 큰 괴리감을 느낄 수밖에 없었고 삶에 적응하는 것이 더욱더 힘들게 되었다.

지하 생활자의 비극의 두 번째 원인으로, 그가 자신과 타인의 관계를 동등한 것으로 인식하지 못하고 지배자와 피지배자, 상하 관계로 인식하는 사고에서 헤어나지 못하고 있다는 것을 들 수 있다. 이것은 물론 자아에 대한 심한 열등 의식에서 비롯된 것이다. 이러한 지하 생활자의 열등 의식은 그 반대 급부인 자신의 타인에 대한 쓸데없는 우월 의식을 부추긴다. 이로 인해 그는 타인들과 동화할 수 없는 고립 상태에 빠지는 것이다. 지하 생활자의 열등 의식은 자신의 외모에 지나친 관심을 가지는 데서 드러난다. 우연히 어깨를 부딪치게 된 장교와의 사건을 생각해 보면 이것은 더욱 명백해진다. 장교는 키가 컸으나 자신은 키가 작고 나약했다는 것을 강조하고 있다. 또한 이러한 부족함을 메우기 위해 지하 생활자는 옷차림에 더욱 신경을 쓰고 있다. 네프스끼 거리에서 장교와 만나는 것을 대비하여 지하 생활자는 월급을 가불해서 검은 장갑과 유행하는 모자를 산다. 그러나 더욱 중요한 것은 그의 낡은 외투의 너구리털 칼라를 비버털 칼라로 바꾸어 다는 일이다. 가불로도 돈이 모자란 그는 직장의 상관 안똔에게 대출을 받는다. 이러한 행동은 러시아 문학에 익숙한 독자들에게, 낡은 외투 때문에 동료들의 조롱을 받았던 아까끼 아까끼예비치를 연상시킨다. 도스또예프스끼 또한 〈우리 모두는 고골의 「외투」로부터 나왔다〉고 말한 적이 있다. 도스또예프스끼는 『가난한 사람들』에서 마까르 제부쉬낀의 입을 빌어 고골의 작품 「외투」의 주인공 아까끼가 영혼이 없는 인물이라고 비난한 적이 있는데 이에 대한 반작용인지 몰라도 자신의 작품들에서 지하 생활자를 포함하여 주인공들을 육체는 없고 정신만 있는 인물들로 창조해 버렸다. 지하 생활자가 외모에 대하여 신경을 쓰는 장면은 창녀 리자가 그의 방을 찾아왔을 때에 자신이 입고 있었던 볼품없는 잠옷 때문에 당황하는 데서도 볼 수 있다. 이처럼 지하 생활자는 외모와 의상을 통해 자신의 내면 세계를 감추려 하며 가면을 쓴 위선적인 태도로 일관하고 있다. 따라서 그의 언어도 실제 이상으로 부풀린다. 리자에 대한 그의 감동적인 설교를 기억해 보라.

물론 이것은 자신보다 열등하다고 생각하는 리자에 대한 자신의 우월감과 영향력을 확인하기 위한 것이기도 하지만 즈베르꼬프를 비롯한 자신의 친구들에게서 당한 모욕감을 해소하기 위한 방편이라는 것을 스스로의 입을 통해 말하고 있다. 지하 생활자가 열등감을 극복하기 위해 친구들이 들어보지도 못했던 책들을 읽었으며, 이러한 지적인 우월감이 그에게 위안을 주었다는 것을 우리는 그의 학창 시절에 대한 회상에서 발견할 수 있다. 리자에 대한 지하 생활자의 설교는 「백야」의 주인공이 나스쩬까에게 들려주는 아름답고 고상한 이야기에 비해 훨씬 조야하고 단순한 것이기는 하지만, 지하 생활자나 「백야」의 주인공 모두 몽상가이며 현실에서 실패한 비극적인 인물들이라는 점에서 같다. 지하 생활자는 리자와의 진정한 인간적인 커뮤니케이션에서 실패하고 「백야」의 주인공은 나스쩬까를 떠나 보낸다. 둘 다 현실에서 패배한 주인공들이며 이들의 공통적인 비극은 타인과의 대화에서 살아 있는 언어를 구사하지 못하고 책에서 읽은 내용을 되풀이하는 데에 있다. 따라서 이들에게 현실은 허구의 세계와 동일 선상에 놓여 있다. 도스또예프스끼는 이런 몽상가들의 이미지를 선배 작가 고골에게서 빌려 온 것이 확실하다.

고골의 『네프스끼 대로』에 등장하는 이상주의자 화가 피스카 레프는 거리에서 만난 여인에게 반하게 되나 그녀가 창녀인 것을 알고 절망에 빠진다. 그러나 그녀와의 결혼을 통해서 그녀를 구원하겠다는 기사도를 발휘해 보지만 거절당하자 자신의 아름다운 몽상의 세계에 빠져 헤매다가 죽게 된다. 도스또예프스끼는 『지하로부터의 수기』를 통해 한편으로는 이러한 이상주의의 허구를 극단적으로 공격하면서, (그래서 우리는 지하 생활자가 아름답고 숭고한 것에 끌리면서도 일부러 이것을 부정하고 그 반대의 추악하고 비열한 것에 대한 집착을 보이는 것으로 이해할 수 있다) 아름답고 숭고한 것에 대한 인간의 지나친 집착은 그것이 목표로 하는 이상 세계의 실현이 아니라 반대로 파멸을 가져오게 된다는 것을 보여 주고 있다.

이러한 지하 생활자의 자아와 타인에 대한 지나치게 예민한 의식의 당연한 결과로 초래되는 비극은 그의 인간으로서의 고독이다. 즉 타인과의 진정한 커뮤니케이션에 실패한 지하 생활자는 타인을 진실로 이해하거나 사랑할 수도 없으며 자신을 이해하거나 사랑하는 타인을 갖지도 못하게 된다. 앞에서 지적한 대로 지하 생활자의 고독하고 절망적인 입장을 이해했던 유일한 인간인 리자 앞에서조차도 그는 가면을 벗어 버릴 수 없었다. 『지하로부터의 수기』 전체를 통하여 그가 가장 진실한 인간의 모습을 보이는 장면은 그를 찾아온 리자에게 자신의 감정을 역설적으로 표현한 뒤 상처받은 자아를 보상받기 위해 이상한 정열에 사로잡히는 순간이다. 그것이 지배욕에서 비롯된 것이든 아니든 간에 이 순간 리자의 반응은 또한 진정한 것이었다. (의미심장하게도 정열이라는 러시아 어 스뜨라스찌는 고통이라는 의미의 스뜨라다니예와 어원을 같이하고 있다.) 독자들은 이 순간 지하 생활자의 삶이 바뀌는 전환점이 될 수도 있겠다는 실낱 같은 희망을 품게 되나 정사가 끝나고 난 후 지하 생활자의 행동(리자에게 5루블짜리 지폐를 쥐어 준 것)은 그가 자신의 밀폐된 지하실로부터 벗어날 수 없다는 것을 보여 준다. 『지하로부터의 수기』 1부에서 가상의 청자를 대상으로 대화 형식으로 역설을 퍼부어 대는 것도 그의 참을 수 없는 고독에서 비롯된 존재하지 않는 상대방에 대한 넋두리에 불과하다. 그는 자존심 때문에 자신이 〈독자를 위해 수기를 쓰는 것이 아니라 자신을 위해 쓰는 것〉이라고 말하고 있지만 자신의 글에 〈어떤 체계나 질서도 도입하지 않고 회상하는 것은 무엇이든지 적겠다〉라고 말한 것으로 미루어 보아 그의 서술 형식이 글의 모양새보다는 말의 모양새를 지향하기를 원하는 것으로 볼 수 있다. 우리 모두 잘 알고 있다시피 글쓰기보다는 말하는 것이 훨씬 덜 고독한 행위이다. 글쓰기보다 말하는 것이 감성적인 행위이며 자신의 감정을 더 적나라하게 드러낼 수 있다는 것은 두말할 필요도 없다.

따라서 지하 생활자가 스스로 자신은 수기를 쓰면서 〈어떤 체계나 질서도 글에 도입하지 않을 것이며, 회상하는 것은 무엇이든지 적을 것이다〉라고 하는 것은 자신의 글쓰기가 말하기의 형식을 갖추게 될 것이라는 의미이다.

그러면서 지하 생활자는 가상의 청자가 〈만일 당신이 정말로 독자들을 기대하지 않는다면, 왜 당신은 당신 자신에게 결심을 하고 있는 것인가. 즉 당신은 어떤 체계나 질서를 도입하지 않을 거라든가, 당신은 회상하는 것은 무엇이든지 종이 위에다 쓸 것이라든가, 그 밖에 기타 등등을 말이다. 왜 당신은 설명을 하고 있는 건가〉라고 질문하는 데 대해 〈종이 위에서 그것은 왠지 더욱 엄숙한 것으로 변한다. 거기엔 뭔가 당당한 것이 있다. 그렇게 함으로써 나는 나 자신을 더 잘 판단할 수 있을 것이다. 내 문제는 더 향상될 것이다〉라고 하면서 자신의 고독으로부터 탈출하기 위한 것이라는 사실을 짐작하게 하는 말을 하고 있다. 즉 그는 자신의 회상을 적음으로써 어떤 위안을 받을 수 있다고 말하고 있다. 인간이 고백 형식을 빌어 위안을 받으려는 행동은 우리 모두 체험한 바 있으며 고해 성사는 이러한 인간 심리를 위하여 제도화된 것이라고 볼 수 있다. 그러나 지하 생활자가 수기 2부의 이야기를 고백하는 것은 자신의 잘못된 행동을 독자들에게 드러냄으로써 반성하고 정화된 듯한 느낌을 받으려 하기보다는 자신의 고독한 존재를 느끼지 않으려는 데에 있다. 적어도 지하 생활자는 지나간 시절 자신이 접했던 타인들에 대한 추억을 회상하는 동안, 그것이 유쾌한 것이든 불쾌한 것이든 간에 현재의 자신이 혼자 있다는 것을 잊을 수 있는 것이다.

『지하로부터의 수기』 2부를 통해 우리는 그의 불행했던 과거에 대해 알게 되면서 수기 1부에서 그가 주장하고 있는 철학적인 문제들에 대해 좀 더 친근감을 가지고 접근해 볼 수 있다. 그러나 도스또예프스끼는 이 작품을 시간상 역으로 구성함으로써 지하 생활자라는 인간에 대한 독자들의 이해를 어렵게 만들고 있다. 책의 구성상 후반부에 속하는 지하 생활자의 젊은 시절에 관한 이야기는 구체적인 사건을 통한 자신의 체험과 내면 세계를 전달하고 있기 때문에 독자들이 받아들이기 쉬운 반면, 1부는 추상적이고 철학적인 주제들을 느닷없이 퍼붓고 있으므로 이 책이 출판될 무렵의 러시아 지성사에 관한 지식이 충분치 못한 독자들은 어리둥절할 수밖에 없다. 심술궂은, 비열한, 추악한이라는 형용사들이 지하 생활자의 언어에 자주 등장하고 있으며, 고통에 대한 찬미라든가 가상의 청자가 제기할 수 있는 반론에 대하여 흥분하면서 반박하는 그의 모습에서 많은 독자들은 그가 마조히스트이며 2부의 내용과 연계해서 생각해 볼 때 실제 삶으로부터의 소외 때문에 좌절하고 분노하여 정신 이상자가 되었다고 충분히 생각할 수 있다.

즉 자신의 누추하고 구역질나는 방구석에서 중년에 접어들도록(그의 나이는 40세이다) 아무것도 하지 않으며 생각만 하고 있는 그의 생활은 젊은 시절 이후로 결코 나아진 것이 없다. 1부에서 그가 역설하고 있는 이야기로 미루어 보아 그는 계속해서 책을 읽어 댔으며, 젊은 시절의 그의 독서가 낭만주의 계열의 작품들에 치중되어 있었다면 그 후에 그가 읽은 책들은 합리주의와 자연 과학, 그리고 인류 문명사에 관련된 것으로 짐작해 볼 수 있다. 2부에서 지하 생활자가 책에서 읽은 대로 행동함으로써 비극을 초래했다면, 1부에서는 세상에서 당연한 것으로 받아들이고 있는 당시에 유행하고 있던 사상과 이념에 대하여 의문을 제기하고 그것을 비판하면서 자신의 논리가 옳다는 것을 입증하려 하고 있다. 2부의 돈키호테가 1부의 논쟁가로 변해 버린 것이다. 1부의 지하 생활자의 역설에 대하여 조셉 프랭크가 지적한 대로, 도스또예프스끼는 체르니셰프스끼가 『무엇을 할 것인가』라는 소설을 통해 주장했던 이성과 〈합리적 이기주의〉에 기반을 둔 유토피아의 건설을 패러디하고 있는 것이다. 그러나 극단적으로 자신의 이성의 명령에 반하여 감성적으로 행동하는 지하 생활자를 통하여 급진적인 지식인들을 공격하고 있는 것으로 받아들인다 할지라도, 지하 생활자를 도스또예프스끼가 구현하고자 했던 인간에 대한 진정한 사랑과 이해를 구현하고 있는 이상적 주인공으로는 도저히 받아들일 수 없다. 그렇다면 도스또예프스끼는 왜 이러한 부정적인 주인공을 그려 내고 있는가? 고골이 『죽은 혼』을 발표한 후 이 작품에 묘사된 부정적이고 우울한 러시아의 현실 때문에 당시 러시아 사회가 퍼부은 비난에 대하여, 〈친구와의 왕복 서한〉에서 고백 혹은 변명했던 대로 부정적인 모습을 부각시킴으로써 독자들이 더욱더 긍정적인 것을 지향하게 되리라고 믿었기 때문인가?

이에 대한 대답은 이미 조셉 프랭크가 지적한 대로 『지하로부터의 수기』 서문에서 도스또예프스끼가 단 주석에서 찾을 수 있다. 도스또예프스끼는 〈수기의 작가와 《수기》 자체는 물론 생각해 낸 것이다. 그럼에도 불구하고 이 수기의 작가와 같은 인물들은, 일반적으로 우리 사회를 형성한 환경들을 고려해 본다면, 우리 사회에 존재할 수 있을 뿐만 아니라 존재해야 한다〉고 언급하고 지하 생활자는 아직 삶을 영위하고 있는 세대의 대변자들 중의 한 사람이라는 주석을 달고 있다.

의심할 바 없이 지하 생활자는 지식인으로 그려져 있으며 그를 통해 도스또예프스끼는 당시 러시아 사회의 지적 풍토와 그것을 대변하는 전형을 창조함으로써 당시의 서구 사상에 매료된 지식인들이 그것을 이상화시키고 무리하게 러시아 토양에 접목시키려고 했던 시도에 대하여 일종의 경고를 하는 것으로 볼 수 있다.

뾰뜨르 대제가 서구화 정책을 강압적으로 실시한 이후로 러시아의 지식인들은 외래 사상 수용의 첨병들로서 러시아 고유의 문화적 요소들과의 성공적인 접목을 위해 고뇌와 번민의 세월을 살아야만 했다. 차다예프는 『철학 서한』에서 서구화 이전의 러시아의 과거는 존재하지 않았다고 주장했다. 결국 『광인의 변명』을 써야 했던 차다예프를 선두로, 〈현실적인 것은 이성적인 것이며 이성적인 것은 현실적이다〉라는 헤겔의 명제를 당시 러시아 사회의 현실에 그대로 적용하여 한때 니꼴라이 2세의 반동 정치를 이성적인 것으로 받아들이는 시행 착오를 했던 벨린스끼를 거쳐 〈파괴하는 것은 또 다른 창조의 기쁨〉이라고 주장했던 전무후무한 혁명가 바꾸닌에 이르기까지 서구주의와 슬라브주의의 갈등은 현재까지도 계속되고 있는 러시아 지식인들의 영원한 숙제이다.

이러한 갈등은 이분법적인 사고에 의한 이념의 첨예화된 대립임에 틀림없고, 자신의 고유한 문화와 사상을 지키고 가꾸지 못한 민족들에게 지속적인 시련을 주고 있다. 도스또예프스끼 자신이 『지하로부터의 수기』 이후 대작에서 그려 내고 있는 여러 주인공들, 즉 초인 사상을 실현하려다 실패하는 라스꼴리니꼬프, 인신 사상의 끼릴로프, 무신론자 이반 등을 생각해 볼 때, 지하 생활자는 자신에게 어울리지 않는 복장으로 부자연스럽게 사회의 흐름에 합류하려 했던 것처럼 자신이 체험하지 못했던 지식과 사상으로 삶을 실험하다 실패하는 모습을 보여 줌으로써, 당시 러시아 사회의 이념과 제도권에 합류할 수 없으며 자신의 이질적인 사상으로 인해 민중과도 유리되어 있었던 러시아 지식인의 딜레마에 대한 도스또예프스끼의 메시지를 전달하고 있는 것으로 볼 수 있다.

이러한 관점에서 『지하로부터의 수기』를 보는 것은 한편 도스또예프스끼를 이분법적인 이념의 틀 안에 집어 넣는 위험을 내포하고 있다. 러시아의 작가들은 흔히들 말하는 사회적 역할이라는 것 때문에 얼마나 많은 시달림을 받아 왔는가! 뚜르게네프는 바자로프 때문에 1860년대의 급진주의자들에게 비난을 받았으며 급기야 체르니셰프스끼는 혁명주의자들의 바이블로 일컬어지는 『무엇을 할 것인가』를 써서 이에 반박했다. 그러나 도스또예프스끼는 지하 생활자를 통해 인간을 이성과 과학의 틀 안에 가두어 둘 수는 없다고 논쟁을 벌이고 있는 것이다. 모든 작가는 분명 자신의 작품이 편협한 해석의 틀 안에서 질식당하는 것을 원치 않는다. 그러나 작품이 독자에게 던져진 이상 그것이 완전히 잘못된 읽기라도 그러한 독자의 권리를 인정해야 한다. 『지하로부터의 수기』에 대한 역자의 잘못 읽기가 다른 독자의 고유한 권리를 침범하지 않았기를 바라면서 지하 생활자의 미로의 언어에서 빠져나오는 기쁨을 느끼고 싶다.

계동준

작품 평론
인간 소외와 반항의 상징[1]
로버트 루이스 잭슨/계동준 옮김

몽매함이여! 오, 자연이여! 이 대지 위에 있는 자들은 모두 혼자다. 이것이야말로 불행이다! 〈이 벌판에 살아 있는 인간이 있는가?〉 고대 러시아의 용사는 그렇게 외쳤다. 그런 용사는 아니지만 나도 외친다. 하지만 아무도 대답하지 않는다. 사람들 말로는 태양이 온 우주에 생명을 불어넣는다고 하지. 하지만 그 태양을 보라. 태양은 죽은 것이 아닌가? 모두가 죽어 있다. 도처에 사자(死者)들뿐이다. 다만 인간들이 있을 뿐 그 주변에는 정적만이 둘러싸고 있다. 이게 바로 대지인 것이다! 〈사람들은 서로를 사랑한다〉고 누가 말했는가? 누구의 서약인가?

— 도스또예프스끼의 「온순한 여자」 중에서

『지하로부터의 수기』는 1864년 도스또예프스끼의 잡지 『세기』지(誌)에 처음으로 발표되었다. 『지하로부터의 수기』 집필

[1] 본문은 로버트 루이스 잭슨Robert Louis Jackson의 책 『러시아 문학에서 도스또예프스끼의 지하로부터의 수기 Dostoevsky's Underground Man in Russian Literature』에서 〈지하로부터의 수기〉라는 제목이 붙은 제1장을 옮긴 것임. pp. 19~30.

당시 도스또예프스끼의 직접적인 주변 상황은 특히 어려웠으며 당연히 그의 작품에 신경질적이고 격분된 어조를 강하게 만들었다. 그의 아내는 폐병에 걸려 죽어 가고 있었다. 그는 1864년 1월 10일에 콘스탄트에게 편지를 쓴다. 〈마리나 드미뜨리예바는 매순간 그녀의 마음에 죽음을 두고 있습니다……. 그녀의 가슴은 악화되었고 마치 성냥개비처럼 말라 있습니다. 무서운 일입니다! 보고 있기가 고통스럽습니다.〉[2] 한 달 뒤에 도스또예프스끼는 그의 형 미하일에게 자신은 『시대』지의 창간호를 위해 아무것도 준비한 것은 없으나, 무엇인가를 싣기 위해 노력할 것이라고 써 보냈다. 그는 2주째 〈앓고〉 있으며 〈그리고 최근 들어 병세가 악화되고 있다〉. 〈두 번의 발작〉이 있었으며 〈방광을 다치게 한〉 치질 때문에 고통을 받고 있다. 〈서 있을 수도 앉아 있을 수도〉[3] 없다고 쓰고 있다. 『지하로부터의 수기』 제1부, 〈지하실〉은 3월 말에 『세기』지에 발표되었으며, 다음과 같은 구절로 시작된다. 〈나는 병든 인간이다……. 나는 악한 인간이다. 나는 호감을 주지 못하는 사람이다.〉

『지하로부터의 수기』 제2부, 〈진눈깨비 때문에〉는 계속되는 어려운 상황에서 쓰였다. 그는 4월 5일 동생에게 보내는 편지에 〈삶은 우울하고, 건강은 더 약해졌고, 내 아내는 죽어 가고 있다…… 내 신경은 쇠약해졌다〉고 쓰고 있다. 〈나에겐 공기와 운동이 필요하나 걸을 만한 시간이나 장소가 없다(불결함).〉[4] 며칠 후에 그는 『지하로부터의 수기』에 관하여 동생에게 이렇게 쓰고 있다.

---

2 A. S. 돌리닌 편집, 『도스또예프스끼의 편지들』(모스끄바-레닌그라드), 제1권, 185호, p. 345.

3 같은 책, 188호, p. 347.

...... 이것이 어떻게 될지 알지 못한다. 아마도 쓰레기 같은 것이 될 것이다. 그러나 개인적으로 나는 이것에 큰 희망을 갖고 있다. 이것은 강하고 솔직한 작품이 될 것이다. 진실이 될 것이다. 감히 말하건대 이것은 빈약할지 모르나, 그럼에도 충격을 줄 것이다. 아마도 그것은 매우 훌륭하게 될 것이다.[5]

『지하로부터의 수기』는 일기 혹은 고백록의 특징을 띠고 있다. 문학적 형식 면에서 이것은 도스또예프스끼의 초기 저널리즘 「뻬쩨르부르그 연대기」(1847), 1860년대의 그의 저널리즘, 그가 1870년대에 시작한 『작가 일기』와 1인칭 형식의 소설들, 예를 들면 「백야」(1848)와 『미성년』(1875) 같은 작품들 사이의 어디쯤엔가 속하는 것이다. 지하 생활자는 자신의 감정들과 생각들을 분석하고 있으며 대화자와 긴 독백으로 논쟁을 벌이고 있다. 제1부와 제2부에서 그는 회상을 시작하며 때때로 독자에게 직접적으로 말을 걸기도 한다. 〈나는 반면, 나 자신만을 위하여 쓰고 있다〉라고 지하 생활자는 주장한다. 〈그리고 내가 만일 독자들을 대하듯이 쓰고 있는 것처럼 보인다면, 그것은 단순히 보여 주기 위한 것이고, 그 이유는 그렇게 쓰는 것이 나에게는 더 쉽기 때문이라고 단호하게 나는 주장한다. 그것은 형식이다. 단순히 형식일 뿐이다.〉[6]

4 같은 책, 195호, p. 357.
5 같은 책, 196호, p. 362.
6 도스또예프스끼, 『지하로부터의 수기』, 예술 문학 전집(모스끄바 - 레닌그라드, 1926~1930), 제4권, p. 134.

지하 생활자 — 키가 작고 여윈 — 는 퇴직한 하급 관리이며 먼 친척으로부터 6천 루블을 물려받고는 그의 〈구석〉에, 〈더럽고 구역질나는〉 뻬쩨르부르그 교외에 위치한 방에 영원히 안주하게 되었다. 그는 뻬쩨르부르그의 기후가 건강에 해롭다는 것을, 그리고 자기처럼 수입이 적은 사람이 뻬쩨르부르그에 살기에는 매우 돈이 많이 든다는 것을 알고 있다. 그러나 그는 완강하게 떠나기를 거부한다. 그리고 그는 그가 떠나건 안 떠나건 간에 이것이 절대적으로 어떤 차이도 없다는 것을 알고 있다.

그는 자신의 〈지하실〉에서 혼자이며 자신의 회상을 적고 있다. 회상들은 그를 짓누르고 있으며, 그리고 그는 아마도 그것들을 적어 내려감으로써 〈어떤 안도감을 느끼게〉 될 것이라고 생각한다. 그러나 그는 마지막 분석에서, 왜냐하면 할 일이 아무것도 없다는 데 단순히 〈싫증〉이 났기 때문이며, 〈쓴다는 행위는 실제로 뭔가 일하는 것 같다〉[7]라고 쓰고 있다.

지하 생활자는 〈나는 지금 마흔 살이다〉라고 『지하로부터의 수기』 서두에서 말하고 있다. 제2부의 회상에서 지하 생활자는 실제 삶에서 유리된 1840년대의 외로운 〈몽상가〉로서 등장하고 있다. 그는 〈전 인류〉를 포옹하고 싶을 때, 그리고 〈구원을 찾곤〉 할 때 우울함을 느끼고 있었다. 그는 말한다. 〈아름답고 숭고한〉 모든 것 속에, 내 꿈속에, 물론, 나는 끊임없이 꿈을 꾸고 있었다고……[8] 도스또예프스끼는 『지하로부터의 수기』에 대한 서문에 다음과 같이 쓰고 있다.

7 같은 책, 제4권, p. 135.
8 같은 책, 제4권, p. 145. 〈아름답고 숭고한〉이란 구절은 1830년대와 1840년대에 러시아 비평에서 유행되고 있었으며 지하 생활자는 그 시대의

수기의 작가와 〈수기〉 자체는 물론 생각해 낸 것이다. 그럼에도 불구하고 이 수기의 작가와 같은 인물들은, 일반적으로 우리 사회를 형성한 환경들을 고려해 본다면, 우리 사회에 존재할 수 있을 뿐만 아니라 존재해야 한다. 나는 기존의 것들과는 좀 다른 방식으로 대중들 앞에 오래되지 않은 과거의 인물들 중의 한 사람을 제시하고 싶었다. 그는 아직 자신의 삶을 영위하고 있는, 한 세대를 대표하는 인물이라 할 수 있다.[9]

지하 생활자의 〈수기〉가 다루고 있는 시기(1840년대부터 1860년대까지)는 도스또예프스끼에게 가장 극적인 시기였다. 그 시기에 그 자신이 〈몽상가〉의 위치에서 젊은 시절에 받아들였던 바로 그런 용솟음치는 이상주의와 감상주의에 대해 비판적인 태도로 변하게 되었기 때문이다.

도스또예프스끼는 초기에 실러에 매혹되기도 했고, 우정을 낭만적으로 숭배했던 경험도 있었다. 그의 첫 번째 소설 『가난한 사람들』(1846)의 눈부신 성공은 『분신』(1846)에 대

고상한 이상주의에 대해 언급하면서 비꼬는 의미로 사용하고 있다. 게르쩬(1812~1870)은 1840년대의 지적인 분위기를 자신의 회고록에서 다음과 같이 서술하고 있다. 〈우리의 젊은 철학자들은 자신들을 위한 문장들뿐만 아니라 이해도 타락시키고 말았다. 삶에 대한 태도, 현실에 대한 태도는 학문적이고 현학적인 것이 되었다. 정말로 직접적인 모든 것, 모든 단순한 감정은 추상적인 범주로 고양되어 그곳으로부터 창백한 대수학의 그림자처럼 살아 있는 피 한 방울 없이 되돌아온다. 이러한 모든 것에는 일종의 순진함이 있다. 왜냐하면, 이 모든 것은 절대적으로 성실한 것이기 때문이다.〉
[A. I. 게르쩬, 『과거와 명상』, 작품 및 사한(私翰) 전집(상뜨 뻬쩨르부르그, 1919), 제13권, p. 13.]

9 도스또예프스끼, 『지하로부터의 수기』, 앞의 책, 제4권, p. 109.

한 차가운 반응으로 이어졌으며 이에 따른 도스또예프스끼의 실망은 비평가 벨린스끼 무리들(네끄라소프, 파나예프, 그리고 『동시대인』지에 모였던 다른 동인들)로부터의 소외감과 마찬가지로 대단히 큰 것이었다. 이 모든 것이 40년대의 사건들이었다.

도스또예프스끼는 그의 신문 소설들 중 하나였던 「뻬쩨르부르그 연대기」에서 〈몽상가〉를 〈뻬쩨르부르그의 악몽…… 모든 끔찍한 비극과 모든 참사, 대단원, 그리고 발단과 결말을 가진 말없고 비밀스러우며, 음산하고, 야만적인 비극〉[10]으로 침착하게 묘사하고 있다. 그러나 그는 아직 자유주의와 결별하지 않고 있었다. 그는 뻬뜨라셰프스끼 모임의 일원이 되었다. 프루동, 푸리에, 그리고 다른 이상적 사회주의자들의 사회이론들에 특히 관심이 있었던 토론 모임, 그리고 소규모의 비밀 모임(두롭프 서클)에도 참가했다. 이러한 활동 때문에 그는 체포되었으며, 1849년 시베리아로 유배당하게 되었다.

감옥에서의 도스또예프스끼의 삶은 1854년 폰비진에게 보내는 편지에 〈강제적인 공산주의〉[11]의 일종으로 묘사되어 있다. 그리고 이 체험으로 그는 자신이 이전에 가졌던 확신들을 다시 평가하게 되었다. 많은 면에서 『지하로부터의 수기』에 대한 서론이라 할 수 있는 그의 소설 『상처받은 사람들』에서, 낭만적인 〈몽상가〉는 작가 이반 뻬뜨로비치와 도스또예프스끼의 젊은 시절의 우상이었던 실러를 닮은 작중 인물 속에서 풍자되고 조롱되고 있다.

---

10 도스또예프스끼, 「『뻬쩨르부르그 연대기』 논문들」, 예술 문학 전집, 앞의 책, 제13권, p. 30.
11 도스또예프스끼, 편지들, 앞의 책, 제1권, 61호, p. 143.

〈그리고 죄수들에게 돈보다 더 귀중한 것이 무엇이겠는가〉라고 도스또예프스끼는『죽음의 집의 기록』(1860)에서 묻고 있다. 〈그것은 자유 혹은 자유에 관한 어떤 꿈……. 《죄수》라는 단어는 자유가 없는 인간을 의미한다. 그러나 돈을 쓰면서 죄수는 벌써《자기의 자유대로》행동하는 것이다.〉[12] 인간의 가장 소중한 소유물로서의 자유와 자유 의지에 대한 개념은『지하로부터의 수기』의 지배적인 사상이며,『죽음의 집의 기록』의 동기 leitmotif이다. 이 개념은『죽음의 집의 기록』의 최종판에 소개되지는 않았지만, 이것을 위해 덧붙여 쓴 몇 장에서 도스또예프스끼가 직접 표현하고 있다. 그는 이렇게 쓰고 있다.

빵이란 무엇인가! 사람들은 살기 위해 빵을 먹는다. 그러나 이것은 삶이 아니다! 지금 계속해서 궁전을 지어라. 그것을 대리석과 그림들과 금과 천상의 새들과 공중 정원과 무엇이든지 당신이 생각할 수 있는 것으로 치장해라……. 그리고 거기에 들어가라. 정말로, 아마도 당신은 결코 그곳을 떠나고 싶지 않을 것이다. 모든 것이 여기에 있다! 더 이상 무엇을 요구할 수 있겠는가! 그러나 그때, 아무것도 아니다. 당신의 궁전은 담장으로 둘러싸여 있다. 당신은 다음과 같은 말을 듣게 된다. 이것은 모두 네 것이다. 즐겨라! 당신은 이곳으로부터 한 발짝도 움직이면 안 된다! 그러면 분명히 당신은 이 순간에 당신의 천국을 포기하고 담장을 뛰어넘어가고 싶을 것이다. 게다가 이 모든 사치, 이 모든

---

12 도스또예프스끼,『죽음의 집의 기록』, 예술 문학 전집, 앞의 책, 제3권, p. 371.

안락은 단지 당신의 고통만을 더할 뿐이다.

당신은 심지어 바로 이 사치에 대해 화가 나게 된다.[13]

〈궁전〉은 담장으로 둘러싸여 감옥이 된다. 지하 생활자가 말하는 것처럼, 인간은 〈그 자신의 어리석은 의지에 따라〉 삶을 더 좋아한다. 그러나 도스또예프스끼는 〈궁전〉이 고통받는 인류에게 매우 강한 호소력을 가질 수도 있다는 것을 인정할 준비가 되어 있었다. 이 생각은 「여름 인상에 관한 겨울 메모」(1863)에서, 1862년 도스또예프스끼가 시던햄 언덕 Sydenham Hill 위의 수정궁으로 유명했던 런던의 만국 박람회를 방문하고 쓴 장(章)에 잘 드러나고 있다. 도스또예프스끼는 어떠한 논쟁도 허용하지 않는 〈완전한 진리〉에 대한 인상 때문에, 최종적인 것, 심오한 승리에 대한 인상 때문에 놀라고 중압감을 느꼈다. 〈이것이 정말 최후의 이상이란 말인가. 당신은 생각한다. 여기에 끝이 있는 것인가?〉 전세계로부터 수백만의 사람들이 이 〈바알Baal〉에 대해, 문명에 대한 이 찬양에 복종하기 위해 오고 있다. 그리고 사람들은 〈단 하나의 생각을 가지고서 이 거대한 궁정에 조용하고 끈기 있게 침묵을 지키며 모여 있는 사람들을 보게 될 것이다, …… 이것은 성서에 나오는 어떤 장면 같기도 하다〉.

〈즉 존재하는 것을 자신의 이상으로 받아들이지 않기 위해서는, 영원한 정신적인 저항과 부정이 무척 필요하다는 것을

---

13 A. S. 돌리닌, 「『죽음의 집의 기록』에서 출판되지 않은 페이지들, 텍스트, 단편들의 역사와 어째서 이것들이 출판되지 않았는가」, A. S. 돌리닌 편집, 『도스또예프스끼의 평론과 자료들』(상뜨 뻬쩨르부르그, 1922), 제1권, pp. 365~366.

느끼게 될 것이다…….〉[14]

도스또예프스끼는 〈수정궁〉을 거부하고 있다. 그것이 고통받는 수백만의 사람들로부터 유리되어 있기 때문이다. 〈끊임없는 정신적인 저항과 부정〉을 표명하고 〈수정궁〉을 이상으로 받아들이기를 거부하는 이가 도스또예프스끼의 지하 생활자이다. 고통은 〈수정궁에서도 생각조차 할 수 없는 일일 것이다. 고통은 의혹이며 부정이다. 그 안에서 인간이 의심할 수 있는 수정궁이란 대체 어떤 종류의 수정궁이란 말인가?〉[15] 도스또예프스끼는 「여름 인상에 관한 겨울 메모」에서 〈지하실〉의 반란을 예고하고 있다. 여기서 도스또예프스끼는 말한다. 〈물론 박애주의로서가 아니라, 순수하게 이성적인 바탕 위에서 살 수 있다는 대단한 유혹이 있다. 즉 모두가 당신을 보장해 주고 당신으로부터 단지 노동과 동의만을 요구한다면 좋은 것이다. 그러나 여기에도 의문이 생긴다. 사람들을 완전히 보장해 주고 그들에게 먹을 것, 마실 것을 약속해 주고 일자리를 제공하겠다고 약속해 주고서 그에 대한 대가로 아주 약간, 공공의 행복을 위해서 아주 소량의 개인적 자유를 요구하고 있는 듯하다. 아니다. 사람들은 이러한 것들을 지불하면서 살기를 원하지 않으며, 아주 소량조차도 무거워한다. 사람들은, 이것은 감옥이다, 자기 마음대로 하는 것이야말로 완전한 자유를 의미하기 때문에 더 좋다는 어리석은 생각을 하고 있는 듯하다. 하지만 자유로운 상태에서 그는 얻어맞기도 하고 일자리를 얻지 못하기도 하며, 배고픔

---

14 도스또예프스끼, 「여름 인상에 관한 겨울 메모」, 예술 문학 전집, 앞의 책, 제4권, p. 176.

15 도스또예프스끼, 『지하로부터의 수기』, 앞의 책, 제4권, p. 131.

에 죽기도 하는데, 그렇다면 아무런 자유도 없는 것 아닌가. 기인들에게만 여전히 자신의 자유가 더 좋은 모양이다. 물론 사회주의자는 침을 뱉으며 사람들이 바보이고 덜 자라고 덜 성숙했고 자기 자신의 이익을 이해하지 못한다고 말하지 않으면 안 된다. 말 못하는 개미, 보잘것없는 개미도 그보다는 영리하다. 왜냐하면 개미집에서는 모든 것이 정말 잘되어 있고 모든 것에 선이 그어져 있으며 모두 배불리 먹고 행복해하며 각자는 자신의 일을 알기 때문이다. 한마디로 사람들은 개미집을 따라가려 해도 아직 멀었다!〉[16]

「여름 인상에 관한 겨울 메모」에서 도스또예프스끼는 자기 자신의 이름으로 공상적 사회주의자들을 비판하고 있다. 『지하로부터의 수기』에서 이러한 논쟁을 벌이는 이는 바로 지하 생활자이다.

『지하로부터의 수기』는 순수 문학에서 윤리적인 합리주의자들과, 공리주의자들, 공상적 사회주의자들의 사상에 대한 첫 번째 공격이다.

이것은 도스또예프스끼의 이후의 작품들에 나타나는 기본적인 내용에서 그가 변치 않고 유지하고 있는 태도이다.

제1부 〈지하실〉에서 지하 생활자는 그 자신의 개성에 대한 분석을 바탕으로, 인간의 행동의 절대적인 비합리성을 도출해 낸다. 그러고는 인류의 삶에 반영된 것으로 자신이 생각하는 스스로의 체험을 일반화시키면서, 지하 생활자는 이성과 합리주의 — 공리주의적 윤리학과 공상적 사회주의 — 에 대한 강한 비판을 발전시키고 있다. 제1부는 새로운 도덕

---

16 도스또예프스끼, 「여름 인상에 관한 겨울 메모」, 앞의 책, 제4권, p. 88.

을 창출하는 데 목적을 둔 교훈적인 작품인 급진적 민주주의자 체르니셰프스끼의 정치 철학 소설 『무엇을 할 것인가』(1863)에서 표현된 이상들에 대한 날카로운 패러디이다. 체르니셰프스끼의 주인공들은 자기의 이익이 공동의 선과 동일하다는 새로운 도덕에 의해 인도되고 있다. 그들은 합리주의적인 이기주의자들이다. 체르니셰프스끼가 푸리에주의자로서 꾸는 미래에 대한 꿈에는 과거에는 결코 본 적이 없는 하나의 〈거대한 건물〉이 포함되어 있다. 〈아니다. 이것에 대한 하나의 암시가 있었다. 시던햄 언덕 위에 서 있는 강철과 유리, 강철과 유리로 지어진 궁전이 그것이다.〉[17]

도스또예프스끼는 『지하로부터의 수기』에서 행복과 복지에 관한 체르니셰프스끼의 드높고 도덕적이며 합리적인 철학과, 그가 인간의 행동을 결정하는 요인으로 보고 있는 개인의 이익에 대한 강조와 이상을, 인간 본성을 터무니없이 단순화시킨 것으로 비웃고 있다. 자신만만하며 획일적이고, 도덕적으로 우월하며 이성적인 〈새로운 인간〉인 체르니셰프스끼의 주인공(예를 들면, 『무엇을 할 것인가』의 라흐메또프)에 대하여 도스또예프스끼는 회의하며, 모호하고 결함이 있는 불합리한 〈반주인공〉을 내세우고 있다. 체르니셰프스끼에 대한 공격은 또한 인간의 선에 대하여 열렬한 믿음을 가졌던 1840년대의 감상적 인도주의에 대한 일격이었다. 『지하로부터의 수기』의 제2부에서 몽상가인 지하 생활자의 파국(특히 창녀 리자와의 정사)은 1840년대 무아지경의 이상주의를 겨냥한 결정적인 일격이다.

17 N. G. 체르니셰프스끼, 『무엇을 할 것인가』(상뜨 뻬쩨르부르그, 1906), 제9권, pp. 258~259.

〈지하실〉 몽상가의 비극은, 도스또예프스끼의 개념에서 러시아의 교육받은 계층의 비극과 관련이 있다. 『시대』라는 그의 잡지에서 도스또예프스끼는 러시아의 교육받은 계층이 역사적으로 민중, 토양과 절연되어 있음을 언급하고 있다. 그는 그러한 절연의 결과라고 생각하는 도덕적이고 지적인 불안정에 주의를 돌리고 있다. 〈우리는 심지어 우리의 조국 러시아를 현학적으로, 조건적으로 사랑하고 있다〉고 그는 1862년 『세기』지의 구독 안내서에서 쓰고 있다.[18] 〈회의주의와 회의적인 견해들이 모든 것을 죽이고 있다. 최종 분석에 있어서 심지어 그러한 견해 자체도……〉[19]

그는 〈우리(편집인들)는 솔직하게 말하곤 했으며 이제 민중들과 가능한 한 완전한, 그리고 굳건한 결합이 도덕적으로 필요하다고 말한다〉고 『세기』지 1863년도의 구독 안내서에서 쓰고 있다.[20] 〈우리 시대에 …… 모든 것은 혼란스럽다.〉 …… 모든 곳에서 사람들은 근본과 원칙들에 관해 논쟁을 벌이고 있다.[21] 〈우리들 중 누가 솔직하게 무엇이 악이고 무엇이 선인지 알고 있는가?〉 도스또예프스끼는 1865년의 『세기』지의 구독 안내서에서 묻고 있다.[22]

1860년대 초기 도스또예프스끼가 신문이나 잡지들에 쓴 글들에 나타난 많은 사상들은 『지하로부터의 수기』에 드러나 있다. 도스또예프스끼에게 지하 생활자는, 무엇보다도 민중의 삶과 절연되어 있는 러시아의 유럽화된 교육받은 계층의

18 도스또예프스끼, 평론들, 앞의 책, 제13권, p. 504.
19 같은 책, 제13권, p. 506.
20 같은 책, 제13권, p. 509.
21 같은 책, 제13권, p. 511.
22 같은 책, 제13권, pp. 518~519.

상징이다. 지하 생활자는 〈추상적인〉 뻬쩨르부르그에 살고 있는 현학적인 인간이며 자신이 〈우리 시대의 교육받은 진보적인 인간〉이라고 자랑하고 있다.[23] 그는 〈도덕적 타락〉 속에서 〈살아 있는 것들로부터 소외되어〉 〈지하실〉에 혼자 게으르게 살고 있는 〈몽상가〉이다. 그러나 〈우리 모두는 삶으로부터 소외되어 있기 때문이며, 우리 모두는 더 많이 혹은 더 적게, 정도에 따라 비틀거리고 있기 때문이다〉.[24]

〈삶으로부터 소외된〉, 민중들의 삶으로부터, 토양으로부터, 민족적 성분으로부터 절연된 개인의 주제는 도스또예프스끼 작품들의 중심 주제이다. 지하 생활자와 더불어 도스또예프스끼의 다른 주인공들은 러시아 문학에서의 〈잉여 인간〉이라는 주제를 통하여 역사적으로 연관될 수 있다. 도스또예프스끼는 뿌쉬낀을 민중들의 삶으로부터 소외된 인간을 처음으로 묘사한 작가라 칭하고 있다. 도스또예프스끼는 그의 유명한 뿌쉬낀 연설(1880)에 대한 『작가 일기』의 설명문에서, 뿌쉬낀이야말로 역사적으로 대지로부터 소외되고 민중들로부터 소외된, 교육받은 사회의 중요한 현상, 병적인 인간을 처음으로 주목한 작가라고 했다. 그는 우리들 앞에 〈우리의 부정적인 전형을, 조국의 토양과 그것의 토착적인 힘에 대한 믿음이 없는, 마지막 분석에 있어서 러시아와 그 자신을 부정하는 고통받고 조화롭지 못한 인간〉을 세우고 있다…….[25] 알레꼬와 오네긴은 우리 문학에 있어서 그들과 같은 다수의

---

23 도스또예프스끼, 『지하로부터의 수기』, 앞의 책, 제4권, p. 180.
24 같은 책, 제4권, p. 194.
25 도스또예프스끼, 1877, 1880, 1881년의 『작가 일기』, 예술 문학 전집, 앞의 책, 제12권, p. 369.

인간들을 탄생시켰다. 뻬초린들, 치치꼬프들, 루진들, 라브레츠끼들, 볼꼰스끼들…… 그리고 많은 다른 이들을…….[26]

도스또예프스끼는 〈알레꼬 전형〉을 그의 뿌쉬낀 연설에서 관찰하고 있다. 〈이 집 없는 방랑자들은, 바로 오늘날까지도 방랑을 계속하고 있다…….〉 그들은 자신들의 〈세계 이상들〉을 위하여 더 이상 집시 거주 구역을 방문하지 않는다. 그들은 이제 알레꼬 시대에는 존재하지 않았던 사회주의에 열성적으로 몸을 던지는 이들이며, 또 다른 목초지에 새로운 믿음을 가지고 왔으며, 그 목초지를 위하여 열성적으로 일하며, 알레꼬와 같이 그들의 환상적인 실천 속에서 그들은 자신들의 목적과 자신들뿐만 아니라 인류를 위한 행복을 성취할 것이라고 믿고 있다.[27]

알레꼬로부터 지하 생활자까지, 민중으로부터 소외된 〈역사적인 러시아의 수난자들로부터〉[28] 『지하로부터의 수기』의 〈지하실〉의 수난자 몽상가에까지 직선으로 연결된다. 그러나 이것은 낭만적이고, 개인주의적이고, 〈잉여의〉 주인공들을 〈지하실〉로 인도하는 선이다.

〈지하실〉로 통하는 이러한 내리막길에서 뚜르게네프의 『쉬그로프스끼 군의 햄릿』(1849)의 주인공과 특히 뚜르게네프의 『잉여 인간의 일기』의 출까뚜린은 과도기적인 전형으로 등장한다.[29] 지하 생활자는 그러나 역사적으로 〈잉여 인간〉과

26 같은 책, 제12권, p. 370.
27 같은 책, 제12권, p. 378.
28 같은 책, 제12권, p. 378.
29 와츨러 레니쯔끼는 뚜르게네프의 두 편의 이야기들과 『지하로부터의 수기』와의 관련성을 그의 책, 『러시아, 폴란드 그리고 서구』(런던, 1954), pp. 181~213에서 분석하고 있다.

관련이 있는 한편, 또 다른 사회적 전형이다. 그는 러시아 문학에 등장하는 작은 인간들, 관청 서기들, 몽상가들, 가난한 사람들의 흐름을 완전히 의식하고 있는 대표자이며 선두 주자이기도 하다. 이들의 움츠러든 삶들, 상처받은 영혼들은 뿌쉬낀의 「역참지기」(1830)의 주인공 삼손 비린에 처음으로 드러나고 있다. 뿌쉬낀의 서사시 「청동 기마상」(1833)의 예브게니, 고골의 「외투」(1842)의 아까끼 아까끼예비치, 그리고 도스또예프스끼의 초기 작품들에서 매우 세밀하게 묘사된, 예를 들면 『가난한 사람들』(1846) 같은 작품의 제부쉬낀 등이 이 계열에 속한다. 그러나 도스또예프스끼가 작은 인간과 현실의 비극적인 충돌, 개인에게도 사회에도 비극적인 충돌에 대한 충분한 암시를 밝히는 것은 『지하로부터의 수기』에서뿐이다. 반항적이고 미쳐 버린 예브게니(「청동 기마상」)는 〈보아라, 나는 다시 돌아오겠다!〉라고 뾰뜨르 대제의 기마상 앞에서 외친다. 『지하로부터의 수기』는 이 도전에 따르는 에필로그이다.

지하 생활자는 『지하로부터의 수기』의 이념적 구상에서 복합적인 역할을 하고 있다. 그는 자신의 주장 속에서 인간 행동에 관한 합리주의자의 순진하고도 기계적인 개념을 드러내고 있다. 동시에 그는 반주인공의 초도덕적이고 반사회적인 역할에서 자신을 드러내고 있다. 『지하로부터의 수기』에서 이성적 존재로서의 인간의 개념에 반하는 가장 강렬한 주장을 구성하는 것은, 비이성적이고 통제할 수 없는 지하 생활자이며, 그는 살아 있는 본보기이다. 그리고 반주인공이라는 그의 역할 안에서 그는 독자 앞에 〈삶으로부터 소외된〉 교육받은 인텔리겐치아에 대한 기소자로서 나타난다.

도스또예프스끼가 자신의 주인공을 대하는 태도의 문제점, 즉 언제, 어디서, 그리고 어느 정도까지 주인공을 지지하거나 혹은 반대하고 있는가를 파악하기는 어려운 문제이다. 지하 생활자의 억제할 수 없는 이기주의와 파괴적인 개인주의, 〈독립적인 의지에 대한 희생이 무엇이든지 간에, 그 결과가 무엇이든지 간에〉,[30] 독립적인 의지에 대한 그의 요구는 도스또예프스끼에게 개인과 사회에 모두 파멸을 가져올 수밖에 없는 인간 의지의 비극이다. 이러한 비극을 인식함으로써, 사회는 개인에 대한 학대를 자발적으로 포기하고, 개인은 사회에 대한 자신의 요구를 철회하며[31] 그리스도를 〈지하실〉로부터 탈출하는 유일한 출구로서 받아들여야 한다고 도스또예프스끼는 주장한다.[32]

30 도스또예프스끼, 『지하로부터의 수기』, 앞의 책, 제4권, p. 124.
31 이 견해는 「여름 인상에 관한 겨울 메모」에서 명백히 서술되고 있다. 도스또예프스끼는 여기서 모든 사람들을 위한 개인의 자발적인 자기 희생은 〈내 의견으로는, 개인의 최고의 발전을 표시하는 것이며, 그의 가장 위대한 힘과, 그의 자주성의 최고 단계와 그 자신의 독립적인 의지의 가장 위대한 자유를 나타내는 것이다〉라고 말하고 있다(도스또예프스끼, 「여름 인상에 관한 겨울 메모」, 앞의 책, 제4권, p. 86).
32 이 생각은 지하 생활자의 수기 원고에서 도스또예프스끼가 표명했던 것으로 보인다. 그는 1864년 3월 26일 그의 형 미하일에게 검열관에 의한 〈무서운〉 삭제들에 대해 불평하고 있다. 〈…… 마지막 바로 전장(바로 이 사상이 표명된 주요한 장)이 지금과 같이 출판된 것처럼, 즉 문장들이 서로 모순되고 함부로 팽개쳐지는 것보다는 차라리 출판되지 않는 편이 정말 좋았을 것입니다. 그러나 무슨 일을 할 수 있었겠습니까! 돼지 같은 검열관들은 내가 일부러 모든 것을 조롱하고 불경스럽게 묘사했던 것들은 통과시켰고, 이러한 모든 것들로부터 내가 믿음과 예수에 대한 필요성을 도출했던 곳은, 이것은 금지했습니다. 정말 이 검열관들은 누구란 말입니까?(도스또예프스끼, 편지들, 앞의 책, 제1권, 193호, p. 353)〉 도스또예프스끼는 그 후의 판에서 검열당한 단어들과 문장들을 결코 대체하지 않았다.

그러나 지하 생활자에 대한 도스또예프스끼의 태도를 이렇게 해석하는 것은 불완전하다.[33] 도스또예프스끼는 지하 생활자의 독립과 자주적인 결정에 대한 요구가 파괴적인 자의식와 세상을 거부하는 것 이상으로 지하 생활자를 추종하는 것을 원하지는 않는다. 그러나 예술가로서 그는 너무나 깊게 그의 주인공의 고통과 절망적인 반항에 관계되어 있다. 합리적인 인도주의의 개념들에 도전하도록 도스또예프스끼가 지하 생활자에게서 불러일으키고 있는 이러한 비합리적인 힘은 그 자신의 억제할 수 없는 역동성을 가지게 된다. 인간의 동포애에 관한 도스또예프스끼의 종교적인 개념과 그의 주인공에 대한 예술적인 헌신 사이의 모순은 『지하로부터의 수기』에서 결코 해결되고 있지 않다.

『지하로부터의 수기』를 쓴 지 10년 후, 도스또예프스끼가 이 작품에 대하여 〈이것은 정말 너무 우울하다. 그것은 이미 극복된 견해이다Es ist schon ein überwundener Standpunkt. 지금 나는 더 밝고, 더 타협적인 성향으로 쓸 수 있다〉[34]고 언급한 것은 놀라운 일이 아니다.

〈지하실〉의 비극의 풍경은 러시아의 현실이다. 도스또예프스끼는 〈지하실〉의 현실에 대하여 어떤 의심도 갖고 있지 않

---

33 A. 스까프찌모프는 그의 논문 「도스또예프스끼 평론들 사이에 『지하로부터의 수기』」(『슬라비아』, 8권, 1929~1930), pp. 101~117, pp. 312~339에서 『지하로부터의 수기』에서의 인물들은 이 작품을 이 시기의 도스또예프스끼의 저널리즘의 맥락에서 고려하면서 명백히 제기하고 있다. 그러나 그는 『지하로부터의 수기』의 가장 어려운 문제들, 즉 의도와 결과 사이의 상이점을 다루고 있지는 않다.

34 O. 뽀친꼬프스까야, 「저명한 작가들과의 작업의 해」(역사학보, XCV, 1904), p. 533.

다. 〈독자를 《지하실》의 악취 나는 분위기 속에 가두고 있으며, 실제 삶에 대하여 완전히 지식이 결여되어 있다〉[35]고 비난받았을 때, 도스또예프스끼는 그의 수첩에 다음과 같이 적었다.

나는 내가 러시아의 다수를 대표하는 진짜 인간을 묘사한 첫 번째 사람이라는 데에, 그리고 이 인간의 추악하고 비극적인 측면을 처음으로 드러낸 사람이라는 데 대해 긍지를 느낀다. 비극은 추악함을 의식하는 데 있다……. 고통, 자기 처벌, 더 나은 것을 의식하지만 그것을 성취할 수 없다는 불가능성, 그리고 이러한 상황은 모든 이들에게 있어서 마찬가지일 것이며 따라서 개혁을 하려고 노력할 가치도 없다는 명백한 확신으로 되어 있는 지하실의 비극을 나는 홀로 묘사했다.

개혁하려고 노력하는 이들을 지지할 만한 것이 무엇이 있는가? 보상, 믿음인가? 어떤 사람들로부터의 보상도 없으며, 어떤 사람에 대한 믿음도 없다. 그러나 이곳에서 한 발자국 더 나아가게 되면 우리는 극단적인 타락, 범죄(살인)를 만나게 된다. 불가사의한 일이다.[36]

〈러시아 다수〉의 경험은 지하실 비극의 생생한 현실이다.

---

35 B. G. 아프세옌꼬, 「현대 문학 개설」(『러시아 세계』, 27호. 55호, 1875). 돌리닌이 『도스또예프스끼의 작업실에서』(레닌그라드, 1947), p. 143에서 인용.
36 돌리닌, 『도스또예프스끼의 작업실에서』, p. 148.

〈지하실〉은 자신의 희생자들을 냉혹한 어둠 안에 가두고 있다. 그것은 〈지하실〉의 개념에 근본이 되는, 인간의 피할 수 없는 고통이다.

뻬쩨르부르그는 〈지하실〉 비극의 무대이다. 〈이 지구상에서 가장 추상적이고 계획된 도시인(도시는 인위적으로 계획된 것과 그렇지 않은 것이 있다) 뻬쩨르부르그에 산다는 이중의 불행을 짊어〉[37]졌다고 지하 생활자는 선포하고 있다. 지하 생활자는 창녀 리자에게 말한다. 밤에 이곳에서 죽은 여자가 일어날 때에, 그녀는 관 뚜껑을 두드리며 〈상냥한 이들이여, 내가 세상에 나갈 수 있도록 해주고 조금만 살게 해줘! 나는 살았어, 그런데 내 삶은 보지 못했어, 내 삶은 헛된 것이었어, 센나야의 술집에서 한 잔을 위해 팔린 것이었어, 상냥한 이들이여, 이 세상에서 한 번만 더 살게 해줘!〉[38]라고 외칠 것이다. 뻬쩨르부르그는 말없는 무덤이다.

환상적인 백야와 인간 존재에 대한 미궁의 혐오들로 가득 찬 뻬쩨르부르그는 도스또예프스끼에게 사회적인 인간의 죽음을 상징한다. 그것은 인간을 인간으로부터 분리시키고 그를 자신에게로 몰아넣는다. 그것은 고통으로 인간을 압도하며, 인간을 모욕하고 인간의 이상들을 왜곡시키며, 사회의 건설적인 일원이 되려고 하는 인간의 노력들을 육체들과 영혼들에 대한 약탈자의 노력들로 변형시킨다.

지하 생활자가 자기 자신을 발견하는 〈지하실〉은 뻬쩨르부르그의 현실 세계뿐만이 아니다. 그의 환상적이고 움츠러들고 외롭고 고통스러운 의식의 내면 세계 또한 〈지하실〉이다.

---

37 도스또예프스끼, 『지하로부터의 수기』, 앞의 책, 제4권, p. 112.
38 같은 책, 제4권, p. 176.

이 〈지하실〉에서는 세계에 대한 명백한 인식이나 명백한 자기 이해가 없다. 그곳에는 단지 과장과 합리화와 환상이 있을 뿐이다. 도스또예프스끼는 그의 형 미하일에게 보내는 초기 편지(1847)에서 개인과 현실 간의 평형성 결여의 심리적 결과들을 토의하고 있다. 도스또예프스끼는 이렇게 쓰고 있다.

> 물론 불협화음이란 가공할 만한 것이며, 사회가 우리 안에 조성하는 불균형도 소름끼치는 것이다. 외부적인 일들과 내부적인 일들은 평형 상태에 있어야 한다. 외부적인 경험들이 결여되면 내면적인 삶의 체험들이 우위를 점하게 되기 때문인데 이것은 가장 위험한 것이다. 신경 과민과 환상이 인간의 의식 안에 너무나 많은 공간을 차지하게 된다. 모든 외부의 돌발 사건들은, 습관의 결여 때문에 거대해 보이며 어쨌든 놀라운 것이다. 우리는 삶을 두려워하기 시작한다.[39]

〈지하실〉은 한 인간 안에서 우위를 점하고 있는 내면적 삶이다. 이러한 〈지하실〉에서 탈출하기 위하여, 지하 생활자는 그가 두려워하는 현실 세계와의 협력 관계를 재정립하여야 할 것이다. 그러나 바로 이 현실 세계가 그를 〈지하실〉로 몰아넣었던 것이다. 그가 〈존경할 수 있는〉[40] 것은 그의 주위에 아무것도 없었다. 그러나 만일 그가 돌아올 수 있는 근사한 삶이 있었다면, 그는 첫째로 그의 왜곡된 개성과, 그의 변형된 열망들과, 권력에 대한 갈망을 뒤에 남겨 놓아야만 했을

---

39 도스또예프스끼, 편지들, 앞의 책, 제1권 44호, p. 106.
40 도스또예프스끼, 『지하로부터의 수기』, 앞의 책, 제4권, p. 140.

것이다. 그는 다른 인간이 되어야만 했을 것이다. 그러나 지하 생활자는 당신이…… 당신은 결코 다른 인간이 될 수 없을 것이며, 약간의 시간이 남아 있고 무엇인가 다른 것이 될 수 있다는 믿음이 남아 있다 할지라도 당신, 당신 자신은 아마도 다시 만들어지기를 원치 않을 것이고, 만일 당신이 원했다 할지라도 당신은 아무것도 하지 않았을 것이다. 왜냐하면 실제로 그곳에는 아마도, 당신이 만들어졌으면 하는 것이 아무것도 없음[41]을 의식하는 〈마지막 벽에 다다랐〉기 때문이다. 이것이 〈지하실〉의 비극이다. 이것은 인간이 돌아갈 수 있는 곳이라곤 아무것도 없으며, 불가사의 외에 그 이상 아무것도 없다는 것을 상기시켜 주는 공허하고 경직된 〈마지막 벽〉[42]으로 상징되고 있다.

〈지하실〉로부터의 자유는 뻬쩨르부르그의 침울한 세계로부터, 그리고 짓누르는 듯한 고독감과 소외감으로부터의 자유만은 아니다. 그것은 또한 〈정상적인〉 인간의 현실, 이성의 지시, 과학과 수학의 지배, 자신의 이익에 따라 선택해야 하는 필요성, 몽상적인 사회주의자의 순응적인 사회 체제들, 〈무엇보다도 사는 동안 내내 지하 생활자를 거슬렸던 그리고 항상 거슬리고 있는 바로 그 《자연의 법칙》들로부터의 자유이다〉. 지하 생활자는 그를 학대하는, 완전히 논리에 의해서 지배받고 있다고 보는 그런 현실을 거부한다. 논리가 지배하는 〈정상적인〉 인간의 세계에 대한 그의 태도는 다음과 같은 그의 말에서 요약되고 있다.

〈…… $2 \times 2 = 4$는, 신사 양반, 이미 삶이 아니라 죽음의 시

41 같은 책, 제4권, p. 113.
42 같은 책, 제4권, p. 118.

작인 셈이다.〉[43]

지하 생활자가 탈출하려는 〈지하실〉은 현실의 모든 것으로, 즉 〈정상적인〉 인간에게는 이성적이고 논리적인, 그러나 지하 생활자에게는 견딜 수 없는 것으로 판명된다.

〈지하실〉로서, 이성과 논리의 감옥으로서의 현실에 대한 모든 개념은 『지하로부터의 수기』의 바탕에 깔려 있다. 개인은 바로 자연의 법칙에 의하여 그것을 망각하도록 선고를 받았다. 지하 생활자는 이러한 인간 소외와 그것에 대한 절망적인 반항의 상징이다.

---

43 같은 책, 제4권, p. 130.

도스또예프스끼 연보

1790년 아버지 미하일 안드레예비치 도스또예프스끼, 우니아뜨교 사제의 아들이며 뽀돌리야의 귀족 가문의 자손으로 태어남. 모스끄바의 내외과(內外科) 아카데미에 들어가 1812년 조국 전쟁 때 부상자들을 돌봄. 1819년에 마리야 네차예프와 결혼.

1820년 첫아들 미하일 태어남. 아버지 미하일 도스또예프스끼는 군대에서 제대한 후 모스끄바에 있는 자선 병원의 주치의 자리를 얻음.

1821년 출생 10월 30일(현재의 그레고리우스력(曆)으로는 11월 11일) 부모가 살고 있던 모스끄바의 마린스끼 자선 병원의 부속 건물에서 둘째 아들 표도르 미하일로비치 도스또예프스끼 태어남. 11월 4일 마린스끼 병원 근처, 상뜨뻬쩨르부르그 뻬뜨로빠블로프스끼 성당에서 어린 표도르에게 세례를 줌. 표도르란 이름은 그의 대부이자 외조부인 표도르 네차예프(1769~1832)에게서 물려받은 것으로 보임.

1822년 1세 12월 5일 여동생 바르바라 태어남.

1825년 4세 3월 15일 남동생 안드레이 태어남.

1829년 8세 7월 22일 쌍둥이 여동생이 태어나나 그중 동생인 베라만 살아남음.

1831년 10세 여름 아버지 미하일 도스또예프스끼가 뚤라 지방의 다로보예 영지를 사들임. 8월 농부 마레이 사건 발생(『작가 일기』 1876년

2월 호에 이 사건을 소재로 한 단편 「농부 마레이」 발표). 12월 13일 남동생 니꼴라이 태어남.

1832년 11세 4월 어머니 마리야 표도로브나, 세 아들을 데리고 다로보예 영지로 감. 6월 도스또예프스끼 부부, 다로보예 옆에 있는 주민 1백여 명의 체레모쉬냐 마을을 사들임. 9월 도스또예프스끼, 어머니와 형제들과 모스끄바로 돌아옴.

1833년 12세 가을 형 미하일과 드라슈소프가 운영하는 사설 학교에서 반(半)기숙사 생활. 4월 4일 부활절 주간에 소유지가 화재로 잿더미가 됨. 도스또예프스끼 부부, 여름 내내 피해 복구.

1834년 13세 여름 다로보예에서 지내면서 월터 스콧의 작품 탐독. 10월 도스또예프스끼와 형 미하일, 체르마끄가 경영하는 중등 과정의 기숙 학교에 들어감.

1835년 14세 7월 25일 여동생 알렉산드라 태어남.

1837년 16세 1월 29일 단테스 남작과의 결투로 뿌쉬낀 사망. 이 소식에 온 러시아가 충격에 휩싸임. 2월 27일 도스또예프스끼의 어머니 마리야 사망. 봄 도스또예프스끼, 갑작스런 후두염과 목소리 상실로 고생함. 이 병은 그를 평생 따라다님. 5월 아버지와 형 미하일 그리고 표도르 도스또예프스끼, 수도 뻬쩨르부르그로 일주일간 마차 여행(모스끄바와 뻬쩨르부르그 두 도시 간의 철도는 1851년에 개통됨). 두 형제는 뻬쩨르부르그로 가서 중앙 공병 학교의 입학을 목표로 K. F. 꼬스또마로프가 경영하던 기숙 학교에 들어감. 아버지와 두 형제들 작별 이후 더 이상 만나지 못함. 7월 1일 도스또예프스끼의 아버지, 건강상의 이유로 퇴역한 후 아직 어린 두 딸과 시골로 들어감. 9월 두 형제가 공병 학교에 응시하나 표도르 혼자 합격(형 미하일은 신체검사 결과 불합격).

1838년 17세 1월 16일 공병 학교에 입학. 6월 뻬쩨르부르그 근처에서 야영 생활. 돈이 떨어져서 아버지에게 서신으로 줄기차게 돈을 요구함.

1839년 18세   6월 6일 도스또예프스끼의 아버지, 다로보예 농노들에게 살해당함.

1840년 19세   11월 29일 하사관으로 임명됨. 군생활을 지겨워함. 호프만, 실러, 빅토르 위고, 셰익스피어, 라신, 괴테의 책을 읽음.

1841년 20세   8월 소위보로 진급됨. 미완성으로 남아 있는 두 편의 희곡,「마리 스튜어트Marie Stuart」와「보리스 고두노프Boris Godunov」를 씀. 알렉산드리야 극장을 자주 드나들며 발레와 음악회를 감상함.

1842년 21세   8월 육군 소위가 됨.

1843년 22세   8월 공병 학교를 졸업하고 공병국 제도실에서 근무. 9월 친구 리젠깜프 박사가 살고 있는 아파트에 자리 잡음. 박사의 환자들과 알게 됨. 돈이 떨어져 P. 까레삔에게 돈을 요구. 12월 발자크의 소설『외제니 그랑데*Eugénie Grandet*』(1834년판) 번역. 형 미하일에게 공병 학교 친구들과 더불어 번역 작업을 할 것을 제의.

1844년 23세   2월 재정 상태가 극도로 안 좋아짐. 유산 관리인으로부터 일시금을 받고, 토지와 농노에 대한 상속권을 방기함. 8월 제대 신청. 10월 19일 제대함.『가난한 사람들*Bednye liudi*』집필 시작.

1845년 24세   1월『가난한 사람들』처음부터 다시 쓰기 시작. 3월 소설『가난한 사람들』끝냄. 4월 세 번째로 전체 수정. 5월 원고를 친구 그리고로비치Grigorovich에게 읽어 줌. 그리고로비치가 이 글을 가지고 네끄라소프Nekrasov에게 뛰어감. 네끄라소프, 열광하여 그다음 날로 유명 평론가 벨린스끼에게 보임. 작품이 성공을 거둠. 여름 레벨에 있는 형의 집에서 기거하며 두 번째 중편소설『분신*Dvoinik*』에 착수함. 11월 하룻밤 만에「아홉 통의 편지로 된 소설Roman v deviati pis'makh」을 씀. 벨린스끼와 뚜르게네프가 도스또예프스끼의 절도 없는 생활을 비난함. 12월 벨린스끼의 집에서 열린 문학 모임에서『분신』을 낭독함.

1846년 25세   1월 24일『뻬쩨르부르그 선집*Peterburgskii sbornik*』에

『가난한 사람들』을 발표. 2월 두 번째 작품인 『분신』을 『조국 수기 *Otechestvennye zapiski*』에 발표. 봄 뻬뜨라셰프스끼를 알게 됨. 여름 레벨에 있는 형 집에서 「쁘로하르친 씨Gospodin Prokharchin」 집필. 10월 5일 게르쩬을 알게 됨. 『여주인*Khoziaika*』과 『네또츠까 네즈바노바*Netochka Nezvanova*』 쓰기 시작. 가벼운 간질 증세. 10월 「쁘로하르친 씨」를 잡지 『조국 수기』에 발표.

1847년 26세 1월 소설 「아홉 통의 편지로 된 소설」을 잡지 『동시대인 *Sovremennik*』에 발표. 1~3월 벨린스끼와 절연. 6월 「뻬쩨르부르그 연대기Peterburgskaia letonisi」를 신문 「상뜨뻬쩨르부르그 통보Sankt-Peterburgskie vedomosti」에 발표함. 7월 7일 쎈나야 광장에서 갑작스러운 첫 번째 간질 발작. 7월 15일 뻬쩨르부르그 근교에서 도스또예프스끼의 절친한 친구이자 시인인 B. 마이꼬프가 뇌졸중으로 인해 익사함. 가을 『가난한 사람들』이 단행본으로 나옴. 10~12월 『여주인』을 『조국 수기』지에 발표함.

1848년 27세 5월 28일 비사리온 벨린스끼 사망. 가을 뻬뜨라셰프스끼와 스뻬쉬네프와 화해하고 그들의 사회주의 이론에 흥미를 느낌. 12월 뻬뜨라셰프스끼의 집에서 푸리에주의와 공산주의에 관한 강연을 들음.
• 『조국 수기』에 발표한 작품들 : 「남의 아내Chuzhaia zhena」(1월) 「약한 마음Slavoe serdtse」(2월), 「뽈준꼬프」, 『닳고 닳은 사람 이야기』(1장 「퇴역 군인」, 2장 「정직한 도둑」, 후에 1장은 완전히 삭제하고 제목도 「정직한 도둑Chestnyi vor」으로 바꿈), 「크리스마스 트리와 결혼식 Iolka i svad'ba」, 「백야Belye nochi」(12월), 「질투하는 남편」(「질투하는 남편」을 12월 『조국 수기』에 발표하였으나, 1월에 발표한 「남의 아내」와 합쳐 「남의 아내와 침대 밑 남편」으로 개작함).

1849년 28세 연초에 뻬뜨라셰프스끼 친구들 집에서 금요일마다 열리는 문학 모임에 참석. 1~2월 『조국 수기』에 『네또츠까 네즈바노바』 일부 발표(4월 체포로 인해 작업이 중단됨). 4월 7일 푸리에의 탄생일 기념으로 〈뻬뜨라셰프스끼 모임〉에서 점심 식사. 4월 15일 뻬뜨라셰프스끼 집에서 열린 한 모임에서 도스또예프스끼는, 〈절대 왕정의 입장을 신봉했다는 이유로 고골을 비난하는 내용을 담은〉 벨린스끼의 편지를 두 번째로 읽음. 4월 23일 고발에 의해 새벽 5시에 체포당함. 9월 30일 재판 시작. 11월 13일 벨린스끼의 〈사악한〉 편지를 퍼뜨린 죄목으로 사형을 선고받음. 12월 22일 세묘노프스끼 광장에서 사형수들의 형을 집행하기 직전, 황제의 특사로 형 집행이 중단되고 강제 노동형으로 감형됨.

1850년 [29세] 1월 11일 또볼스끄에 도착하여 이곳에서 여러 명의 12월 당원(제까브리스뜨) 아내들의 방문을 받음. 그중 폰비진의 아내는 그에게 10루블짜리 지폐가 표지에 숨겨진 복음서를 몰래 건네줌. 1월 23일 옴스끄에 도착하여 4년을 지냄. 이 기간 동안 가족에게 편지 쓰기를 금지당한 채 혹독하고 비참한 수용소 생활을 견뎌 냄.

1854년 [33세] 2월 중순 출옥. 2월 22일 감옥 생활을 묘사한 편지를 형에게 보냄. 3월 2일 시베리아 전선 세미팔라친스끄에 주둔 중인 제7대대에 배치됨. 봄에 세무관 이사예프와 알게 됨. 이사예프 부인에게 반함. 이 기간에 뚜르게네프, 똘스또이, 곤차로프, 칸트, 헤겔 등의 서적을 탐독함. 11월 21일 세미팔라친스끄에 검찰관으로 임명된 브란겔 남작과 가까운 친구가 됨.

1855년 [34세] 2월 18일 니꼴라이 1세 사망. 8월 4일 세무관 이사예프 사망. 12월 브란겔, 세미팔라친스끄를 떠남.
• 이해에 『죽음의 집의 기록Zapiski iz miortvogo doma』을 쓰기 시작.

1856년 [35세] 브란겔, 상뜨뻬쩨르부르그에서 도스또예프스끼의 사면을 위해 활동을 함. 11월 26일 마리야 드미뜨리예브나 이사예프가 오랜 망설임 끝에 도스또예프스끼의 청혼을 승낙함.

1857년 [36세] 2월 6일 마리야 드미뜨리예브나 이사예프와 결혼. 4월 17일 이전의 권리(세습 귀족 신분)를 되찾음. 8월 감옥에서 구상하고 집필에 들어갔던 「꼬마 영웅Malenkii geroi」이 『조국 수기』에 M이라는 익명으로 실림. 12월 간질 증세로 인해 군 복무를 계속할 수 없다는 진단을 받음.

1858년 37세 봄 까뜨꼬프에게 편지를 보내『러시아 통보*Russkii vestnik*』지에 중편소설 게재를 요청함. 까뜨꼬프 받아들임. 6월 19일 형 미하일이 정치와 문학 잡지『시대*Vremia*』지의 출판 허가를 요청함. 9월 30일 미하일, 잡지 출판 허가받음. 10월 31일 돈 떨어짐. 두 편의 중편과 장편 한 편을 씀.

1859년 38세 3월 18일 하사관으로 제대함. 3월『아저씨의 꿈 *Diadiushkin son*』이『러시아 말*Russkoe slovo*』지에 실림. 4월 11일 소설『스쩨빤치꼬보 마을 사람들 *Selo stepantikovo*』을 까뜨꼬프에게 보냄. 7월 2일 세미팔라친스끄를 떠나 뜨베리로 감. 8월 19일 뜨베리 도착. 8월 28일 형 미하일이 도착하여 며칠간 동생과 함께 지냄. 도스또예프스끼, 상뜨뻬쩨르부르그에서 거주할 허가를 얻기 위해 교섭. 뜨베리에 싫증을 냄. 10월 6일 네끄라소프,『동시대인』지에서『스쩨빤치꼬보 마을 사람들』출판에 동의함. 도스또예프스끼는『죽음의 집의 기록』집필 구상. 11월 상뜨뻬쩨르부르그 거주를 허가받음. 그러나 평생 비밀경찰의 감시를 받게 됨. 12월 상뜨뻬쩨르부르그에 도착(10년 만의 귀환). 며칠 후 스뜨라호프Strakhov와 알게 되고 친구가 됨. 후에 그는 도스또예프스끼의 공식 전기를 쓰게 됨. 11~12월『스쩨빤치꼬보 마을 사람들』이『조국 수기』지에 실림.

1860년 39세 봄 여배우 A. I. 쉬베르뜨의 집에 드나들게 되고 그녀의 남동생 내외와도 알게 됨. 3~4월〈문학 기금〉을 위한 두 편의 연극에 참여(고골의「검찰관Revizor」과「코nos」). 9월『러시아 세계*Russkii mir*』지(67호)에『죽음의 집의 기록』연재 시작. 11월 검열 당국은『죽음의 집의 기록』의 불온한 표현들을 삭제한다는 조건으로 이 책의 출판을 허가함. 가을 형과 함께 문학 서클〈편집자들의 모임〉결성. 당대의 유명 인사들이 대거 참여.
• 도스또예프스끼의 작품들이 두 권의 책으로 나옴.
1권 :『가난한 사람들』,『네또츠까 네즈바노바』,「백야」,「정직한 도둑」,「크리스마스 트리와 결혼식」,「남의 아내와 침대 밑 남편」,「꼬마 영웅」. 2권 :『아저씨의 꿈』,『스쩨빤치꼬보 마을 사람들』.

1861년 40세 3월 3일(구력 2월 19일)의 농노 해방령이 시행됨. 7월 『상처받은 사람들Unizhennye i oskorblionnye』 마지막 손질. 『시대』지에 기고. 9월 『상처받은 사람들』 출판 허가. 이 해에 많은 작가들과 관계를 맺음. 그중에는 곤차로프, 오스뜨로프스끼, 살띠꼬프 쉐체드린도 있음.

• 『상처받은 사람들』이 두 권의 단행본으로 출간됨.

1862년 41세 1월 『죽음의 집의 기록』의 두 번째 부분이 『시대』지에 실림. 1월 16일 『죽음의 집의 기록』의 단행본을 내기 위해 바주노프와 계약. 5월 온천에 가기 위해 통행증 신청. 5월 16일 상뜨뻬쩨르부르그에서 화재 발생, 15일간 계속되어 1천여 개의 상점이 잿더미가 됨. 도스또예프스끼, 크게 놀람. 6월 7일 처음으로 외국 여행. 6월 8~26일 베를린, 드레스덴, 프랑크푸르트, 쾰른, 파리 등을 여행. 7월 초 런던에 가서 게르쩬 만남. 〈도스또예프스끼가 어제 나를 만나러 왔습니다. 그는 순수하고, 그다지 명석하지는 않지만 매력 있는 사람입니다. 그는 러시아 민족을 열광적으로 믿고 있습니다.〉(1862년 7월 17일 게르쩬이 오가레프Ogarev에게 보낸 편지) 7월 7일 체르니셰프스끼Chernyshevskii가 체포되어 뻬뜨로빠블로프스끄 감옥에 감금됨. 7월 8일 도스또예프스끼, 파리로 돌아가기 전 게르쩬에게 자신의 서명이 든 사진을 선물함. 7월 15일 쾰른으로 갔다가 라인 강을 거쳐 스위스로, 그 후엔 이탈리아로 감. 12월 『시대』지에 『악몽 같은 이야기Skvernyi anekdot』 발표.

1863년 42세 2월 『시대』지에 「여름 인상에 대한 겨울 메모Zimnie zametki o letnikh vpechatleniakh」 연재됨. 4월 『시대』지, 스뜨라호프가 1월에 발생한 폴란드인의 무장봉기 실패에 관해서 폴란드인에게 유리한 기사를 실었다는 이유로 4호로 발행 정지됨. 5월 『시대』지 출판 금지 당함. 8월 외국으로 떠남. 8월 14일 파리에 도착하여 다음 날 먼저 와 있던 수슬로바와 만남. 둘의 관계가 악화되고 그는 노름판에서 돈을 잃음. 9월 수슬로바와 이탈리아로 출발. 바덴바덴에서 머물다가 뚜르게네프를 만남. 노름판에서 3천 프랑을 잃음. 바덴바덴을 떠나 토리노로 감. 그다음 제네바로 가서 도스또예프스끼는 시계를, 수슬로바는 반지를 저당잡힘. 그 후 제네바, 로마, 리보르노로 여행. 9월 17일

로마의 성 베드로 성당 방문. 9월 18일 포럼 산책. 스뜨라호프에게 편지를 보내 『노름꾼 Igrok』에 대한 이야기와 돈이 궁한 사정을 호소함. 스뜨라호프는 도스또예프스끼가 토리노로 가기 전, 그에게서 〈독서를 위한 총서〉의 편집자가 되겠다는 약속을 받아 냄. 10월 수슬로바와 나폴리 체류. 그곳에서 게르쩬 가족을 만남. 그 후 토리노로 돌아옴. 10월 8일 수슬로바와 헤어짐. 수슬로바는 파리로 떠남. 도스또예프스끼는 함부르크로 가서 도박을 하고 돈을 잃음. 수슬로바에게 편지를 보내 350프랑을 받음. 이 시기에 『노름꾼』과 『지하로부터의 수기 Zapiski iz podpol'ia』쓰기 시작. 10월의 마지막 10일 동안 러시아로 돌아감. 11월 형 미하일, 내무부 장관 발루예프에게 『시대』지를 다른 이름으로 낼 수 있게 해달라고 요청.

1864년 43세 1월 발루예프, 형 미하일에게 『세기 Epokha』지 출판 허가 내줌. 3월 21일 『세기』지 첫 호 나옴. 3~4월 『지하로부터의 수기』를 『세기』지에 발표. 4월 4일 〈오전 문학 모임〉에서 『죽음의 집의 기록』의 일부를 낭독함. 4월 14~15일 아내 마리야 드미뜨리예브나의 건강 상태 악화. 새벽 4시에 병자 성사. 낮 동안 각혈 계속됨. 저녁 7시에 숨을 거둠. 4월 16일 죽은 아내의 머리맡에서 수첩에 자신의 반성을 적음. 〈아내 마샤는 탁자 위에서 쉬고 있다. 마샤를 다시 볼 수 있을까?〉 4월 말 뻬쩨르부르그로 돌아감. 7월 10일 아침 7시, 빠블로프스끄에서 형 미하일 사망. 그의 아내가 『세기』지 발간을 계속해 나갈 것을 허가받음. 9월 25일 친구 아뿔론 그리고리예프 죽음.
• 『죽음의 집의 기록』이 두 권의 독일어 판으로 라이프치히 출판사에서 나옴.

1865년 44세 3월 31일 친구 브란겔에게 아내의 죽음을 알리는 편지를 씀. 〈그녀는 나를 무척이나 사랑했지. 그리고 나도 그녀를 한없이 사랑했네. 그런데 우린 이제 함께 행복을 나눌 수 없게 되었어……. 내 삶은 갑자기 둘로 나뉘어 버렸어.〉 이 시기에 꼬르빈 끄루꼬프스까야 부인, 후에 유명한 수학자가 된 소피야 꼬발레프스까야와의 우정이 시작됨. 4~5월 꼬르빈 끄루꼬프스까야 부인에게 청혼하나 거절당함. 5월 10일 외국 여행을 위해 여권 신청. 6월 『세기』지 2호에 「악어」 연재

(「기이한 사건 혹은 아케이드에서의 돌발적 사건」이라는 제목으로 연재 시작). 『세기』지, 재정난으로 발행 중단(통권 13호). 여름에 출판업자 스쩰로프스끼와 계약을 맺고 자기의 모든 작품을 양도하고 1866년 11월 1일까지 일정 페이지의 새 소설을 탈고하겠다고 약속함. 계약을 이행하지 못할 경우 스쩰로프스끼는 보조금 지급 없이 이후의 모든 작품에 대한 저작권을 가지기로 함. 도스또예프스끼, 3천 루블을 받고 모든 작품의 저작권을 팔아 버림. 7월 말 비스바덴에 도착. 8월 3일 뚜르게네프에게 편지를 보내 노름판에서 거액을 잃은 사실을 알리고 1백 탈러를 보내 달라고 부탁함. 수슬로바, 도스또예프스끼를 만나러 비스바덴으로 감. 8월 8일 50탈러를 부쳐 주어서 고맙다는 편지를 뚜르게네프에게 씀. 9월 밀류꼬프에게 편지를 보내 어디든 상관없으니 중편소설을 팔아 당장 8백 루블을 보내 달라고 부탁하지만 허탕. 〈나는 호텔에 묵고 있습니다. 빚이 불어나서 위협을 받고 있습니다. 그리고 한 푼도 없는 실정입니다.〉 밀류꼬프는 〈독서를 위한 총서〉, 『동시대인』, 『조국 수기』지에 요청하지만 모두 그가 요구하는 선불금을 거절함. 까뜨꼬프에게 『죄와 벌 Prestuplenie i nakazanie』의 구상을 알리는 편지의 초안 작성. 편지에 소설의 줄거리 묘사. 10월 코펜하겐에 도착하여 친구 브란겔의 집에서 10일을 보냄. 15일 상뜨뻬쩨르부르그로 돌아옴. 11월 2일 수슬로바를 만나 다시 청혼함. 11월 8일 브란겔에게 보낸 편지에서 돌아온 첫 주에 세 차례의 간질 발작이 있었음을 알림. 까뜨꼬프가 그에게 선불금 지급. 11월 말 『죄와 벌』 초고를 태워 버림. 〈새 형식, 새 플롯이 내 마음을 사로잡아 나는 모두 다시 시작했다.〉 (1866년 2월 18일 브란겔에게 보낸 편지) 『죄와 벌』을 쓰는 동안 센나야 광장 근처로 자주 산책 나감. 어느 날 술 취한 군인이 다가와 목에 걸고 있던 십자가를 팔겠다고 해 그 십자가를 사서 목에 걸고 다님. 1867년 외국으로 떠날 때 상뜨뻬쩨르부르그에 놓고 갔으며 이후 없어짐.

• 도스또예프스끼의 전집이 작가의 검토와 보충을 거쳐 스쩰로프스끼 출판사에서 나옴.

1권 : 「여주인」, 「쁘로하르친 씨」, 「약한 마음」, 『죽음의 집의 기록』, 『가난한 사람들』, 「백야」, 「정직한 도둑」. 2권 : 『상처받은 사람들』, 『지하로부터의 수기』,「악몽 같은 이야기」,「여름 인상에 대한 겨울 메모」 등. 도스또예프스끼의 여러 단편들과 중편들이 같은 출판사에서 단행본으로 나옴.『가난한 사람들』,「백야」,「약한 마음」,「여주인」,「쁘로하르친 씨」 등.『죽음의 집의 기록』의 세 번째 판이 검토를 거치고 새 장들이 추가되어 나옴.

1866년 ^{45세} 1월『죄와 벌』,『러시아 통보』지에 연재 시작(12월 호로 완결). 1월 14일 고리대금업자 뽀뽀프와 그의 하녀 노르만이 대학생 다닐로프에게 살해되고 금품을 강탈당함. 도스또예프스끼는『백치 Idiot』를 쓰며 이 사건을 숙고함. 3~4월『동시대인』지에『죄와 벌』에 대한 비호의적인 평이 실림. 4월 4일 러시아 황제 알렉산드르 2세에 대한 까라꼬조프의 암살 계획. 도스또예프스끼는 이 사건에 깜짝 놀람. 6월 여름을 여동생의 가족이 사는 곳에서 가까운 모스끄바의 교외 지역인 류블리노에서 보냄.『노름꾼』의 줄거리와『죄와 벌』 5부 작업.『러시아 통보』의 편집자 까뜨꼬프에게 부도덕한 장면이라고 지적당한 2부의 6장을 수정해야 했음(라스꼴리니꼬프와 소냐가 복음서를 읽는 장면). 9월 까라꼬조프에 대한 재판과 판결. 도스또예프스끼는 작가 노트와『악령』의 도입부에서 이 재판에 대해 언급함. 10월 스쩰로프스끼에게 약속한 소설을 제때에 끝내기 위해 속기사를 고용하기로 결심함. 10월 3일 저녁때 안나 그리고리예브나 스니뜨끼나 Anna Grigorievna Snitkina가 찾아와 속기사로 일하겠다고 함. 그다음 날『노름꾼』 구술 시작. 29일에 끝냄. 30일, 31일 원고 정서함. 11월『노름꾼』 원고를 스쩰로프스끼에게 가져감. 스쩰로프스끼는 자리에 없고 그의 서기가 원고를 거절함. 도스또예프스끼는 출판사 부근의 경찰서에 소설을 맡김. 11월 3일 어머니 집에 있는 안나 그리고리예브나를 방문함. 그리고『죄와 벌』 마지막 부분을 속기해 달라고 부탁함. 11월 8일 안나 그리고리예브나에게 청혼. 그녀의 수락. 이달 말, 도스또예프스끼는 하나뿐인 외투를 저당잡혀 쪼들리는 친척들을 도움.

• 도스또예프스끼 전집 제3권 나옴(스쩰로프스끼 출판사).

수록 작품 :『노름꾼』,『분신』,「크리스마스트리와 결혼식」,「남의 아내와 침대 밑 남편」,「꼬마 영웅」,「네또츠까 네즈바노바」,『아저씨의

꿈』, 『스쩨빤치꼬보 마을 사람들』. 스쩰로프스끼 출판사에서 단편, 중단편들이 단행본으로 나옴. 『분신』, 『지하로부터의 수기』, 『노름꾼』, 「크리스마스트리와 결혼식」, 「악어Krokodil」, 「악몽 같은 이야기」 등. 『상처받은 사람들』 세 번째 개정판과 『스쩨빤치꼬보 마을 사람들』의 세 번째 판이 같은 출판사에서 나옴.

1867년 46세 2월 15일 저녁 7시, 삼위일체 대성당에서 도스또예프스끼와 안나 그리고리예브나의 결혼식. 3월 30일 도스또예프스끼와 그의 아내, 모스끄바에 도착. 듀소 호텔로 감. 모스끄바에서 보석상 까밀꼬프가 양갓집 아들 마주린에게 살해당하는 사건이 발생. 도스또예프스끼는 이 범죄 사건을 『백치』의 마지막에 이용함. 4월 도스또예프스끼 부부, 외국으로 갈 계획 세움. 4월 12일 안나 그리고리예브나, 돈을 빌리기 위해 개인 물품을 저당잡힘. 빌린 돈의 일부를 도스또예프스끼 가족에게 줌. 4월 14일 도스또예프스끼 부부, 외국으로 떠나 4년 넘게 체류. 안나 그리고리예브나 일기 쓰기 시작. 4월 17일과 18일 베를린 체류. 4월 19일 드레스덴에 도착, 미술관에서 라파엘의 마돈나 감상. 책 사들임. 5월 4일 도스또예프스끼, 룰렛 게임을 하러 함부르크로 출발. 5월 5일 도박을 하여 처음엔 땄으나 그 후에 거액을 잃고 아내에게 여러 차례 돈을 요구하지만 이 돈마저 잃음. 5월 15일 드레스덴으로 돌아옴. 5월 25일 알렉산드르 2세에 대한 폴란드 이민자 베레조프스끼의 암살 음모. 파리 체류. 6월 디킨스, 위고를 읽음. 베토벤, 바그너의 음악회 감상. 이달 여러 번의 간질 발작을 일으킴. 6월 21일 도스또예프스끼 부부, 바덴바덴으로 떠남. 이후 룰렛 게임을 계속함. 6월 28일 뚜르게네프를 만나러 감. 러시아와 서양의 관계에 대한 생각 차이로 말다툼. 7월 10일 도박으로 마지막 남은 돈을 잃음. 물건을 저당잡힘. 7월 16일 도벨린스끼에 대한 기사 쓰기 시작. 8월 11일 도스또예프스끼 부부, 제네바로 떠남. 바젤에 들러 미술관 방문. 8월 13일 제네바 도착. 8월 28일 가리발디와 바꾸닌의 협력으로 제네바에서 평화와 자유 연맹의 첫 번째 회의 열림. 도스또예프스끼, 여러 회의에 참석. 9월 도박으로 또 손해를 봄. 제네바에 싫증을 냄. 경제 사정 매우 악화. 10월 『백치』 집필. 도박으로 돈을 잃음. 물건을 저당잡힘. 12월 6일 『백치』의

최종 원고 작업 돌입. 〈내 소설의 주요 생각은 지극히 완전한 사람을 그리는 데 있다.〉
• 『죄와 벌』 수정판이 두 권으로 바주노프 출판사에서 나옴.

1868년 47세 2월 22일 딸 소피야 태어남. 3월 10일 한 가족(6명)이 땅보프에서 살해되는 사건 발생. 16세의 고등학생이 용의자로 지목됨. 도스또예프스끼는 이 사건을 『백치』 2부에 이용함. 도박 계속. 5월 12일 어린 딸 소피야 죽음. 9월 밀라노 도착. 성당에 감. 11월 피렌체로 출발. 그곳에서 겨울을 남.
• 『러시아 통보』지에 『백치』 게재.

1869년 48세 봄 러시아의 친구들과 활발한 서신 교환. 무신론에 관한 소설을 구상. 7월 프라하에서 사흘을 보낸 다음 베네치아, 볼로냐를 거쳐 드레스덴으로 돌아감. 9월 14일 딸 류보프 출생. 11월 21일 모스끄바에서 혁명 운동가 네차예프를 지도자로 하는 〈민중의 복수〉라는 혁명 단체가 불복종을 이유로 농학과 학생 이바노프를 암살함(소위 네차예프 사건). 도스또예프스끼는 이 사건을 주의 깊게 연구하여 후에 『악령besy』에 이용함.

1870년 49세 봄 니힐리즘에 대한 〈악의적인 것〉 작업(『악령』). 6~8월 프랑스-프로이센 전쟁. 도스또예프스끼, 자기 일기와 서신에 유럽의 사건들에 대해 언급.
• 『오로라L'Aurore』에 『영원한 남편Vechnyi muzh』 실림. 『죄와 벌』, 전집 제4권으로 나옴(스쩰로프스끼 출판사).

1871년 50세 1월 『러시아 통보』지에 『악령』 연재 시작. 3~5월 파리 코뮌. 도스또예프스끼의 편지와 『미성년Podrostok』의 작가 노트에서 이 사건을 반영했음을 밝힘. 4월 비스바덴에 가서 룰렛 게임. 돈을 잃고 아내에게 편지를 써서 다시는 도박을 하지 않겠다고 약속함. 러시아가 그리워져서 다시 돌아갈 생각을 함. 7월 1일 네차예프의 재판. 재판의 내용이 『악령』 2부와 3부에서 이용됨. 7월 5일 드레스덴을 떠나 뻬쩨르부르그 도착. 7월 16일 뻬쩨르부르그에서 아들 표도르 태어남.
• 바주노프 사에서 〈동시대 작가 총서〉의 하나로 『영원한 남편』이 단

행본으로 나옴.

1872년 51세 4~5월 딸 류보프의 팔이 부러짐. 도스또예프스끼, 뜨레 쨔꼬프에게 주문받은 초상화를 그리기 위해 뻬로프의 모델이 됨. 5월 15일 여름을 지내기 위해 스따라야 루사로 떠남. 며칠 후 딸의 잘 낫지 않는 팔을 수술하기 위해 뻬쩨르부르그로 다시 돌아옴. 10월 30일 『시민 *Grazhdanin*』지에서 도스또예프스끼와 공동 작업할 것임을 알림. 11~12월 안나 그리고리예브나, 『악령』을 직접 출판하기 위해 교섭. 도스또예프스끼, 『시민』지의 편집 일을 맡음. 12월 말 도스또예프스끼, 『시민』지 1호에 『작가 일기』 제1장 원고 조판 작업. 독감과 폐기종으로 고생하기 시작.

1873년 52세 1월 1일 『시민』지 제1호가 나옴. 편집장을 맡음. 1월 7일 끼르끼즈 대표단이 겨울 궁전으로 알렉산드르 2세를 접견하러 감. 검열 당국의 사전 허가를 받지 않은 점을 변명하기 위해 도스또예프스끼도 따라감. 뽀베도노스쩨프(성무권의 담당 검사관)가 왕위 계승자 알렉산 드르 알렉산드로비치에게 편지와 『악령』 견본 보냄. 2월 26일 안나 그 리고리예브나가 출판한 『악령』 판매 시작. 2월 27일 슬라브 자선 단체 의 회원으로 뽑힘. 6월 11일 검열법 위반으로 25루블의 벌금형과 48시 간의 구류(끼르끼즈 대표단 사건) 처분받음. 6월 15일 시인 쮸체프 사 망. 그에 대한 글을 『시민』지에 기고함.
• 『악령』이 세 권의 단행본으로 나옴. 정치적, 연대기적, 문학적 기사 와 중편소설, 일상 생활을 묘사한 『작가 일기』가 『시민』지에 연재됨. 『작가 일기』(『시민』지 제6호)에 단편 「보보끄」가 실림.

1874년 53세 1월 『백치』, 두 권의 단행본으로 나옴. 3월 11일 『시민』 지 10호에 기고한 글 〈러시아에 사는 독일인들에 대한 비스마르크 왕 자의 생각과 관련된 두 단어〉로 잡지는 첫 번째 경고를 받음. 3월 21일 과 22일 센나야 광장의 보초에게 체포당함. 이때 『레 미제라블』을 다 시 읽음. 4월 22일 건강상의 이유로 『시민』지의 편집장직 사퇴. 그러 나 기고는 중단하지 않음. 6월 4일 스따라야 루사를 떠나 엠스에 온천 요법을 받으러 감. 6월 12일 엠스에 도착. 독감에 걸림. 엠스에 싫증을 냄. 뾰쉬낀을 다시 읽고 『미성년』 작업. 〈엠스가 너무 싫은 나머지 감옥이 더 나을 것 같다.〉 7~8월 제네바에 가서 딸 소냐의 무덤에 감. 8월 10일 스따라야 루사로 돌아옴. 이곳에서 겨울을 나기로 결심함. 10월 12일 네끄라소프에게 보낸 편지에서 『조국 수기』지에 소설 『미성년』이 실릴 것이라고 알림.

1875년 54세 4월 9일 안나 그리고리예브나, 꾸르스끄 지방에 있는 남동생 아내의 땅을 소작하기로 남동생과 합의. 5월 26일 도스또예프스끼, 엠스로 떠남. 처음 왔을 때와 같은 참기 힘든 인상을 받음. 욥기를 읽음. 7월 7일 스따라야 루사로 돌아옴. 8월 10일 아들 알렉세이 태어남. 12월 길에서 일곱 살의 어린 거지와 자주 만나며 그의 생활에 관심을 가지고 질문을 함. 현대의 부모와 아이들에 관한 소설 구상. 12월 27일 비행 청소년을 위한 감화원 방문. 12월 31일 개인 잡지 『작가 일기』의 발행 허가가 내려짐.
• 『죽음의 집의 기록』 제4판이 두 권의 책으로 나옴. 『미성년』이 『조국 수기』(1~12월 호)에 실림.

1876년 55세 1월 월간 『작가 일기』 제1호 발행. 단편 「예수의 크리스마스트리에 초대된 아이」 발표. 2월 『작가 일기』 2월 호에 단편 「농부 마레이」 발표. 3월 영적 경험. 『작가 일기』 3월 호에 단편 「백 살의 노파」 실림. 5월 18일 안나 그리고리예브나, 남동생에게 스따라야 루사에 집을 한 채 사놓으라고 시킴. 7월 도스또예프스끼, 엠스로 떠남. 그곳에서 의사는 〈죽으려면 아직도 멀었다〉고 안심시킴. 10월 도스또예프스끼가 『작가 일기』에서 말한 계모 꼬르닐로바의 재판이 열림. 그는 죄수를 두 번 방문함. 『작가 일기』는 점점 더 풍부한 통신란이나 다름없게 됨. 11월 도스또예프스끼는 뽀베도노스쩨프의 충고에 대해 『작가 일기』의 별책들을 유명해지게 할 것을 제안. 『온순한 여자 Krotkaia』 집필, 『작가 일기』 11월 호에 발표. 12월 6일 까잔 광장에서 대학생들의 시위와 난투극. 『작가 일기』에서 이 사건을 상세히 다룸.
• 『미성년』이 3권의 단행본으로 나옴. 『작가 일기』 계속 발간.

1877년 56세 봄 스따라야 루사에 안나 그리고리예브나의 동생 명의로

집을 사들임. 4월 러시아 황제의 성명. 러시아 군대가 터키 영토에 진입. 도스또예프스끼는 성명을 읽고 까잔 성당에 감. 4월 22일 꼬르닐로바의 두 번째 재판에 참석함. 피고는 무죄 석방됨. 검사는 처음 선고는 『작가 일기』의 기사에 따라 취소되었다고 말함. 『작가 일기』 4월 호에 단편 「우스운 사람의 꿈」 발표. 도스또예프스끼 가족, 여름을 안나 그리고 리예브나의 남동생 소유지에서 보냄. 7월 『안나 까레니나』 8부가 단행본으로 나옴. 전쟁에 대한 똘스또이의 반체제적 견해 때문에 거부되었던 책으로 『러시아 통보』지의 편집부에서 펴냄. 도스또예프스끼, 그 책을 구입. 7월 19일 꾸르스끄 지방으로 떠남. 어린 시절을 보낸 다로보예로 감. 12월 27일 시인 네끄라소프 사망. 충격에 싸인 도스또예프스끼는 밤을 새워 죽은 시인의 시를 낭독함. 12월 29일 연말 공식 회의에서 도스또예프스끼가 과학 아카데미 러시아 문헌 분과의 객원 회원으로 뽑혔음을 알려 옴. 12월 30일 네끄라소프 장례식에서 간단한 연설을 함.

• 『작가 일기』 계속 발간. 『죄와 벌』 4판이 두 권으로 나옴. 『우스운 사람의 꿈』이 『시민』지에서 나옴. 『온순한 여자』가 「상뜨뻬쩨르부르그 신문」에 프랑스어로 번역됨. 단행본으로도 나옴.

1878년 57세 연초 도스또예프스끼, 매달 문학인 협회가 주관하는 저녁 모임 참가. 3월 베라 자술리치의 재판. 베라는 정치범을 하찮은 이유로 채찍질한 뜨레뽀프 경찰국장을 저격. 도스또예프스끼, 재판 방청. 5월 16일 세 살의 어린 아들 알렉세이 도스또예프스끼, 갑작스러운 간질 발작으로 죽음. 아들이 죽은 후 그는 자주 블라지미르 솔로비요프를 만남. 6월 23일 솔로비요프와 함께 러시아 영성의 중심지 중 하나인 옵찌나 수도원에 감. 암브로시 장로와 두 번의 대화. 그로부터 『까라마조프 씨네 형제들 *Brat'ia Karamazovy*』의 영감을 얻음. 12월 계획을 세우고 『까라마조프 씨네 형제들』의 첫 부분 씀. 12월 14일 『상처받은 사람들』의 넬리 이야기를 자선 문학의 밤 모임에서 낭독. 〈문학 기금〉의 저녁 모임에서 뿌쉬낀의 『예언자』를 읽음. 이 겨울 동안 문단에 자주 나옴.

• 『작가 일기』 1877년 12월 호가 1878년 1월에 나옴.

1879년 58세 3월 9일 〈문학 기금〉을 위한 연회에서 도스또예프스끼는 『까라마조프 씨네 형제들』의 일부분을 낭독함. 3월 13일 뚜르게네프 기념 오찬 모임에서 뚜르게네프와 도스또예프스끼 사이의 별로 좋지 않은 이야기들이 회자됨. 3월 20일 어린 딸을 괴롭힌 혐의로 고발당한 외국인 브룬스트의 재판. 도스또예프스끼는 이 사건에 매우 깊은 인상을 받아 『까라마조프 씨네 형제들』에 이용함. 도스또예프스끼는 술 취한 남자 때문에 길에 넘어져 얼굴에 상처를 입음. 그의 항의에도 불구하고 가해자는 16루블의 벌금형을 받음. 빅토르 위고의 주재로 열리는 런던 문학 회의에 참여해 달라는 요청을 건강상의 이유로 거절함. 7월 22일 엠스로 떠남. 베를린에서 이틀 머무름. 수족관, 박물관, 티어가르텐 구경. 7월 24일 엠스 도착. 그가 이곳에 머무는 동안 그의 아내는 아이들을 데리고 그녀의 친척인 꾸마닌 부인의 토지 분할 문제를 처리하기 위해 랴잔 지방에 감. 꾸마닌 부인은 2백 제곱미터의 산림과 1백 제곱미터의 경작지를 보유. 8월 6일 형수 죽음. 9월 러시아로 돌아옴. 『까라마조프 씨네 형제들』 작업. 10월 알렉세이 똘스또이의 미망인, 똘스또이 백작 부인이 도스또예프스끼에게 드레스덴 박물관에 있는 라파엘의 「시스티나의 마돈나」 사진을 보여 줌.

• 『까라마조프 씨네 형제들』(소설 3부의 제4권까지) 『러시아 통보』에서 나옴. 1876년에 쓰인 『작가 일기』 단행본 제2판 1879년. 『상처받은 사람들』 제5판.

1880년 59세 1월 도스또예프스끼의 아내가 출판한 작품 판매. 1월 17일 도스또예프스끼와 프랑스 외교관이자 작가인 보귀에 사이에 논쟁〔보귀에는 후에 유명한 책, 『러시아 소설』(1886)을 씀〕. 도스또예프스끼는 다음과 같이 말함. 〈우리는 모든 민족들이 가진 특징을 가지고 있습니다. 그 위에 모든 러시아의 특징도. 그 이유는 우리는 당신들을 이해할 수 있기 때문입니다. 그러나 당신들은 우리에 미치지 못합니다.〉 자선 문학의 밤 행사에 여러 번 참여, 자기 작품의 몇몇 부분을 읽음. 4월 6일 뻬쩨르부르그 대학에서 열린 블라지미르 솔로비요프의 박사 논문 통과 심사에 참석. 5월 11일 모스끄바에서 열리는 뿩쉬낀 동상 제막식에서 슬라브 자선 단체의 대표로 임명됨. 5월 23일 모스끄바 도착. 5월 24일 도스또예프스끼를 축하하는 오찬. 여러 작가들 참석. 6월

6일 뿌쉬낀 동상 제막식. 6월 7일 첫 번째 공개 회의, 뚜르게네프 연설. 6월 8일 두 번째 공개 회의. 도스또예프스끼, 대중의 열광을 불러일으킨 뿌쉬낀에 대한 연설을 함. 월계관을 받음. 저녁에 『예언자』 낭독. 밤에 그는 뿌쉬낀 동상에 가서 자기가 받은 월계관을 바침. 6월 10일 모스끄바를 떠나 스따라야 루사로 감. 『까라마조프 씨네 형제들』 쓰기 시작. 9월 26일 똘스또이가 스뜨라호프에게 편지를 보내 『죽음의 집의 기록』은 뿌쉬낀의 작품을 포함하여 새로운 모든 문학 작품들 중 가장 아름다운 책이라고 말함. 11월 8일 도스또예프스끼, 『러시아 통보』지에 『까라마조프 씨네 형제들』의 마지막 장들을 보냄. 〈내 소설은 끝났습니다. 이 소설에 바친 3년과 출판한 2년, 나에게는 의미 있는 순간입니다. 작별 인사를 하지 않은 것을 용서하시기 바랍니다. 나는 20년은 더 살면서 글을 쓸 작정입니다.〉 11월 29일 한 편지에서 나쁜 건강 상태에 대해 불평(폐기종으로 고생). 12월 10일 젊은 메레쥐꼬프스끼 Merezhkovskii의 방문을 허락. 15세의 젊은 시인은 도스또예프스끼에게 자신의 시를 읽어 줌. 〈제대로 쓰기 위해서는 고통을 감내해야 한다.〉

• 〈뿌쉬낀에 대한 연설〉이 『모스끄바 통보』지에 실림. 『까라마조프 씨네 형제들』, 『러시아 통보』지에 연재(11월 완결). 『작가 일기』 8월 호가 간행됨. 『까라마조프 씨네 형제들』 단행본 며칠 만에 동이 남.

1881년 60세 1월 『작가 일기』 작업. 1월 19일 알렉세이 똘스또이의 미망인 집에서 열린 연극 『폭군 이반의 죽음 Smert' Ioanna Groznogo』에서 수도승 역을 맡음. 1월 26일 상속 문제로 여동생이 찾아와 다투고 간 후 도스또예프스끼 각혈, 5시 반에 의사 폰 브레첼 도착, 진찰 도중 다시 각혈, 의식을 잃음. 6시경 병자 성사를 받음, 7시경 아내와 아이들에게 작별 인사. 1월 27일 각혈 멈춤. 1월 28일 아침 7시 도스또예프스끼는 아내에게 오늘 틀림없이 죽을 것 같다고 말함. 그는 복음서를 아무데나 펼쳐 「마태오의 복음서」 3장, 14~15절을 읽음. 죽음의 전조가 보임. 아침 11시 또 각혈. 저녁 7시 자식들을 불러 아들에게 자신의 성서를 건네줌. 저녁 8시 38분 도스또예프스끼 사망. 1월 31일 알렉산드르 네프스끼 수도원 묘지에 묻힘. 많은 사람들이 긴 행렬을 이루며 그의 죽음을 애도함.

• 『죽음의 집의 기록』 제5판 나옴. 『상처받은 사람들』의 프랑스어 번역이 「상뜨뻬쩨르부르그 신문」에 실림. 『죽음의 집의 기록』 영어로 번역됨. 『상처받은 사람들』 스웨덴어로 번역됨.

열린책들 세계문학 121 지하로부터의 수기

옮긴이 계동준 1959년 서울에서 태어나 한국외국어대학교 노어과를 졸업하였다. 미국 인디애나 대학교 대학원 슬라브어문학과에서 석사 학위를, 한국외국어대학교 노어과에서 박사 학위를 받았다. 현재 대전대학교 러시아어통역학과 교수로 재직 중이다. 논문으로 「쌀띠꼬프 – 쉬체드린의 〈어느 도시의 역사〉 연구: 작품의 풍자대상과 기법을 중심으로」 등이 있다.

지은이 표도르 도스또예프스끼 **옮긴이** 계동준 **발행인** 홍예빈
발행처 주식회사 열린책들 **주소** 경기도 파주시 문발로 253 파주출판도시
전화 031-955-4000 **팩스** 031-955-4004
홈페이지 www.openbooks.co.kr **이메일** literature@openbooks.co.kr
Copyright (C) 주식회사 열린책들, 2000, 2010, *Printed in Korea*.
ISBN 978-89-329-1121-2 04890 **ISBN** 978-89-329-1499-2 (세트)
발행일 2000년 6월 15일 초판 1쇄 2002년 3월 15일 신판 1쇄 2005년 2월 1일 신판 5쇄 2007년 2월 5일 3판 1쇄 2009년 3월 15일 3판 5쇄 2010년 5월 30일 세계문학판 1쇄 2025년 1월 30일 세계문학판 12쇄

이 도서의 국립중앙도서관 출판예정도서목록(CIP)은 서지정보유통지원시스템 홈페이지(http://seoji.nl.go.kr)와 국가자료공동목록시스템(http://www.nl.go.kr/kolisnet)에서 이용하실 수 있습니다.(CIP제어번호 : CIP2010001767)

열린책들 세계문학
Open Books World Literature

001 **죄와 벌** 표도르 도스또예프스끼 장편소설 | 홍대화 옮김 | 전2권 | 각 408, 512면

003 **최초의 인간** 알베르 카뮈 장편소설 | 김화영 옮김 | 392면

004 **소설** 제임스 미치너 장편소설 | 윤희기 옮김 | 전2권 | 각 280, 368면

006 **개를 데리고 다니는 부인** 안똔 체호프 소설선집 | 오종우 옮김 | 368면

007 **우주 만화** 이탈로 칼비노 단편집 | 김운찬 옮김 | 416면

008 **댈러웨이 부인** 버지니아 울프 장편소설 | 최애리 옮김 | 296면

009 **어머니** 막심 고리끼 장편소설 | 최윤락 옮김 | 544면

010 **변신** 프란츠 카프카 중단편집 | 홍성광 옮김 | 464면

011 **전도서에 바치는 장미** 로저 젤라즈니 중단편집 | 김상훈 옮김 | 432면

012 **대위의 딸** 알렉산드르 뿌쉬낀 장편소설 | 석영중 옮김 | 240면

013 **바다의 침묵** 베르코르 소설선집 | 이상해 옮김 | 256면

014 **원수들, 사랑 이야기** 아이작 싱어 장편소설 | 김진준 옮김 | 320면

015 **백치** 표도르 도스또예프스끼 장편소설 | 김근식 옮김 | 전2권 | 각 504, 528면

017 **1984년** 조지 오웰 장편소설 | 박경서 옮김 | 392면

019 **이상한 나라의 앨리스** 루이스 캐럴 환상동화 | 머빈 피크 그림 | 최용준 옮김 | 336면

020 **베네치아에서의 죽음** 토마스 만 중단편집 | 홍성광 옮김 | 432면

021 **그리스인 조르바** 니코스 카잔차키스 장편소설 | 이윤기 옮김 | 488면

022 **벚꽃 동산** 안똔 체호프 희곡선집 | 오종우 옮김 | 336면

023 **연애 소설 읽는 노인** 루이스 세풀베다 장편소설 | 정창 옮김 | 192면

024 **젊은 사자들** 어윈 쇼 장편소설 | 정영문 옮김 | 전2권 | 각 416, 408면

026 **젊은 베르테르의 슬픔** 요한 볼프강 폰 괴테 장편소설 | 김인순 옮김 | 240면

027 **시라노** 에드몽 로스탕 희곡 | 이상해 옮김 | 256면

028 **전망 좋은 방** E. M. 포스터 장편소설 | 고정아 옮김 | 352면

029 **까라마조프 씨네 형제들** 표도르 도스또예프스끼 장편소설 | 이대우 옮김 | 전3권 | 각 496, 496, 460면

032 **프랑스 중위의 여자** 존 파울즈 장편소설 | 김석희 옮김 | 전2권 | 각 344면

034 **소립자** 미셸 우엘벡 장편소설 | 이세욱 옮김 | 448면

035 **영혼의 자서전** 니코스 카잔차키스 자서전 | 안정효 옮김 | 전2권 | 각 352, 408면

037 **우리들** 예브게니 자먀찐 장편소설 | 석영중 옮김 | 320면

038 **뉴욕 3부작** 폴 오스터 장편소설 | 황보석 옮김 | 480면

039 **닥터 지바고** 보리스 파스테르나크 장편소설 | 홍대화 옮김 | 전2권 | 각 480, 592면

041 **고리오 영감** 오노레 드 발자크 장편소설 | 임희근 옮김 | 456면

042 **뿌리** 알렉스 헤일리 장편소설 | 안정효 옮김 | 전2권 | 각 400, 448면

044 **백년보다 긴 하루** 친기즈 아이뜨마또프 장편소설 | 황보석 옮김 | 560면

045 **최후의 세계** 크리스토프 란스마이어 장편소설 | 장희권 옮김 | 264면

046 **추운 나라에서 돌아온 스파이** 존 르카레 장편소설 | 김석희 옮김 | 368면

047 **산도칸 ― 몸프라쳄의 호랑이** 에밀리오 살가리 장편소설 | 유향란 옮김 | 428면

048 **기적의 시대** 보리슬라프 페키치 장편소설 | 이윤기 옮김 | 560면

049 **그리고 죽음** 짐 크레이스 장편소설 | 김석희 옮김 | 224면

050 **세설** 다니자키 준이치로 장편소설 | 송태욱 옮김 | 전2권 | 각 480면

052 **세상이 끝날 때까지 아직 10억 년** 스뜨루가츠끼 형제 장편소설 | 석영중 옮김 | 224면

053 **동물 농장** 조지 오웰 장편소설 | 박경서 옮김 | 208면

054 **캉디드 혹은 낙관주의** 볼테르 장편소설 | 이봉지 옮김 | 232면

055 **도적 떼** 프리드리히 폰 실러 희곡 | 김인순 옮김 | 264면

056 **플로베르의 앵무새** 줄리언 반스 장편소설 | 신재실 옮김 | 320면

057 **악령** 표도르 도스또예프스끼 장편소설 | 박혜경 옮김 | 전3권 | 각 328, 408, 528면

060 **의심스러운 싸움** 존 스타인벡 장편소설 | 윤희기 옮김 | 340면

061 **몽유병자들** 헤르만 브로흐 장편소설 | 김경연 옮김 | 전2권 | 각 568, 544면

063 **몰타의 매** 대실 해밋 장편소설 | 고정아 옮김 | 304면

064 **마야꼬프스끼 선집** 블라지미르 마야꼬프스끼 선집 | 석영중 옮김 | 384면

065 **드라큘라** 브램 스토커 장편소설 | 이세욱 옮김 | 전2권 | 각 340, 344면

067 **서부 전선 이상 없다** 에리히 마리아 레마르크 장편소설 | 홍성광 옮김 | 336면

068 **적과 흑** 스탕달 장편소설 | 임미경 옮김 | 전2권 | 각 432, 368면

070 **지상에서 영원으로** 제임스 존스 장편소설 | 이종인 옮김 | 전3권 | 각 396, 380, 496면

073 **파우스트** 요한 볼프강 폰 괴테 희곡 | 김인순 옮김 | 568면

074 **쾌걸 조로** 존스턴 매컬리 장편소설 | 김훈 옮김 | 316면

075 **거장과 마르가리따** 미하일 불가꼬프 장편소설 | 홍대화 옮김 | 전2권 | 각 364, 328면

077 **순수의 시대** 이디스 워튼 장편소설 | 고정아 옮김 | 448면

078 **검의 대가** 아르투로 페레스 레베르테 장편소설 | 김수진 옮김 | 384면

079 **예브게니 오네긴** 알렉산드르 뿌쉬낀 운문소설 | 석영중 옮김 | 328면

080 **장미의 이름** 움베르토 에코 장편소설 | 이윤기 옮김 | 전2권 | 각 440, 448면

082 **향수** 파트리크 쥐스킨트 장편소설 | 강명순 옮김 | 384면

083 **여자를 안다는 것** 아모스 오즈 장편소설 | 최창모 옮김 | 280면

084 **나는 고양이로소이다** 나쓰메 소세키 장편소설 | 김난주 옮김 | 544면

085 **웃는 남자** 빅토르 위고 장편소설 | 이형식 옮김 | 전2권 | 각 472, 496면

087 **아웃 오브 아프리카** 카렌 블릭센 장편소설 | 민승남 옮김 | 480면

088 **무엇을 할 것인가** 니꼴라이 체르니셰프스끼 장편소설 | 서정록 옮김 | 전2권 | 각 360, 404면

090 **도나 플로르와 그녀의 두 남편** 조르지 아마두 장편소설 | 오숙은 옮김 | 전2권 | 각 408, 308면

092 **미사고의 숲** 로버트 홀드스톡 장편소설 | 김상훈 옮김 | 424면

093 **신곡** 단테 알리기에리 장편서사시 | 김운찬 옮김 | 전3권 | 각 292, 296, 328면

096 **교수** 샬럿 브론테 장편소설 | 배미영 옮김 | 368면

097 **노름꾼** 표도르 도스또예프스끼 장편소설 | 이재필 옮김 | 320면

098 **하워즈 엔드** E. M. 포스터 장편소설 | 고정아 옮김 | 512면

099 **최후의 유혹** 니코스 카잔차키스 장편소설 | 안정효 옮김 | 전2권 | 각 408면

101 **키리냐가** 마이크 레스닉 장편소설 | 최용준 옮김 | 464면

102 **바스커빌가의 개** 아서 코난 도일 장편소설 | 조영학 옮김 | 264면

103 **버마 시절** 조지 오웰 장편소설 | 박경서 옮김 | 408면

104 **10 1/2장으로 쓴 세계 역사** 줄리언 반스 장편소설 | 신재실 옮김 | 464면

105 **죽음의 집의 기록** 표도르 도스또예프스끼 장편소설 | 이덕형 옮김 | 528면

106 **소유** 앤토니어 수전 바이어트 장편소설 | 윤희기 옮김 | 전2권 | 각 440, 488면

108 **미성년** 표도르 도스또예프스끼 장편소설 | 이상룡 옮김 | 전2권 | 각 512, 544면

110 **성 앙투안느의 유혹** 귀스타브 플로베르 희곡소설 | 김용은 옮김 | 584면

111 **밤으로의 긴 여로** 유진 오닐 희곡 | 강유나 옮김 | 240면

112 **마법사** 존 파울즈 장편소설 | 정영문 옮김 | 전2권 | 각 512, 552면

114 **스쩨빤치꼬보 마을 사람들** 표도르 도스또예프스끼 장편소설 | 변현태 옮김 | 416면

115 **플랑드르 거장의 그림** 아르투로 페레스 레베르테 장편소설 | 정창 옮김 | 512면

116 **분신** 표도르 도스또예프스끼 장편소설 | 석영중 옮김 | 288면

117 **가난한 사람들** 표도르 도스또예프스끼 장편소설 | 석영중 옮김 | 256면

118 **인형의 집** 헨리크 입센 희곡 | 김창화 옮김 | 272면

119 **영원한 남편** 표도르 도스또예프스끼 장편소설 | 정명자 외 옮김 | 448면

120 **알코올** 기욤 아폴리네르 시집 | 황현산 옮김 | 352면

121 **지하로부터의 수기** 표도르 도스또예프스끼 장편소설 | 계동준 옮김 | 256면

122 **어느 작가의 오후** 페터 한트케 중편소설 | 홍성광 옮김 | 160면

123 **아저씨의 꿈** 표도르 도스또예프스끼 장편소설 | 박종소 옮김 | 312면

124 **네또치까 네즈바노바** 표도르 도스또예프스끼 장편소설 | 박재만 옮김 | 316면

125 **곤두박질** 마이클 프레인 장편소설 | 최용준 옮김 | 528면

126 **백야 외** 표도르 도스또예프스끼 소설선집 | 석영중 외 옮김 | 408면

127 **살라미나의 병사들** 하비에르 세르카스 장편소설 | 김창민 옮김 | 304면

128 **뻬쩨르부르그 연대기 외** 표도르 도스또예프스끼 소설선집 | 이항재 옮김 | 296면

129 **상처받은 사람들** 표도르 도스또예프스끼 장편소설 | 윤우섭 옮김 | 전2권 | 각 296, 392면

131 **악어 외** 표도르 도스또예프스끼 소설선집 | 박혜경 외 옮김 | 312면

132 **허클베리 핀의 모험** 마크 트웨인 장편소설 | 윤교찬 옮김 | 416면

133 **부활** 레프 똘스또이 장편소설 | 이대우 옮김 | 전2권 | 각 308, 416면

135 **보물섬** 로버트 루이스 스티븐슨 장편소설 | 머빈 피크 그림 | 최용준 옮김 | 360면

136 **천일야화** 앙투안 갈랑 엮음 | 임호경 옮김 | 전6권 | 각 336, 328, 372, 392, 344, 320면

142 **아버지와 아들** 이반 뚜르게네프 장편소설 | 이상원 옮김 | 328면

143 **오만과 편견** 제인 오스틴 장편소설 | 원유경 옮김 | 480면

144 **천로 역정** 존 버니언 우화소설 | 이동일 옮김 | 432면

145 **대주교에게 죽음이 오다** 윌라 캐더 장편소설 | 윤명옥 옮김 | 352면

146 **권력과 영광** 그레이엄 그린 장편소설 | 김연수 옮김 | 384면

147 **80일간의 세계 일주** 쥘 베른 장편소설 | 고정아 옮김 | 352면

148 **바람과 함께 사라지다** 마거릿 미첼 장편소설 | 안정효 옮김 | 전3권 | 각 616, 640, 640면

151 **기탄잘리** 라빈드라나트 타고르 시집 | 장경렬 옮김 | 224면

152 **도리언 그레이의 초상** 오스카 와일드 장편소설 | 윤희기 옮김 | 384면

153 **레우코와의 대화** 체사레 파베세 희곡소설 | 김운찬 옮김 | 280면

154 **햄릿** 윌리엄 셰익스피어 희곡 | 박우수 옮김 | 256면

155 **맥베스** 윌리엄 셰익스피어 희곡 | 권오숙 옮김 | 176면

156 **아들과 연인** 데이비드 허버트 로런스 장편소설 | 최희섭 옮김 | 전2권 | 464, 432면

158 **그리고 아무 말도 하지 않았다** 하인리히 뵐 장편소설 | 홍성광 옮김 | 272면

159 **미덕의 불운** 싸드 장편소설 | 이형식 옮김 | 248면

160 **프랑켄슈타인** 메리 W. 셸리 장편소설 | 오숙은 옮김 | 320면

161 **위대한 개츠비** 프랜시스 스콧 피츠제럴드 장편소설 | 한애경 옮김 | 280면

162 **아Q정전** 루쉰 중단편집 | 김태성 옮김 | 320면

163 **로빈슨 크루소** 대니얼 디포 장편소설 | 류경희 옮김 | 456면

164 **타임머신** 허버트 조지 웰스 소설선집 | 김석희 옮김 | 304면
165 **제인 에어** 샬럿 브론테 장편소설 | 이미선 옮김 | 전2권 | 각 392, 384면
167 **풀잎** 월트 휘트먼 시집 | 허현숙 옮김 | 280면
168 **표류자들의 집** 기예르모 로살레스 장편소설 | 최유정 옮김 | 216면
169 **배빗** 싱클레어 루이스 장편소설 | 이종인 옮김 | 520면
170 **이토록 긴 편지** 마리아마 바 장편소설 | 백선희 옮김 | 192면
171 **느릅나무 아래 욕망** 유진 오닐 희곡 | 손동호 옮김 | 168면
172 **이방인** 알베르 카뮈 장편소설 | 김예령 옮김 | 208면
173 **미라마르** 나기브 마푸즈 장편소설 | 허진 옮김 | 288면
174 **지킬 박사와 하이드 씨** 로버트 루이스 스티븐슨 소설선집 | 조영학 옮김 | 320면
175 **루진** 이반 뚜르게네프 장편소설 | 이항재 옮김 | 264면
176 **피그말리온** 조지 버나드 쇼 희곡 | 김소임 옮김 | 256면
177 **목로주점** 에밀 졸라 장편소설 | 유기환 옮김 | 전2권 | 각 336면
179 **엠마** 제인 오스틴 장편소설 | 이미애 옮김 | 전2권 | 각 336, 360면
181 **비숍 살인 사건** S. S. 밴 다인 장편소설 | 최인자 옮김 | 464면
182 **우신예찬** 에라스무스 풍자문 | 김남우 옮김 | 296면
183 **하자르 사전** 밀로라드 파비치 장편소설 | 신현철 옮김 | 488면
184 **테스** 토머스 하디 장편소설 | 김문숙 옮김 | 전2권 | 각 392, 336면
186 **투명 인간** 허버트 조지 웰스 장편소설 | 김석희 옮김 | 288면
187 **93년** 빅토르 위고 장편소설 | 이형식 옮김 | 전2권 | 각 288, 360면
189 **젊은 예술가의 초상** 제임스 조이스 장편소설 | 성은애 옮김 | 384면
190 **소네트집** 윌리엄 셰익스피어 연작시집 | 박우수 옮김 | 200면
191 **메뚜기의 날** 너새니얼 웨스트 장편소설 | 김진준 옮김 | 280면
192 **나사의 회전** 헨리 제임스 중편소설 | 이승은 옮김 | 256면
193 **오셀로** 윌리엄 셰익스피어 희곡 | 권오숙 옮김 | 216면
194 **소송** 프란츠 카프카 장편소설 | 김재혁 옮김 | 376면
195 **나의 안토니아** 윌라 캐더 장편소설 | 전경자 옮김 | 368면
196 **자성록** 마르쿠스 아우렐리우스 명상록 | 박민수 옮김 | 240면
197 **오레스테이아** 아이스킬로스 비극 | 두행숙 옮김 | 336면
198 **노인과 바다** 어니스트 헤밍웨이 소설선집 | 이종인 옮김 | 320면
199 **무기여 잘 있거라** 어니스트 헤밍웨이 장편소설 | 이종인 옮김 | 464면
200 **서푼짜리 오페라** 베르톨트 브레히트 희곡선집 | 이은희 옮김 | 320면

201 **리어 왕** 윌리엄 셰익스피어 희곡 | 박우수 옮김 | 224면
202 **주홍 글자** 너새니얼 호손 장편소설 | 곽영미 옮김 | 360면
203 **모히칸족의 최후** 제임스 페니모어 쿠퍼 장편소설 | 이나경 옮김 | 512면
204 **곤충 극장** 카렐 차페크 희곡선집 | 김선형 옮김 | 360면
205 **누구를 위하여 종은 울리나** 어니스트 헤밍웨이 장편소설 | 이종인 옮김 | 전2권 | 각 416, 400면
207 **타르튀프** 몰리에르 희곡선집 | 신은영 옮김 | 416면
208 **유토피아** 토머스 모어 소설 | 전경자 옮김 | 288면
209 **인간과 초인** 조지 버나드 쇼 희곡 | 이후지 옮김 | 320면
210 **페드르와 이폴리트** 장 라신 희곡 | 신정아 옮김 | 200면
211 **말테의 수기** 라이너 마리아 릴케 장편소설 | 안문영 옮김 | 320면
212 **등대로** 버지니아 울프 장편소설 | 최애리 옮김 | 328면
213 **개의 심장** 미하일 불가꼬프 중편소설집 | 정연호 옮김 | 352면
214 **모비 딕** 허먼 멜빌 장편소설 | 강수정 옮김 | 전2권 | 각 464, 488면
216 **더블린 사람들** 제임스 조이스 단편소설집 | 이강훈 옮김 | 336면
217 **마의 산** 토마스 만 장편소설 | 윤순식 옮김 | 전3권 | 각 496, 488, 512면
220 **비극의 탄생** 프리드리히 니체 | 김남우 옮김 | 320면
221 **위대한 유산** 찰스 디킨스 장편소설 | 류경희 옮김 | 전2권 | 각 432, 448면
223 **사람은 무엇으로 사는가** 레프 똘스또이 소설선집 | 윤새라 옮김 | 464면
224 **자살 클럽** 로버트 루이스 스티븐스 소설선집 | 임종기 옮김 | 272면
225 **채털리 부인의 연인** 데이비드 허버트 로런스 장편소설 | 이미선 옮김 | 전2권 | 각 336, 328면
227 **데미안** 헤르만 헤세 장편소설 | 김인순 옮김 | 264면
228 **두이노의 비가** 라이너 마리아 릴케 시선집 | 손재준 옮김 | 504면
229 **페스트** 알베르 카뮈 장편소설 | 최윤주 옮김 | 432면
230 **여인의 초상** 헨리 제임스 장편소설 | 정상준 옮김 | 전2권 | 각 520, 544면
232 **성** 프란츠 카프카 장편소설 | 이재황 옮김 | 560면
233 **차라투스트라는 이렇게 말했다** 프리드리히 니체 산문시 | 김인순 옮김 | 464면
234 **노래의 책** 하인리히 하이네 시집 | 이재영 옮김 | 384면
235 **변신 이야기** 오비디우스 서사시 | 이종인 옮김 | 632면
236 **안나 카레니나** 레프 톨스토이 장편소설 | 이명현 옮김 | 전2권 | 각 800, 736면
238 **이반 일리치의 죽음・광인의 수기** 레프 톨스토이 중단편집 | 석영중・정지원 옮김 | 232면
239 **수레바퀴 아래서** 헤르만 헤세 장편소설 | 강명순 옮김 | 272면
240 **피터 팬** J. M. 배리 장편소설 | 최용준 옮김 | 272면

241 **정글 북** 러디어드 키플링 중단편집 | 오숙은 옮김 | 272면

242 **한여름 밤의 꿈** 윌리엄 셰익스피어 희곡 | 박우수 옮김 | 160면

243 **좁은 문** 앙드레 지드 장편소설 | 김화영 옮김 | 264면

244 **모리스** E. M. 포스터 장편소설 | 고정아 옮김 | 408면

245 **브라운 신부의 순진** 길버트 키스 체스터턴 단편집 | 이상원 옮김 | 336면

246 **각성** 케이트 쇼팽 장편소설 | 한애경 옮김 | 272면

247 **뷔히너 전집** 게오르크 뷔히너 지음 | 박종대 옮김 | 400면

248 **디미트리오스의 가면** 에릭 앰블러 장편소설 | 최용준 옮김 | 424면

249 **베르가모의 페스트 외** 옌스 페테르 야콥센 중단편 전집 | 박종대 옮김 | 208면

250 **폭풍우** 윌리엄 셰익스피어 희곡 | 박우수 옮김 | 176면

251 **어센든, 영국 정보부 요원** 서머싯 몸 연작 소설집 | 이민아 옮김 | 416면

252 **기나긴 이별** 레이먼드 챈들러 장편소설 | 김진준 옮김 | 600면

253 **인도로 가는 길** E. M. 포스터 장편소설 | 민승남 옮김 | 552면

254 **올랜도** 버지니아 울프 장편소설 | 이미애 옮김 | 376면

255 **시지프 신화** 알베르 카뮈 지음 | 박언주 옮김 | 264면

256 **조지 오웰 산문선** 조지 오웰 지음 | 허진 옮김 | 424면

257 **로미오와 줄리엣** 윌리엄 셰익스피어 희곡 | 도해자 옮김 | 200면

258 **수용소군도** 알렉산드르 솔제니친 기록문학 | 김학수 옮김 | 전6권 | 각 460면 내외

264 **스웨덴 기사** 레오 페루츠 장편소설 | 강명순 옮김 | 336면

265 **유리 열쇠** 대실 해밋 장편소설 | 홍성영 옮김 | 328면

266 **로드 짐** 조지프 콘래드 장편소설 | 최용준 옮김 | 608면

267 **푸코의 진자** 움베르토 에코 장편소설 | 이윤기 옮김 | 전3권 | 각 392, 384, 416면

270 **공포로의 여행** 에릭 앰블러 장편소설 | 최용준 옮김 | 376면

271 **심판의 날의 거장** 레오 페루츠 장편소설 | 신동화 옮김 | 264면

272 **에드거 앨런 포 단편선** 에드거 앨런 포 지음 | 김석희 옮김 | 392면

273 **수전노 외** 몰리에르 희곡선집 | 신정아 옮김 | 424면

274 **모파상 단편선** 기 드 모파상 지음 | 임미경 옮김 | 400면

275 **평범한 인생** 카렐 차페크 장편소설 | 송순섭 옮김 | 280면

276 **마음** 나쓰메 소세키 장편소설 | 양윤옥 옮김 | 344면

277 **인간 실격·사양** 다자이 오사무 소설집 | 김난주 옮김 | 336면

278 **작은 아씨들** 루이자 메이 올컷 장편소설 | 허진 옮김 | 전2권 | 각 408, 464면

280 **고함과 분노** 윌리엄 포크너 장편소설 | 윤교찬 옮김 | 520면

281 **신화의 시대** 토머스 불핀치 신화집 | 박중서 옮김 | 664면
282 **셜록 홈스의 모험** 아서 코넌 도일 단편집 | 오숙은 옮김 | 456면
283 **자기만의 방** 버지니아 울프 지음 | 공경희 옮김 | 216면
284 **지상의 양식·새 양식** 앙드레 지드 지음 | 최애영 옮김 | 360면
285 **전염병 일지** 대니얼 디포 지음 | 서정은 옮김 | 368면
286 **오이디푸스왕 외** 소포클레스 비극 | 장시은 옮김 | 368면
287 **리처드 2세** 윌리엄 셰익스피어 희곡 | 박우수 옮김 | 208면
288 **아내·세 자매** 안톤 체호프 선집 | 오종우 옮김 | 240면
289 **폭풍의 언덕** 에밀리 브론테 장편소설 | 전승희 옮김 | 592면
290 **조반니의 방** 제임스 볼드윈 장편소설 | 김지현 옮김 | 320면
291 **의무론** 마르쿠스 툴리우스 키케로 지음 | 김남우 옮김 | 312면
292 **밤에 돌다리 밑에서** 레오 페루츠 지음 | 신동화 옮김 | 360면
293 **한낮의 열기** 엘리자베스 보엔 장편소설 | 정연희 옮김 | 576면